MARION DEMME-ZECH

Letzter Ausstieg Saar

AUFGETAUCHT Ein Burnout führt die strebsame Ethnologin Hanne an die Saarschleife. Auf Drängen ihrer Therapeutin nimmt sie an einer Single-Wanderung teil, wo sie statt eines Mannes die sympathische Gabriele kennenlernt. Hannes Stimmung hellt sich auf, was sich abrupt ändert, als auf einer Fährfahrt eine Leiche angespült wird. Den gelben Parka bekommt Hanne noch zu fassen, die Leiche selbst treibt die Saar hinab. Mit den aufgefundenen Papieren identifiziert die Polizei den Toten als Siegfried Brokatt. Dass es sich bei der Leiche um Gustav Kallenborn, einen Freund Siegfrieds, handelt, ahnt niemand. Ein Zufall ließ Kallenborn über Bord gehen und Siggi, dem das Leben nie gut zuspielte, nimmt die Chance wahr. Kurzerhand steigt er in Kallenborns Leben ein. Was wahnwitzig erscheint, geht auf: Niemand vermisst Kallenborn. Einzig Hanne und Gabriele sowie Kommissar Forsberg rücken Siggi mit ihren Ermittlungen immer näher. Es beginnt eine verrückte Jagd nach einem Toten, der nicht tot ist, und einer Leiche, die niemand vermisst.

© Stefan Franziskus

Marion Demme-Zech wurde im Saarland geboren. Dort lebt sie noch heute, mit Tochter und Mann direkt unterhalb einer Burg. Sie studierte Erziehungswissenschaft, Soziologie und ein bisschen Bauingenieurwesen. Anfänglich schrieb sie pädagogische Autorenbeiträge, in den letzten Jahren folgten Romane und eine Reihe von Kurzgeschichten in verschiedenen Anthologien. »Letzter Ausstieg Saar« ist nach »Ahrtrüffel« ihr zweiter Kriminalroman im Gmeiner-Verlag.

MARION DEMME-ZECH

Letzter Ausstieg Saar

Kriminalroman

GMEINER

Immer informiert

NEWSLETTER

Spannung pur – mit unserem Newsletter informieren wir Sie regelmäßig über Wissenswertes aus unserer Bücherwelt.

Gefällt mir!

Facebook: @Gmeiner.Verlag
Instagram: @gmeinerverlag
Twitter: @GmeinerVerlag

MIX
Papier aus verantwortungsvollen Quellen
FSC® C083411
www.fsc.org

Besuchen Sie uns im Internet:
www.gmeiner-verlag.de

Im Ehnried 5, 88605 Meßkirch
Telefon 07575/2095-0
info@gmeiner-verlag.de

1. Auflage 2020

Lektorat: Claudia Senghaas, Kirchardt
Herstellung: Julia Franze / Mirjam Hecht
Umschlaggestaltung: U.O.R.G. Lutz Eberle, Stuttgart
unter Verwendung eines Fotos von: © Marion Demme-Zech
Druck: CPI books GmbH, Leck
Printed in Germany
ISBN 978-3-8392-2728-2

Personen und Handlung sind frei erfunden.
Ähnlichkeiten mit lebenden oder toten Personen
sind rein zufällig und nicht beabsichtigt.

Alles kommt zu seinem Ende

Endlich werden Tag' zu Jahren
und die finstere Nacht zum Licht.
Endlich werden Nächt' zu Tagen,
wenn der helle Mond anbricht.
Endlich werden dürre Äste
ganz mit Rosen ausgeziert.
Endlich, endlich kommt das Beste
wenn das Schlimmste sich verliert.

aus: Verklingende Weisen –
Volkslieder aus Lothringen, Louis Pinck, Band III, 1933.

UNTER GLEICHGESINNTEN

Ich ertrage alles, vielleicht sogar Glück.

Hanne Wallenstein

Gibt es eine bessere Chance,
um Gleichgesinnte zu treffen und kennenzulernen?

Die Gemeinde Mettlach lädt herzlich ein zur
1. Single-Kultur-Wanderung
am 1. September 2019

Anmeldung bei der
Tourismuszentrale Mettlach: 06864 86867564
Start ist um 9.30 Uhr in Mettlach vor der Alten Abtei.

Gibt es eine bessere Chance, um Gleichgesinnte zu treffen und kennenzulernen?

Exakt die Worte standen auf dem bunten Flyer für die Wanderung, und zum gegenwärtigen Zeitpunkt würde ich die Frage mit einem klaren Ja beantworten. Aber ja, es gibt weit bessere Möglichkeiten zur Kontaktaufnahme. Selbst wenn mir in dieser Sekunde keine einfällt. Was unter Umständen nur daran liegt, dass es zutiefst unangenehm ist, hier am frühen Morgen in Mettlach, inmitten dieser ganzen Schar mir völlig fremder Menschen, zu stehen.

»… ich wünsche Ihnen viel Freude und nette Begegnungen bei unserer ersten Single-Kultur-Wanderung«, schließt Herr Schmitz seine Ansprache.

Erleichtert, dass diese unangenehme Situation ein Ende gefunden hat, hebe ich meinen prall gefüllten Rucksack an, um ihn mir auf den Rücken zu schnallen. Doch ich habe mich zu früh gefreut.

»Bevor es allerdings losgeht, stellen wir uns erst einmal alle vor und erzählen, warum wir hier sind. So lernen wir uns gleich besser kennen«, fährt der Führer fort und zwinkert mir zu. Mir, die ich unglücklicherweise direkt neben ihm stehe.

»Bitte, Hanne, Sie dürfen den Anfang machen.«

Ich nicke brav und schnappe zugleich nach Luft, denn mit einem Mal sind alle Augen auf mich gerichtet. Auf mich, die ich schon seit Wochen so gut wie keinen Menschen, außer meinen Eltern und Frau Tietze-Meiermann, zu Gesicht bekommen habe.

Angespannt überlege ich, was am besten zu sagen sei, während ich völlig grundlos über meinen Ellenbogen reibe und versuche, die Blicke der anderen zu ignorieren. Mir kommt der Gedanke, ehrlich zu sein und die Wahrheit zu sagen. Schlicht und einfach zu erzählen, dass mich im Grunde meine Therapeutin zu dieser Tour gezwungen hat, obwohl sie wissen müsste, wie unangenehm das alles für mich ist. Warum schickt sie mich zu einer Single-Kultur-Wanderung? Genau diese Therapeutin, Frau Tietze-Meiermann, allerdings hatte mir vergangene Woche auch geraten, nicht bei jeder Gelegenheit »grundehrlich« zu sein, wie sie es nannte.

»Zu viel Offenheit stößt manche Menschen vor den Kopf«, verkündete sie mir.

Unsicher, ob das jetzt einer der Momente ist, in denen

es angeraten sei, die Dinge »etwas verblümter« darzustellen, wenn man den Wortlaut meiner Therapeutin nutzen möchte, suche ich nach einem alternativen Einstieg. Je länger es dauert, desto unruhiger werde ich. Mein Kopf ist wie leergefegt, und so versuche ich, aus purer Not heraus, die Aktion möglichst schnell hinter mich zu bringen.

»Ich bin Frau Doktor Wallenstein, Ethnologin mit Schwerpunkt auf außereuropäischen Gesellschaften. Für meine Teilhabe an dieser Veranstaltung kann ich Ihnen gegenwärtig keinen adäquaten Grund nennen. Ich suche keinen Partner ... derzeit.« Ich bemerke, dass ich rot werde und nicht das Geringste dagegen unternehmen kann. Also rede ich einfach weiter in der Hoffnung, dass der peinliche Moment dann schneller vorbeigeht. »Ehrlich gesagt bin ich nicht unzufrieden, so allein«, füge ich hinzu.

Die Blicke haften weiterhin erwartungsvoll auf mir. Daraus schließe ich, dass ich womöglich noch mehr preisgeben muss. »Aber das ist sicher kein Problem, denn die Wahrscheinlichkeit, auf einer Single-Wanderung einen Partner zu finden, ist so oder so als eher gering einzuschätzen, das wurde in verschiedenen Studien ...«

Der Gesichtsausdruck von Herrn Schmitz verunsichert mich. Er sieht verwirrt aus. Womöglich läuft die Vorstellung in die falsche Richtung, sage ich mir und breche meine Ausführungen ab, um es mit konstruktiver Kritik zu versuchen.

»Ähm, was ich kurz anmerken wollte, Herr Schmitz: Hinsichtlich des Flyers, das kann man so eigentlich nicht schreiben.«

Herr Schmitz legt die Stirn in Falten. Allem Anschein nach kann er mir nicht folgen.

»Es ist doch unlogisch, alle Singles als Gleichgesinnte zu bezeichnen. Der Umstand, Single zu sein, macht Alleinstehende nicht automatisch zu einer Gruppe mit gleichen Interessen. Da hinkt letztlich Ihre komplette Aussage. Eigentlich ist die ganze Idee zu dieser Veranstaltung ziemlich absurd.«

Ich verstumme. Nochmals eine Pause, und von Neuem blickt man mich nur an.

»Habe ich etwas Falsches gesagt?«, frage ich Herrn Schmitz.

»Nein, nein. Ganz und gar nicht«, entgegnet er freundlich und legt mir kurz die Hand auf die Schulter. »Alles prima, Frau Wallenstein. Wir müssen uns lediglich ein wenig beeilen. Constanze, könntest du dich vielleicht vorstellen?«

»Hallo, ich bin die Conny! 38 Jahre alt und Grundschullehrerin. Seit ein paar Monaten bin ich wieder Single. Leider!« Das letzte Wort zieht Constanze in die Länge. »Aber ich bin mir sicher, eines Tages werde ich den Mann meiner Träume finden.«

Während »die Conny« mit einer Stimme, deren Frequenz nur schwer zu ertragen ist, allerlei Details über ihr Liebesleben ausplaudert, und die Augenpaare, insbesondere die männlichen, an ihr kleben, wünsche ich mich an einen anderen Ort oder in eine andere Zeit, im günstigsten Fall sogar in ein anderes Leben.

Ganz automatisch wandern meine Gedanken zu Frau Tietze-Meiermann, die mir all dies eingebrockt hat. Konsequent stößt sie mich mit der Nase darauf, dass ich in keiner Lebenslage wie all die anderen Menschen bin. Kein Regelfall zu sein, ist offensichtlich mein größter Fehler, und als Allheilmittel sieht meine Therapeutin es an, mich unter Menschen zu bringen. Der Rahmen, in dem dies geschieht, scheint zweitrangig zu sein.

»Sie müssen mal raus! Sich unterhalten, austauschen, amüsieren, ein wenig flirten vielleicht sogar«, schnitt sie vor einer Woche das Thema an. Dabei reichte sie mir mit einem erdrückend optimistischen Lächeln den Handzettel zur Single-Wanderung.

Ich sah mir den Zettel an und zog die Augenbrauen hoch: »So wirklich passt das aber nicht zu mir.« Dabei hätte ich schon wissen können, dass jede Widerrede zwecklos war.

»Rein zu Übungszwecken«, hielt Frau Tietze-Meiermann dagegen und fügte dann hinzu. »Sie wollen doch, dass es Ihnen bald besser geht?«

Was für eine Frage! Als Patientin in einer Therapie ist man, was das Argumentieren betrifft, in einer kümmerlichen Position. Der Therapeut nimmt als Profi die Deutungshoheit für sich in Anspruch, und so kann prinzipiell alles, was du sagst, symptomatisch sein.

Dafür brauchte es im Fall meiner Therapeutin nicht einmal Worte. Frau Tietze-Meiermann lehnte sich in ihrem Stuhl zurück und blickte mich nach meiner letzten Frage wortlos an. Spätestens nach dem unüberhörbaren Seufzer des Bedauerns machte sich bei mir das Gefühl breit, ich hätte trotz der vielen Gespräche der vergangenen Monate rein gar nichts dazugelernt.

»Aber …« Mein letzter Vorstoß in Richtung Vernunft wurde gnadenlos niedergeschlagen.

»Kein Aber!«, unterbrach mich die Tietze-Meiermann. »Trauen Sie sich! Zeigen Sie, dass Sie etwas an Ihrem Leben ändern wollen!«

Was sollte ich darauf sagen? Unter diesem Druck gab ich nach und buchte die Wanderung für Singles. Ich machte es einzig und allein, um mir – oder vielleicht weit eher noch ihr – zu beweisen, dass ich kein Drückeberger bin. Von da an bis heute lebte ich mit dem diffusen Gefühl, einen großen Fehler begangen zu haben, und wie es aussieht, war die Befürchtung berechtigt.

Mittlerweile ist das Wort an Klaus – dem Klausi. Conny

strahlt. Dem Äußeren nach zu urteilen, hat sie große Hoffnungen auf diesen Tag gesetzt. Ich frage mich, wie sie es mit dem engen Kleid und den Stöckelschuhen über die 15 Kilometer lange Strecke schaffen möchte, behalte aber diese kritische Frage für mich, wie mir es Frau Tietze-Meiermann empfohlen hat.

Endlich ist die Vorstellungsrunde zu Ende. Nachdem ich weit mehr Details aus dem Leben der Mitwandernden erfahren habe, als mir lieb ist, kommt sogar der Part mit der Kultur zum Tragen.

»Auf der gegenüberliegenden Saarseite, auf Schloss Saareck, hat vor Kurzem das holländische Königspaar genächtigt«, verrät uns Herr Schmitz und deutet auf das hübsche rote Gebäude nahe am Saarufer, das heute als Gästehaus dient.

»Wie romantisch«, plappert Oliver, nein Olli, sofort los. Worauf ein künstlich klingendes Kichern von Conny folgt.

Auch wenn es für mein Allgemeinbefinden nicht dienlich sein dürfte, all diese Vorurteile gegen völlig fremde Menschen zu verspüren, komme ich nicht umhin festzustellen, dass die Vorstellungsrunde meine Toleranzgrenze bereits gesprengt hat. Aber gleichgültig wie, wir marschieren los. Zwölf Frauen, sieben Männer.

Gegenwärtig gesellen sich die Herren zu den Damen ihrer Wahl, und da ich niemals enorm anziehend auf Männer gewirkt habe, bin ich nicht verwundert, allein zu wandern, während der Geräuschpegel um mich herum, das Kichern und Murmeln ansteigt. Wir wandern ein Stück durch die kleine Stadt, und ich gestehe mir ein, zumindest was den Erlebniswert und die Aussichten betrifft, hat man uns nicht zu viel versprochen. Mettlach ist ein sympathisches Städtchen, das hatte ich in den »saarlandlosen« vergangenen Jahren fast vergessen.

Unser Weg führt einmal quer durch den Abteipark. Der alte Turm und der Abteibrunnen, die geschwungene Brücke, seltene alte Bäume und der stille See mit zahlreichen Enten und Gänsen, hier ist es malerisch. All das wäre mir allein, ohne den wildgewordenen Trupp an Singles, der in diesem Moment seine Chancen auslotet, weitaus angenehmer.

»Sehen Sie nicht immer alles so schwarz!«, gab mir Frau Tietze-Meiermann letzte Woche zum Abschluss unserer Stunde mit auf den Weg. »Suchen Sie das Gute in den Dingen.«

Ich versuche es und entscheide: Herr Schmitz, unser Führer, der sich in dieser Sekunde gut gelaunt zu mir gesellt, ist de facto ein Lichtblick. Ein angenehmer Zeitgenosse, der das Versprechen »Kultur«, ernst zu nehmen scheint und an jeder Ecke etwas zu erzählen weiß. Gebildet, sachkundig und, wie er mir sogleich vorbeugend mitteilt, glücklich verheiratet. Was will man mehr? Ich sehe die Sache, wie mir aufgetragen wurde, positiv und erkläre Herrn Schmitz heute zu meinem perfekten Wanderpartner. Am besten, ich weiche ihm nicht mehr von der Seite.

»Jetzt geht es zur Burg Montclair, einer mittelalterlichen Burgruine, die auf einem beeindruckenden Bergrücken liegt, der von der Saarschleife umströmt wird«, erklärt er uns, nachdem wir an der Lutwinuskirche – oder wie die Mettlacher ihr Gotteshaus laut Schmitz weit lieber nennen, »dem Mettlacher Dom« – eine kurze Pause eingelegt haben. Unser Führer wendet seinen Blick wieder nach vorne und flüstert mir mit einem Augenzwinkern zu: »Ich hoffe, Sie haben eine gute Kondition.«

Diese Hoffnung muss ich leider enttäuschen und viele andere auch. Und schon wieder erkenne ich etwas Gutes: Es wird beim Aufstieg zur Burg Montclair deutlich stiller. Das pausenlose Plappern und Murmeln versiegt, während wir die insgesamt 170 Höhenmeter auf kurzer Strecke bewältigen.

»Partnersuche ist eben kein Ponyhof«, bemerkt Herr Schmitz, oben an der Burgruine angekommen, und schmunzelt in seinen grauen Vollbart. Den Spruch findet er als Einziger witzig. »Wir haben eine Stunde Aufenthalt. Gerne könnt ihr euch die Burg und das Museum anschauen oder eine Kaffeepause im Burginnenhof einlegen.«

Während die meisten den Weg in Richtung Innenhof einschlagen, entscheide ich mich für die Variante Kultur. Ich war immer schon weit wissbegieriger als der Durchschnitt, kommt mir in den Sinn, als ich den anderen hinterherblicke. Eine übereifrige Streberin, hätten meine Mitschüler damals womöglich gesagt. Das hat meine Beliebtheit in den verschiedenen Klassen nicht gesteigert, aber immerhin, mit dem unstillbaren Wissensdrang war ich zu jeder Zeit der Liebling der Lehrer. Und später beim Studium der Professoren. Auf irgendeine Weise war ich immer schon anders, aber an der Universität fiel dieser Umstand erstmals weniger ins Gewicht. Die Dozenten schätzten meinen Eifer und Perfektionismus. An diesem Ort war ich endlich kein Sonderling mehr, sondern konnte zeigen, was in mir steckt. Ich wurde wertgeschätzt, zumindest fachlich, und mein Drang weiterzukommen war augenfällig. Mit 25 hatte ich meinem Professor die Dissertation vorgelegt und danach lief alles quasi wie von selbst. In wenigen Jahren hatte ich an der Uni weit mehr erreicht als mancher Dozent bis zu seinem Ruhestand. Ich war erfolgreich, fast könnte man sagen, eine Koryphäe auf meinem Fachgebiet. Privat jedoch war ich immer noch so unbeholfen wie zur Grundschulzeit. Das allerdings wurde mir immer gleichgültiger. Ich stürzte mich in die Arbeit, beruflich lief schließlich alles in die gewünschte Richtung, und dann kam mir plötzlich, ganz und gar unerwartet, mein Leben, wie ich es kannte, abhanden.

Es ist bitter, derzeit. Ich wünsche mich täglich, ja fast jede Minute, in diese Zeit zurück. Und doch – trotz all der Wochen, in denen ich nichts unversucht gelassen habe, mein Leben umzukrempeln und an mir zu arbeiten – kann ich keinerlei Besserung spüren. In mir ist nur Leere. Vielleicht ist es an der Zeit zu akzeptieren, dass meinem Leben sämtliche Bestimmung verloren gegangen ist, denke ich gerade, als eine Hand meine Schulter berührt. Ich zucke zusammen. Jemand hat mich angesprochen.

»Manu, richtig?«

Ich drehe mich um.

»Nein, Hanne«, entgegne ich.

»Ja, stimmt: die Hanni! Was für ein wunderschöner Name!«

Ich nicke brav, würde aber weit lieber die Flucht ergreifen. Doch das wäre definitiv unhöflich und feige dazu. Also harre ich aus und übe mich tapfer in Kommunikation. »Und Sie sind … äh, ich meine, du bist Klaus?«

»Ja, der Klausi!«

Ah ja. In der Vorstellungsrunde erklärte der Klausi uns, dass er auf dieser Tour »seine Prinzessin« sucht. Der Gedanke daran jagt mir eine Gänsehaut über den Rücken, und ich denke noch weit mehr an Flucht. Doch ich halte durch, stehe stumm da und betrachte ratlos meine Wanderstiefel.

»Kommst du mit zu den anderen? Drüben stehen Biergarnituren«, fragt mich Klausi lässig. Da ich wohl seiner Einschätzung nach nicht ausreichend große Begeisterung zeige, fügt er hinzu: »Ich habe extra eine Flasche Prosecco für einen Engel wie dich eingepackt.«

Mir wird mulmig. Großartig, das hat mir noch gefehlt,

geht mir durch den Kopf. In meiner Not setze ich auf eine höfliche Lüge: »Das ist wirklich nett von dir, aber vielen Dank. Eigentlich wollte ich mir unbedingt das Museum anschauen und zu den Türmen hinaufsteigen.«

Klausi zieht eine übertrieben enttäuschte Schnute. Der Großteil der Gruppe bevorzugt es, eine Rast einzulegen, und mein neuer Bekannter gehört gewiss ebenfalls zu der Kategorie »Entspannung statt Burggeschichte«. Trotzdem hängt er sich an mich ran.

»Da komme ich doch mit!«, sagt er, und es klingt wie eine Drohung. Klausi folgt mir die Treppe hinunter ins Burgmuseum. Die unteren Ausstellungsräume sind neu gestaltet. Es gibt einen Medientisch und allerlei antike Fundstücke. Nicht ganz so ungehindert wie erhofft, betrachte ich die Vitrinen, und es dauert nicht allzu lange, bis Klausi wieder zu sprechen beginnt. »Den Teil mit der Kultur nimmst du aber sehr ernst, Hanni! Dabei könnte man doch hier alleine, nur zu zweit, etwas weit Schöneres mit seiner Zeit anfangen.«

Na vielen Dank, Frau Tietze-Meiermann, denke ich. Wenn das die neuen Erfahrungen sind, die sie mir vor ein paar Tagen angepriesen hat, kann ich verzichten. Ich will gar nicht genauer wissen, was Klausi mit »weit Schöneres« meint. Meine ehrliche Antwort schlucke ich artig hinunter und zucke stattdessen ratlos mit den Schultern. Das ist ein Fehler. Die Geste scheint mein Begleiter als Aufforderung zu verstehen. Er geht in die Vollen.

»Was meinst du? Dieses alberne Rumgeplänkel zu Beginn könnten wir uns doch wirklich sparen. Hast du Lust, nachher mit zu mir zu kommen? Ich koche was für uns, und wir schauen, was ich dir kulturell zu bieten habe.«

Ach du Schreck! Verwirrt blicke ich den Endfünfziger mit den dünnen Haaren an. Auf so eine Dreistigkeit hat mich Frau Tietze-Meiermann in keiner Weise vorbereitet.

»Nein!«, sage ich völlig überzeugt, dass in diesem Fall nichts mehr außer Ehrlichkeit helfen dürfte.

»Nein?«, erkundigt sich Klaus ungläubig. »Bist du dir sicher?«

»Ich glaube, ich muss mal zur Toilette«, gebe ich zurück, denn ich bin der Ansicht, dass es für Klausi besser ist, wenn ich ihm die ausführlichen Gründe für mein Nein erspare.

Selten war einer meiner Toilettenbesuche derart ausgedehnt. Als ich wieder auf der Bildfläche erscheine, vorsichtig und voll Unbehagen, wirkt Klaus nicht bekümmert. Mein Romeo hat sich zwischenzeitlich »der Gabriele« angenähert. Oder im Falle von Klausi wahrscheinlich eher »der Gaby«. Für sie tut es mir ein wenig leid, ich hingegen bin erleichtert. In einem Punkt muss man Frau Tietze-Meiermann recht geben: Heute sammle ich einen ganzen Schwung neuer Erfahrungen.

Zum Glück ruft Herr Schmitz die Gruppe bald wieder zusammen, wir wandern weiter. Auf einem recht abenteuerlichen Serpentinenpfad geht es die zuvor hart erkletterten Höhenmeter wieder hinab. Diesmal heftet sich Gabriele an meine Fersen. Wenn ich mich nicht täusche, nimmt sie gerade Reißaus vor Klausi.

»Hallo Hanne, richtig?«, fragt sie, als sie zu mir aufgeschlossen hat.

»Ja, richtig«, antworte ich und freue mich darüber, mit vollem Namen angesprochen zu werden.

»Ich begleite dich ein Stück, falls dir das recht ist?« Sie sieht mich fragend an, und ich nicke höflich, auch wenn ich faktisch am liebsten allein wandere.

Nach ein paar Minuten jedoch muss ich mir eingestehen, dass sich im Fall Gabriele die therapeutisch verordnete Scheinheiligkeit auszahlt, denn auf dem Weg nach unten beweist Gabriele sich als äußerst angenehme Wanderpartnerin. Jedes Wort, das sie sagt, ist abgewogen, und sie spart sich jegliche privaten Fragen aus. Stattdessen berichtet sie allerlei von der Burg Montclair und den Sagen, die man sich von ihr erzählt. Vom Hufeisenabdruck auf dem Breitenstein vor der Burg habe ich als Kind schon gehört. An die Handlung erinnere ich mich vage. Doch die Sage von den Bienen, die den Grafen Montclair und seine Burgleute vor den Besatzern retteten, ist mir unbekannt.

»Die Angreifer wollten in jenen Tagen die Bewohner aushungern. Nach und nach gingen die Vorräte zur Neige, und die Menschen auf der Burg dachten schon ans Aufgeben«, klärt mich Gabriele auf. »Da entdeckte jemand auf der Suche nach letzten Nahrungsmitteln die Bienenstöcke. Die Bewohner warteten bis zum Morgengrauen, und als die Belagerer erneut anrückten, warfen sie die Bienenkörbe zu den Feinden hinunter. Die Körbe brachen auseinander, und die Bienen machten sich über die Eindringlinge her. Die Angreifer flüchteten und gaben die Belagerung auf. Die Bienen haben die Bewohner der Burg Montclair also gerettet«, beendet Gabriele die kleine Episode und lächelt mich an. Verlegen senke ich den Kopf. Die Geschichte gefällt mir und Gabrieles Art ebenfalls. Sie scheint viel zu lesen und an allem interessiert zu sein – das ist erfreulich.

Zusammen erreichen wir so den Uferweg. Laut Herrn Schmitz dürfte die Fähre, die uns zum anderen Saarufer übersetzt, direkt in unserer Nähe sein. Mit dem Finger weist Gabriele hinauf zur Cloef. Hier, wo sich die Saar zu einer Kehrtwende entschieden hat, ist die Kulisse atemberaubend: der steil aufragende bewaldete Bergrücken mit der Burg Montclair auf unserer Uferseite und den Felsformationen auf der anderen mit dem Aussichtspunkt Cloef und dem über allem thronenden Baumwipfelpfad. Mitten hindurch, umgeben von Talhängen, fließt die Saar und spiegelt dieses großartige Panorama wieder.

Es ist eine eigenwillige Landschaft, die mir völlig unerwartet entgegentritt. Ehrlich gesagt hatte ich in meinen vielen Jahren in Mainz immer die Meinung vertreten, das Saarland sei nicht weiter erwähnenswert. Umso mehr verwundert mich nun der Anblick. Das letzte Mal war ich mit meinen Großeltern in dieser Gegend, wohl noch zu Grundschulzeiten. In jenen Jahren gab es oben in der Nähe der Cloef einen Märchenpark, der mittlerweile geschlossen sein soll. Vermutlich war ich damals weit interessierter an dieser Attraktion als an den Schönheiten der Natur, überlege ich ein wenig amüsiert. In diesem Moment muss ich mir fast eingestehen, dass die Wanderung eine nette Abwechslung ist nach all den Wochen, die ich, meist allein, zu Hause in meinem alten Kinderzimmer zugebracht habe. Dieser Gedanke macht mich mit einem Mal seltsam mutig.

»Was machst du … so in deiner Freizeit? Oder auf der Arbeit?«, frage ich Gabriele ein bisschen zu steif und unbeholfen. Im Small Talk bin ich ungeübt, doch ich gebe mir alle Mühe. Mehr kann man nicht erwarten.

Es ist verblüffend, wie einfach richtungslose Kommunikation ist. Auch wenn ich das von mir nicht behaupten kann, die meisten Menschen erzählen gerne von sich. Gabriele berichtet von ihren Kindern, ihrer Ehe und der Scheidung. Sie ist 52 und seit zwei Jahren allein. Ihre Tochter studiert in Koblenz. Lehramt. Seit ihre »Jüngste« weggezogen ist, arbeitet Gabriele in der Sommerzeit mehrmals die Woche im *Garten der Sinne*, einer Gartenanlage in Merzig. Sie stehe meist an der Kasse, schön sei es da, sagt sie. Ich könne doch mal vorbeischauen, zu einem Kaffee und einem Stück Kuchen, wenn ich Lust haben sollte. Das würde sie freuen. Ich nicke und finde es beachtlich, dass Gabriele immer weiter erzählt, während sie, gewiss nicht absichtlich, versäumt, mir Fragen über mein Leben zu stellen. Das ist kein Problem, ich bin ihr sogar dankbar dafür, denn ich wüsste nicht, was ich in diesem Fall berichten sollte. Keine Kinder, keine Hobbys. Nicht einmal eine Scheidung habe ich vorzuweisen.

»Kosten Sie doch Ihre viele freie Zeit voll aus«, rät Frau Tietze-Meiermann gerne, wenn ich sie aufsuche und abermals keine Erfolge präsentieren kann. Meine regelmäßigen Katastrophen nimmt sie mit einem Lächeln zur Kenntnis. Ich soll es mir gutgehen lassen. Das ist ihrer Ansicht nach die beste Therapie. Dabei hatte ich das Bedürfnis, das Leben einfach nur zu genießen, all die Jahre nicht. Ich mochte mein komplett ausgefülltes Leben, ich mochte die Tage ohne die verdammte Leere und völlig frei von nutzlosen Fragen. In diese sinnerfüllte Zeit wünsche ich mich zurück, auch wenn ich arbeitete bis spät in die Nacht und danach kaum ein Auge zumachte. Alles war perfekt, zumindest bis die ersten Panikattacken auftauchten, die zuerst nur nachts ihr Unwesen trieben und sich noch gut vor den Kollegen verstecken ließen. Doch sie kämpften sich beharrlich in meinen Tag vor und bescherten mir damit weit mehr Freizeit, als jedem Menschen lieb sein dürfte.

Der Umstand ließ mich zu einem Kind werden, dem man sagt, was es zu tun oder zu lassen hat. Ich hasse diesen Zustand. Gleichwohl füge ich mich, denn die Furcht, noch einmal ungebremst in ein solches Loch zu fallen, ist weitaus größer als mein Freiheitsdrang.

»Wir sind da!«, sagt Gabriele.

Mit einem Mal stehen wir am Steg direkt vor der Fährenglocke. Die Gruppe ist ein paar 100 Meter hinter uns, das stellen wir erst fest, als wir uns verwundert umblicken. Der Fährmann hat gerade erst am anderen Ufer angelegt und lässt eine kleine Gruppe Radfahrer aussteigen. Es ist zu verlockend, wir schauen beide auf die Glocke.

»Sollen wir schon …?«, fragt Gabriele unentschlossen und weist auf die Kordel.

»Du oder ich?«, erwidere ich statt einer Antwort.

»Ich bin für du«, sagt Gabriele und grinst wie ein Teenager.

Okay, dann ich, sage ich mir und fühle mich fast wie ein Kind. Ich nehme die braune Schnur in die Hand, und Sekunden später ertönt ein silberhelles Bimmeln, das wie eine unsichtbare Welle breit durch das Flusstal schwingt. Ich sehe Gabriele an, und wir beide lachen. Ohne jeden Grund, einfach so. Es fühlt sich merkwürdig an, irgendwie schräg. Ich bin mir nicht sicher, wann ich das letzte Mal aus vollem Hals gelacht habe. Kein aufgesetztes Lächeln oder Nicken, um anderen zu vermitteln, dass alles in Ordnung ist. Ich meine ein echtes, faktisches Lachen, das ganz selbstverständlich hervorbricht. Der Umstand bereitet mir Angst. Auch wenn alle behaupten, glücklich zu sein wäre eine Sache, die jedermann anstrebe – vielleicht sogar das große Ziel des Lebens – kann ich dem nicht bedingungslos zustimmen. Vermutlich bin ich auch hier wieder einmal nicht wie all die anderen. Glück, oder wie immer man es nennen mag, macht mich schwindlig. Das Gefühl der Ausgelassenheit weckt in mir Unbehagen. Nervös kratze ich mich unter dem Kragen meines Polohemdes. Mein Herz rast, ich konzentriere mich darauf, tief zu atmen und mich von dem Gefühl nicht einfangen zu lassen. Ich halte es aus, sage ich mir, ich stehe diesen Moment durch, so gut ich kann, denn am heutigen Tag habe ich den festen Vorsatz, kein Feigling zu sein. Ich ertrage im Augenblick alles – selbst Glück.

Dass die kleine Fähre fast schon unseren Steg erreicht hat und auch das Aufschließen der Gruppe, registriere ich nur am Rande.

»Einen schönen guten Tag«, grüßt der Fährmann, und diese Worte holen mich wieder zurück ins Hier und Jetzt. Sonnengebräunt und bestens gelaunt sieht er aus, als wäre Unbekümmertheit sein Tagesgeschäft. Beneidenswert, finde ich und sehe ihm dabei zu, wie er uns den Eingang zur Fähre öffnet. Nachdem wir den bescheidenen Obolus entrichtet und er uns die Fahrkarten gegeben hat, sehen wir uns nach einem passenden Platz um.

»Ganz vorne am Bug«, schlägt Gabriele vor und setzt sich wie selbstverständlich neben mich. Bald schon sind alle Plätze belegt. Wir rücken zusammen, was manchen besonders gut gefällt. Wieder wird gekichert. Herr Mann, unser Fährmann, kündigt an, dass die Überfahrt lediglich drei Minuten dauere. »Die Zeit reicht nicht aus, um seekrank zu werden«, scherzt er.

Die Ankündigung finde ich erleichternd, trotzdem bin ich aufgeregt, als der Motor losknattert und die Fähre Fahrt aufnimmt. Für mich, die ich seit Monaten kaum das Haus verlassen habe, sind diese wenigen Minuten bereits ein erstaunliches Abenteuer. Ich nicke Gabriele zu und drehe mich zum Wasser. Ich will die Aussicht während der Fahrt genießen, wie auch immer das mit dem Genießen funktioniert, heute werde ich es auf einen Versuch ankommen lassen.

Da die Fähre nur zwölf Personen befördern darf, bleibt ein Teil der Gruppe am Saarufer, während die andere Hälfte übersetzt. Conny und Klausi sind mit von der Partie. Gabriele stößt mich verstohlen an und weist ganz leicht mit dem Kopf zu den beiden hinüber. Sie halten Händchen. Wahnsinn, denke ich. Das ging ja erstaunlich schnell, wenn man überlegt, dass Klaus oben bei mir und später auch bei Gabriele einen Anbändelversuch startete. Möglicherweise verspricht so eine Single-Wanderung für aufgeschlossene Menschen, wie es Tietze-Meiermann nennen würde, weit mehr, als man erwarten würde. Mir ist es egal, ich gönne es ihnen. Ich selbst bin, ehrlich gesagt, vollkommen zufrieden damit, Gabriele getroffen zu haben und mich auf dieser kleinen Überfahrt zu befinden. Das allein ist für mich schon ein großer Schritt.

»Was machst du eigentlich so?«, unterbricht Gabriele in diesem Moment meine Gedanken.

»Ich?«, entgegne ich überrascht. Gerade hatte ich all meine Probleme für einen kurzen, viel zu seltenen Moment aus den Augen verloren. Soll ich Gabriele nach all dem, was sie mir von ihrem Leben erzählt hat, mitteilen, dass ich Rentnerin bin? Mit 45 Jahren. Dass ich seit unendlich erscheinenden vier Monaten aus Mangel an Alternativen den zeitlich begrenzten Ruhestand genieße oder, besser gesagt, ertrage? »Zeitweise Pensionierung wegen Dienstunfähigkeit«, heißt es in der Behördensprache. Bisher war mir diese Option völlig unbekannt. Ausrangiert, beiseitegelegt erscheint mir als Bezeichnung für meinen Fall weit angemessener. Kein Wunder also, dass ich nur sehr zögerlich antworte. »Nun gut, im Moment könnte man sagen …«

Aber ich sage nichts mehr. Ein dumpfes Poltern lässt uns alle hochschrecken. Ein paar schreien sogar auf. Der Schlag kam von unterhalb des Kahns, da bin ich mir sicher. Höchstens ein paar Meter entfernt. Uns hat etwas gestreift, und dieses Etwas, das gegenwärtig vielleicht immer noch unter uns treibt, kann nicht eben klein gewesen sein. Gabriele schaut mich bang an. Mit beiden Händen krallt sie sich an der Sitzfläche der Fähre fest.

»Ein Ast. Hundert Pro! Das kommt öfter vor«, beschwichtigt der Fährmann. Seine Stimme klingt wie aus der Ferne. Ein Blick in das Gesicht des Bootsführers, in dem nun kein Fünkchen Gelassenheit mehr zu finden ist, verrät, dass dies nicht wirklich öfter passiert. Kurz darauf klappert es wieder.

Dieses Mal zwar leiser, doch so, als würde jemand an der Unterseite des Bootes Einlass fordern. Alle rücken dichter zusammen. Es ist eine gespenstische Atmosphäre, die sich an Deck breitmacht.

Mit festem Griff hält der Fährmann weiter Kurs Richtung Ufer, während er mit den Augen die Wasseroberfläche absucht. Ich drehe mich ebenfalls zur Saar, recke den Hals und schaue am Bug vorbei in die Tiefe. Was auch immer sich dort im Wasser verbirgt, es schwimmt scheinbar weiterhin unter unserer Fähre.

Ich stehe auf.

»Vorsichtig!«, sagt Gabriele, deren Finger die Sitzfläche nicht loslassen. Eine ihrer brünetten Haarsträhnen klebt an ihrer Wange.

»Keine Sorge« beruhige ich sie und umfasse im gleichen Moment mit meinen Armen den Fahnenmast, um sicheren Halt zu haben und den Kopf weiter über den Bug hinauszulehnen. Ein Gegenstand schimmert durch das grünlich-trübe Wasser hindurch. Nur leicht. Trotzdem würde ich sagen, er ist eindeutig gelb. Ein leuchtend helles Gelb, womöglich ein Eimer oder ein abgerissener Stofffetzen.

»Da ist etwas! Stopp! Das müssen Sie sich ansehen«, alarmiere ich den Fährmann, der sogleich den Motor abstellt und sich an der Gruppe vorbei drängt, um zu mir nach vorne zu kommen.

Als er neben mich tritt, sich über die Brüstung beugt und diesen unbeschreiblichen Ausdruck in seinem Gesicht bekommt, hätte ich es ahnen können. Instinktiv hätte ich wissen müssen, dass es besser ist, nicht hinzusehen. Ohne den Anblick wäre mir die Sache gleichgültiger gewesen und niemals derart nahe gegangen. Doch was immer es ist – Neugier, Sensationslust oder einzig pure Dummheit – ich kann nicht anders. Ich will wissen, was diesem eben noch so entspannten Mann ein solches Entsetzen ins Gesicht getrieben hat. Was kann derart furchtbar sein?

Als ich mich zum Wasser drehe, sehe ich den Grund, er ist schon fast gänzlich aufgetaucht. Die Strömung unterhalb der Fähre, die ihre Fahrt gedrosselt hat, treibt ihn an die Oberfläche. Er sieht aus, als ob er nach einem langen Tauchgang emporsteigt. Doch dass er kein Taucher ist, der gleich aus dem Wasser steigt, sieht man sofort an den Augen des Mannes, die weit geöffnet sind. Die aufgequollene Haut und der eigentümliche Geruch lassen ebenso keinen Zweifel zu. All das zusammen zeugt davon, dass diese Person schon seit einiger Zeit nicht mehr am Leben ist.

Wasserleichen sind ein grausiger Anblick, sagt man allgemeinhin, und jetzt kann ich diese Behauptung zweifelsfrei bestätigen. Während unser Fährmann bestürzt zurückzuckt, kaum fähig, sich auf den Beinen zu halten, bleibe ich seltsam ungerührt. Ich weiß nicht, woher ich die Ruhe oder den Mut nehme, doch ich stürze zum Steuerstand, um mir den Bootshaken zu greifen. Jemand muss den Mann aus dem Wasser ziehen, bevor ihn die Strömung wieder erfasst und weitertreibt. Der Fluss darf ihn nicht mitnehmen.

Gabriele schreit auf, als ich mit dem Haken auf sie zustürme und mich erneut über die Reling lehne. Es wird hektisch auf der Fähre. Sie wankt bedrohlich, da alle panikartig nach hinten drängen. Bei dem ganzen Tumult ist es schwierig, um nicht zu sagen unmöglich, die lange Stange in die passende Position zu bringen. Zumal die Strömung den Körper mit aller Kraft mit sich nehmen will. Nur mit Glück bekomme ich die Innenseite der gelben Regenjacke mit dem Haken zu fassen. Ich halte die Stange mit festem Griff. Auch wenn es mir zunehmend an Kraft fehlt und die Strömung immer wieder nach ihm greift, ich lasse ihn auf keinen Fall los!

Nicht mir, sondern dem Toten scheint es an Vehemenz und

Mut zu fehlen. Plötzlich und völlig unerwartet lockert er den Zug am Haken. Er gibt auf. Bevor ich erfasse, was geschieht, hat sich der Körper der Jacke entledigt. Der Mann gleitet hinaus aus dem Parka, er ist frei und der Strömung wehrlos ausgesetzt. Während ich ohnmächtig dabei zuschauen muss, wie die Leiche fortgetrieben wird, halte ich den gelben Fetzen weiter am Haken. Das Wasser gurgelt aus Ärmeln und Taschen und jagt der flussabwärts treibenden Leiche hinterher.

»Ich brauche etwas zum Festhalten!«, flüstert jemand neben mir. Es ist Gabriele. Zusammengekauert sitzt sie auf dem Boden, die Beine angezogen, den Blick starr auf ihre Knie gerichtet, den Rücken fest an die Sitzbank gepresst. Ihr Gesicht sieht verändert aus. Fast schimmert es bläulich.

»Ich brauche etwas zum Festhalten«, stammelt Gabriele ein weiteres Mal.

»Nur eine Sekunde noch«, verspreche ich und ziehe den Anorak mit energischem Ruck an Bord. Noch mal ein Aufschrei. Der gelbe Stoff fällt vor uns auf den Boden. Er und die Wasserlache, die sich vor unseren Augen bildet, sind in dieser Sekunde alles, was von der plötzlich und so unerwartet zum Vorschein gekommenen Erscheinung geblieben ist. Das Ganze hat keine zwei Minuten gedauert, und doch hat es eine schauerliche Atmosphäre auf dem Boot hinterlassen. Totenstille breitet sich aus, alle sehen zu dem gelben Etwas.

Als ich meine Hand auf Gabrieles lege, zuckt sie scheu zusammen.

»Keine Sorge. Uns passiert nichts. Wir sind gleich am Ufer.« Meine Stimme ist seltsam monoton, fast als gehöre sie nicht zu mir. Beschwörend blicke ich zum Fährmann, der sich hierauf alle Mühe gibt, die Fassung wiederzuerlangen. Er weiß, er ist jetzt am Zug, auch wenn ihn die Sache erkennbar mitgenommen hat. An die Reling gestützt richtet er sich auf, geht zurück zum Steuer und lässt den Motor an. Die Maschine heult kurz auf. Das allein reicht schon aus, um Gabriele und die anderen erneut aufschrecken zu lassen.

Merkwürdigerweise bin ich in diesen Sekunden, in denen allen der Schock ins Gesicht geschrieben steht, weitaus gefasster als in den ganzen vergangenen Monaten, in denen nichts, aber auch gar nichts geschehen ist.

In den letzten Minuten sind wir fast bis hinunter zur Saarschleife getrieben, stelle ich fest. Der Rest der Gruppe, der vermutlich immer noch am Ufer ausharrt, wird verwundert sein und sich fragen, wo die Fähre nur bleibt. Derzeit ist niemand von ihnen zu sehen. Wacker stellt sich die Fähre gegen die Strömung und nimmt wieder Kurs auf. Es wird dauern, bis wir den Bootssteg auf der anderen Saarseite erreichen. Bis dahin wird die Leiche längst weiter flussabwärts getrieben sein, überlege ich und taste mit der freien Hand meine Jackentasche ab. Gabrieles Hand, die sich wie versteinert um die meine gelegt hat, kann ich nicht loslassen.

»Bitte mach du das!«, sage ich zu Olli und strecke ihm mein Handy hin. »110!«

Olli verharrt einen Augenblick regungslos, er braucht ein paar Sekunden, bis er reagiert, aber letzten Endes nimmt er doch das Smartphone in die Hand und nickt mir zu.

»Sag, sie sollen sich unbedingt beeilen. Bitte!«, fordere ich ihn auf. Fast fühle ich mich, als wäre ich in einem Film. Als gäbe es ein Drehbuch, das nur ich kenne. Ich spiele meine Rolle genau nach Anweisung. Warum man allerdings mir eine Hauptrolle in diesem absonderlichen Geschehen zugesprochen hat, ist mir völlig unbegreiflich.

»Siegfried Brokatt«, folgert Hauptkommissar Forsberg später mit einem Blick auf Pass und Führerschein. »Der Mann heißt Siegfried Brokatt. Gerade einmal 39.«

Die Papiere steckten in der Innentasche des gelben Parkas.

Ebenso wie ein Schlüsselbund und ein paar durchweichte Hustenbonbons.

»Seltsamerweise gab es keine Suchmeldung in den letzten Tagen. Niemand scheint den Mann zu vermissen. Komisch. Aber na ja, vielleicht war er alleinstehend und der Einsamkeit erlegen. Allein zu sein, hat schon so manchen verzweifeln lassen«, bemerkt der Hauptkommissar mit einem Hauch Bitterkeit in der Stimme.

Ich schaue zu Gabriele. Ihr Gesicht ist immer noch völlig versteinert. Ein Sanitäter hat ihr eine Decke übergelegt. Leichenblass steht sie da und starrt verschüchtert Kommissar Forsberg an. Ich halte weiterhin ihre Hand wie die eines Kindes.

»Soso, Single-Wanderung«, fährt der Hauptkommissar mit deutlich abschätzigem Ton fort, während er unsere Versionen der Geschichte und die Personalien aufnimmt.

»Kultur-Single-Wanderung«, korrigiere ich, als würde das einen Unterschied machen. Zweifellos hat das nun einen seltsamen Beigeschmack. Dass eine solche Wanderung auf diese Weise endet, damit hätte wohl niemand gerechnet. Die anderen Singles haben später am Ufer alle miteinander keinen guten Eindruck gemacht. Der Schock über den unerwarteten Fund saß bei allen tief. Einige konnten sich nur schwer beruhigen und wurden von den Sanitätern erstversorgt.

Eben wurde die Gruppe von der Polizei entlassen und mit Taxis nach Mettlach zurückgebracht. Nur Herr Mann, der Fährmann, Gabriele und ich sind als Hauptzeugen für Rückfragen der Kripo vor Ort verblieben.

Es ist schon weit mehr als eine Ironie des Schicksals, dass ich auf einer Single-Wanderung statt einer erfreulichen Männerbekanntschaft, wie sie mir Frau Tietze-Meiermann ans Herz gelegt hat, eine – und das muss mir meine Therapeutin zugutehalten, wenigstens männliche – Leiche aus dem Wasser fische. Wobei man von herausfischen in Wahrheit nicht sprechen kann. Fatalerweise, denn genaugenommen hatten wir beim Eintreffen von Polizei und Kripo einzig eine Jacke und eine ziemlich verrückte Geschichte vorzuweisen. Die dazu passende Leiche fehlte, auch wenn hier jeder unterschreiben würde, dass Siegfried Brokatt, den wir nur für wenige Sekunden zu Gesicht bekamen, mit hundertprozentiger Sicherheit tot war.

Herr Forsberg scheint nicht an unserer Aussage zu zweifeln. »Auch wenn wir die Leiche noch nicht haben, die Bereitschaftstaucher und die Wasserschutzpolizei sind schon auf dem Weg. Sie werden die Saar gezielt absuchen. Ich bin mir sicher, man wird schon sehr bald fündig werden.«

Um diesen Job beneide ich die Taucher nicht.

»Nach Ihrer Beschreibung, Frau Wallenstein, konnten Sie keine Verletzungen erkennen?«

»Nein«, erwidere ich.

Herr Mann stimmt mir zu. »Da war nichts zu sehen.«

»Ist Ihnen sonst noch etwas Ungewöhnliches aufgefallen, das uns weiterhelfen könnte?«, fährt der Kommissar mit seiner Befragung fort.

Wir sehen uns schulterzuckend an. Nein! Ungewöhnlich war das Ganze, ohne Zweifel, aber über das bisher Gesagte hinaus weiß niemand von uns noch etwas zu berichten, womit sich die Vernehmung dem Ende zuneigt. Die allerletzte Frage des Kommissars bringt mich jedoch ins Stutzen.

»Sind Sie denn wenigstens fündig geworden auf Ihrer Single-Wanderung?«, fragt Herr Forsberg scharfzüngig, beinahe bissig. Er wartet unsere Antwort nicht ab, sondern klappt sein Notizbuch zu. »Danke für Ihre Unterstützung! Bitte halten Sie sich in den nächsten Tagen für weitere Fragen zur Verfügung«, beendet er das Verhör routiniert. Allem Anschein nach hat es der Kommissar eilig. »Eine Menge

Krankmeldungen und viel zu tun heute«, murmelt er beiläufig und lässt uns mit diesen Worten stehen. Auf dem Weg zu seinem Dienstwagen stoppt Forsberg bei einem Kollegen mit der Bitte, man solle ihn umgehend informieren, wenn es etwas Neues geben sollte. Dann fährt er davon, und ich stelle fest, dass Gabrieles Griff sich wieder lockert. Die Anwesenheit des Hauptkommissars hat sie, so scheint es, weitere Nerven gekostet.

Mehr als ratlos bleiben wir drei zurück. Wie geht man nach einem solchen Erlebnis wieder zur Tagesordnung über? Keine Ahnung. So recht weiß anscheinend niemand von uns, was jetzt das Richtige wäre. Sprachlos stehen wir uns gegenüber.

Herr Mann findet zuerst die Fassung wieder. »Soll ich Sie nach Mettlach fahren, damit Sie nach Hause können?«, bietet er uns an. Der Kommissar hatte dem Fährmann eben mitgeteilt, dass die Fähre für den Rest des Tages geschlossen bleibt, damit Spurensicherung und Taucher das Boot nach möglichen Hinweisen absuchen können. »So wie es aussieht, gibt es heute keine Überfahrten mehr«, stellt Herr Mann mit einem Schulterzucken fest. »Das heißt, ich habe Zeit.«

Wir nicken dankbar. Während der Fährmann seinen Wagen holt, stehe ich mit Gabriele am Ufer und blicke flussabwärts zur Saarschleife. Für heute hat sie ihren Zauber verloren. Da fällt mir etwas ein. »Moment«, sage ich zu Gabriele. Ich lasse ihre Hand kurz los und gehe Richtung Steg. »Ich muss noch was holen. Bin gleich wieder da.«

»Entschuldigung, ich habe auf der Fähre meinen Rucksack vergessen«, erkläre ich den beiden jungen Polizisten, als ich näher trete. Sie sperren den Ort in diesem Augenblick ab.

»Aber bitte schnell und wirklich nur die Tasche. Sonst nichts anfassen. Wir warten auf die Kollegen von der Spurensicherung«, fordert der Dunkelhaarige mit Brille. Die beiden Beamten machen mir den Durchgang zur Fähre frei.

Als wäre überhaupt nichts geschehen, steht mein Rucksack immer noch genau dort, wo ich ihn zu Beginn unserer Fährfahrt abgelegt habe. Ich greife mir die Tasche, und während ich mir die Gurte über die Schultern streife, sehe ich das schmale braune Band am Boden der Fähre. Es hat sich an der Befestigung der Sitze verfangen. An der Stelle ungefähr, an der Gabriele die ganze Zeit über verharrte. Als ich meinen Kopf drehe, erkenne ich, dass die beiden Polizisten mich nicht weiter beachten. Sie sind in ein Gespräch vertieft und haben mir halb den Rücken zugewandt. Nun gut, ich weiß, dass ich die Finger besser davon lassen sollte, trotzdem siegt die Neugier. Rasch bücke ich mich hinunter und strecke meine Hand nach dem Band aus. Ich will es mir nur eine Sekunde lang ansehen. Gar nicht viel mehr.

Und in der Tat, wie vermutet, ist es nass. Demnach ist nicht auszuschließen, dass es aus dem Parka des unbekannten Mannes stammt. Nervös drehe ich das Stück Leder in meinen Händen. Wozu könnte es gehört haben? Da entdecke ich die Inschrift.

»Günther!« Lautlos bewege ich meine Lippen. Es ist eine in das Leder eingeprägte Schrift, deren Vertiefungen mit dunklem Braun nachgezogen sind. Das Band franst an den Seiten leicht aus und ist dort heller. Mehr allerdings ist nicht zu erkennen. Könnte ein Schlüsselband sein, überlege ich und lege das nasse Etwas vorsichtig zurück an seinen Fundort. Als ich wieder an den beiden Polizisten vorbeigehe, kann ich mir eine Bemerkung nicht verkneifen. »Haben Sie das gesehen? Das braune Stück Leder auf dem Boden. Vielleicht ist es wichtig?«

»Vielleicht.« Diesmal antwortet der kleinere Blonde. »Dafür haben wir die Spusi. Alles Profis, die machen schon ihren Job, keine Angst«, belehrt er mich und wendet sich wieder seinem Kollegen zu.

Als wir später im Auto sitzen und immer noch unmittelbar neben dem Saarufer in Richtung Dreisbach fahren, frage ich mich, ob man die Leiche je finden wird. Ob man jemals erfahren wird, was genau mit diesem Brokatt geschehen ist? Ich weiß nicht, weshalb, aber die Sache berührt mich. Er muss einsam gewesen sein, sonst hätte ihn jemand als vermisst gemeldet. Niemandem scheint mehrere Tage lang sein Fehlen aufgefallen zu sein, womöglich war er noch einsamer und entbehrlicher, als ich es bereits bin, überlege ich. Diese Vorstellung jagt mir einen Riesenschrecken ein, aber gleichzeitig drängt sie mir auch einen Gedanken, ja vielleicht sogar eine Idee auf, die ziemlich verrückt klingen muss: Was, wenn die Leiche von Siegfried Brokatt nicht zufällig an unsere Fähre gestoßen ist? Allenfalls war es so etwas wie Schicksal. Möglicherweise, und mir ist bewusst, dass das eine völlig absurde Schlussfolgerung sein dürfte, muss ich mich um ihn kümmern, jetzt da ich ihn gefunden und wieder verloren habe. Wenn es niemanden gibt, der sich um diesen Siegfried sorgt, der ihn in irgendeiner Weise vermisst oder seinen Tod bedauert, dann muss ich es vielleicht tun. Aus purer Gerechtigkeit, denn niemand sollte derart einsam sein.

»Nichts im Leben passiert einfach nur so!«, philosophiert Frau Tietze-Meiermann regelmäßig in unseren Sitzungen. Diesmal soll sie recht behalten.

Saarbrücker Morgenblatt Ihr regionaler Partner	Ausgabe 2.09.2019

Das tragische Ende einer Single-Wanderung

Sonntagnachmittag in Mettlach. Unerwartet bereitet ein Leichenfund dem Flirtspaß bei einer Single-Wanderung ein jähes Ende.

Es sollte eine gemütliche Wanderung werden – zum Kennenlernen und Austauschen. Doch als die Gruppe unter der Führung von Herrn Schmitz zur Überfahrt die »Kleine Fähre Welles« an der Saar besteigt, endet der Ausflug in einer Tragödie.

Eine Leiche verhakt sich unterhalb des Fährschiffes und jagt den liebesbedürftigen Wanderern einen Riesenschrecken ein, den niemand der Gäste wohl so schnell vergisst. Dank des beherzten Eingreifens des Fährmanns bricht auf dem kleinen Boot keine Panik aus. Die Leiche konnte tragischerweise nicht geborgen werden, derzeit wird mit Hochdruck nach ihr gesucht. Mit Hilfe der Papiere in der Jacke des vermeintlich Toten konnte man die Person identifizieren. Es handelt sich um einen vierzigjährigen Callcenter-Mitarbeiter aus dem Warndt. Derzeit spricht vieles für einen Selbstmord.

Die Kripo Saarbrücken ermittelt und bittet um sachdienliche Hinweise.

Vorankündigung

Lebensratschläge für Frauen in der Mitte des Lebens

Die bekannte Psychologin Frau Dr. Tietze-Meiermann bietet am 4. Oktober im Rahmen der Vortragsreihe »Lebenshilfe für Frauen in der Mitte des Lebens« ein weiteres Seminar mit dem Titel »Mit mir nicht!« an. Veranstalter ist die Volkshochschule Kreis Merzig-Wadern.

Im Rahmen dieser Veranstaltung stellt Frau Dr. Tietze-Meiermann auch ihren aktuellen Ratgeber »Wie man als Frau endlich wird, was man ist« vor.

Interessierte Frauen und gerne auch Männer können sich bis Ende September zur Veranstaltung anmelden.

Tragischer Unfall mit Todesfolge im Landkreis St. Wendel

Polizei und Sanitäter rückten am gestrigen Abend zu später Uhrzeit aus. Eine Anwohnerin hatte ihren Nachbarn tot aufgefunden. Die eintreffenden Sanitäter konnten nichts mehr für den älteren Mann tun. Über die genauen Todesumstände will die Polizeidienststelle heute näher informieren.

Saarlandtrend – Frage der Woche

89% der Saarländer wünschen sich eine bessere Bildungspolitik und mehr Investitionen in die Bildung.

HEUTE ABEND KÖNNTE ES KÜHL WERDEN

Die Traumstunde hat ein Ende.

Gustav Kallenborn

Saarbrücker Morgenblatt Ihr regionaler Partner	Ausgabe 27.08.2019
Das könnte ein ziemlich cooler Abend werden: **Am 30. August nimmt das Partyschiff wieder Kurs auf** *Achtung Partystimmung – jetzt noch schnell Karten sichern für die beste Party des Jahres* Eine schwimmende Ü30-Party. Das gibt es nur im Saarland. DJ Mustang, der Garant für Partyatmosphäre und heiße Rhythmen, legt auf dieser Tour die Scheiben auf, und damit ist der Spaß schon Programm. Los geht es in Saarlouis an der Undine. Parkplätze sind reichlich vorhanden. Von dort aus geht es nach Merzig, Besseringen bis zur Saarschleife, der schönsten Stelle der Tour. Cocktails, Büfett, nette Menschen und Partystimmung – was will man mehr? Ziehen Sie sich warm an, denn es könnte ziemlich cool werden bei dieser Ausfahrt. Abfahrt: 20.00 Uhr/ Rückkehr: 2.00 Uhr	**Das Saarland in Zahlen: Der Tourismus boomt!** Der Saarlandtourismus befindet sich im Höhenflug. Die Erhebung des statistischen Amtes spricht eine deutliche Sprache: Immer mehr Reisende zieht es ins kleine Ausnahme-Bundesland, und so sind auch in diesem Jahr die Tourismuszahlen noch einmal weiter angestiegen. Und was sagen wir Saarländer dazu: Awei heer uff!

Erste Single-Kultur-Wanderung an der Saarschleife am 1. September	**Deutsches Blut in seinen Adern**
Gemeinsam wandern und etwas erleben, das ist das Motto der ersten Single-Kulturwanderung unter der Leitung des beliebten Wanderführers Karl-Heinz Schmitz. Gibt es eine bessere Chance, um mit Gleichgesinnten in Kontakt zu treten? Womöglich nicht! Also trauen Sie sich und melden Sie sich an. Am besten schon heute bei der Tourismuszentrale in Mettlach. Unkostenbeitrag: 26 € mit kleinem Imbiss auf der Wegstrecke.	*US-Präsident kündigt Besuch in der Pfalz an.* Donald Trumps Großeltern stammen aus dem pfälzischen Kallstadt. Diesen Spuren seiner Vergangenheit möchte der Präsident in Kürze nachgehen und Kallstadt einen Besuch abstatten.

»Aussteigen, Kumpels!«, sage ich und werfe einen Blick in den Rückspiegel.

Günthers Augen leuchten. Auf die Schiffstour freut er sich schon die ganze Woche. Siggi neben mir ist offenbar nicht ganz so leicht zu begeistern. Er ist eingepennt, dabei ist es erst 19.30 Uhr.

Mann, Mann, Mann. Da ist man gnädig, nimmt den Jungen mit auf große Fahrt, und die trübe Tasse schafft es nicht mal, wenigstens zu Beginn wahre Tatkraft an den Tag zu legen. Wen wundert es da, dass der Siggi immer leer ausgeht. Dass er eine echte Schlaftablette ist, wittern die Mädels zehn Meter gegen den Wind. Heute ist es noch einfacher, denn er hat sich wieder einmal den gelben Friesennerz übergeworfen. Kaum zu glauben – in dem Aufzug geht der Typ auf eine Aufreißtour.

»Auf so einem Schiff kann es verdammt kühl werden«,

entschuldigte sich Siggi beim Einsteigen gleich für diese Wahnsinnsaktion. Dann die typische Handbewegung. Mit dem Zeigefinger rückt er seine Nerdbrille auf der Nase zurecht. Das dümmliche Grinsen auf seinem Gesicht gibt es gratis dazu.

»Ich dachte eher, heute wird es heiß«, gab ich prompt zurück. Mehr sagte ich nicht. Da ist Hopfen und Malz verloren. Den Kerl bekommt man nicht mehr bekehrt. Aber was soll's, sage ich mir, je mieser die Chancen für Siggi stehen, desto besser ist das letztlich für mich. Das ist mein Credo. Wer denkt, es ist blamabel, mit so einer Schote loszuziehen, spekuliert genau falsch und denkt die Rechnung nicht bis ganz zu Ende. Mit Günther und Siggi in der Gefolgschaft sichere ich mir die besten Chancen. Günther zieht die Mädels magisch an, und der Einfaltspinsel Siggi lässt mich kompetent und unwiderstehlich wirken. Wäre man Künstler, würde man behaupten wollen, die beiden sind ein perfekter Hintergrund für einen Zuckerwürfel wie mich. Auf dieser Basis reiße ich die Sweeties auf. Und das floriert! Zugegeben nicht immer, aber ich kann nicht meckern.

Doch ganz egal, wie oder wer oder was, in dieser Sekunde hat die Traumstunde für Siggi ein Ende. Ich ramme ihm meinen Ellbogen in die Seite, dösen kann er zu Hause.

»Aua«, murmelt der Weichling und reibt sich mit der Hand über seine Hühnerbrust. Was für ein Weichei, denke ich und nehme gleichzeitig mit viel Fingerspitzengefühl den überdimensionierten Bordstein zum Parkplatz. Ein Verbrechen an Straßenplanung ist das! Da hört für mich der Spaß auf.

Während des kleinen obligatorischen Umwegs durch die Gassen von Saarlouis, das gehört hier im Grunde zum guten Ton, habe ich die Kiste einige Mal hochgejagt und neidische Blicke auf mich gezogen. Der neue Auspuff kommt prima, ein unvergleichlicher Sound. Jetzt und hier heißt es jedoch, taktvoll mit der PS-Rakete umzugehen und den Gasfuß in Schach zu halten. Solche Power ist nur schwer zu zügeln. Letzte Woche habe ich, und das war garantiert nicht mein Fehler, quasi aufgesetzt. Das wieder Aufpolieren war nicht billig, und solange in Saarlouis Mauern statt Bordsteinkanten aufgestellt werden, ist Heizen beim Einparken vorerst tabu.

Wir also rauf auf die Parkpiste, um nach einem passenden Plätzchen für mein Goldstück Ausschau zu halten. An der Undine am Saarlouiser Saarufer ist heute titanisch was los, und mein heiliges 3er-Coupé stationiere ich garantiert nicht an jeder Ecke. Da kann sich Siggi sein »Da iss einer« gern sparen. Mein Schlitten passt in keine Miniaturlücke. Erst als ich einen ausladenden Platz unter einer Laterne für den 99er ausmache, bin ich zufrieden und setze rückwärts ein. Das gute Stück ist, so wie es da steht, eine Rarität, in der Farbe erst recht. Tipptopp Zustand wohlgemerkt. Da gibt es an allen Ecken und Enden Neider, deshalb kann man das Prachtstück eben nicht überall postieren.

Wir steigen aus und ich klappe das Verdeck hoch. Ich bin gespannt, ob diese Ü30-Tour hält, was die Werbung verspricht. Eine Menge Leute in allerbester Stimmung, die mit dem Partyschiff über die Saar geschippert werden. Singlegarantie und Heimkehr mitten in der Nacht. Das bedeutet, spätestens auf der Rückfahrt von Mettlach werde ich Ertrag einfahren, denn Mädels vertragen grundsätzlich nichts und sind dann froh, an einer starken Schulter ausruhen zu können. Genau die und weit mehr habe ich zu bieten. Nicht umsonst stiefle ich dreimal die Woche in die Muckibude.

Ich werfe einen Seitenblick zu Siggi. Dort steht mein genaues Gegenteil, würde ich behaupten wollen. In dem Aufzug und mit der Weicheimasche wird er nie eine abbekommen. Höchstens aus Mitleid. Dabei könnte das anders laufen, denn so übel sieht der Siggi gar nicht aus. Aber auf meinen kompetenten Rat will er nicht hören, und wer nicht von einem echten Experten lernen möchte, ist eben selbst schuld. Mich stört es nicht, denn wie gesagt: umso mehr bleibt für mich.

»Auf ins Getümmel, Jungs«, sage ich voll motiviert und schließe den Wagen ab.

»Sekunde. Ich muss noch einen Bach machen«, meldet sich Siggi und macht sich auch schon sofort auf, direkt ab ins Gebüsch.

Ich werfe Günther einen vielsagenden Blick zu: einen Bach machen! Der Anblick von Siggi im gelben Parka am von der Straßenlaterne beleuchteten Gebüsch, wie er unbeholfen an seinem Hosenlatz herumfummelt, könnte ein echter Brüller sein, wäre der Junge heute Abend nicht in meiner Anhängerschaft. Allmählich bereue ich, die Knalltüte mitgenommen zu haben. Eine Gruppe kichernder Ladys läuft an uns vorbei, und ich schäme mich in Grund und Boden. Damit uns niemand mit dieser Lachnummer in Verbindung bringt, dackle ich mit Günther einige Schritte voraus.

Eben, es ist keine Viertelstunde her, hat mir Siggi noch in den Ohren gelegen, wie mies es doch bei ihm auf der Maloche ist – von wegen Mobbing, Schikane, übler Chef und so weiter und so weiter. Jetzt, da ich den Jungen mal wieder für einen Abend live und in Farbe erlebe, habe ich vollstes Verständnis für die lästernden Kollegen. Fünf Minuten mit dem Armleuchter, und ich bin kurz vorm Verzweifeln. Der Kerl macht sich doch selbst zum Opfer.

»Siggi, du Tranfunsel. Wird's heute noch was?«, frage ich grantig. Der Ton wirkt Wunder, endlich geht es weiter. »Hast du die Tickets?«, erkundige ich mich. Siggi kramt sie aus seiner Innentasche und reicht mir meine Fahrkarte ins Glück herüber. »Prima!« Ich stecke die Karte ein.

Ohne Zweifel hat Siggi auch positive Seiten, muss ich zugeben. Er ist zuverlässig und hat die Tickets gleich nach meinem Anruf reserviert und obendrein für uns abgeholt. Hier wäscht eben eine Hand die andere, ich nehme ihn immer mit, da er selbst kein Auto hat, und er zahlt die Auslagen. Für uns beide sozusagen eine Win-win-Situation.

Von der Anlegestelle herüber hört man bereits Musik. Es klingt nach bombiger Partystimmung. Und ungelogen, der erste Blick auf das bunt blinkende Boot, im Hintergrund die untergehende Sonne, lässt meine Laune explodieren. Heute Abend geht was, das spüre ich!

Auf dem Deck heizt der absolute Spezialist für feinste 80er- und 90er-Mucke, DJ Mustang, den Gästen gewaltig ein.

»Ausverkaufte Bude heute Abend und Mega-Partystimmung«, kündigt uns der Genosse an der Kasse an, und er verspricht nicht zu viel. Auf Deck tanzen einige Ladys in engen Jeans zu Cindy Laupers *Girls just want to have fun*. Wie gewohnt zieht Günther beim Vorbeigehen alle Blicke auf sich. Die Mädels lächeln reihenweise und ungehemmt zu uns herüber, als wir an der Reling unseren vorläufigen Posten beziehen. Was will man mehr? Wir genießen die prächtige Aussicht. Mit dem ersten Bier des Abends stimmen wir uns auf das Kommende ein. Günther, für den Alkohol normalerweise tabu ist, lässt sich nicht zweimal bitten. Siggi hingegen, wie immer Spaßbremse, hält sich an seiner Apfelschorle fest. Umso besser, in dem Fall hat er später die Ehre, meinen heiligen 3er unverwundet nach Hause zu bringen.

Der Abend entwickelt sich optimal und lässt keine Wünsche offen. Die drei Mädels von der Tanzfläche lassen sich zu ein paar Drinks einladen. Ich veranstalte die passende

Show, sorge für Belustigung, und Siggi spendiert selbstlos. Die Nummer ist immer die gleiche. Never change a winning Team, kann ich nur sagen. Ich stelle unser Trio vor: Ich, der Kallie, schon seit der Schulzeit wegen meines Familiennamens Kallenborn. Dann kommt der hinreißende Günther – alle jubeln –, und zuletzt unser Minirambo Siggi. Spätestens gegen Ende der Vorstellung ist der erste Lacher Programm und das Eis gebrochen. Es zeigt sich schnell, dass Conny ein absoluter Hauptgewinn ist. Für jeden Spaß zu haben, bildhübsch und ein Quäntchen naiv. Eine zauberhafte Mischung, absolut nach meinem Geschmack. Welcher Mann will sich schon mit einer Besserwisserin den Abend verderben? Ich mal nicht.

Alles läuft wie gemalt. Sogar der Nullchecker Siggi scheint Spaß zu haben und wechselt ein paar Worte mit den von mir organisierten Mädels, die in diesem Moment wieder die Tanzfläche in Angriff nehmen. Vor Kurzem sind wir an Merzig vorbeigesegelt, und Siggi liefert das x-te Bier bei mir ab. Ich fühle mich in Bestform: Zeit für Stufe 2. Auch wenn man es nach der Show, die sich jetzt anreiht, kaum glauben mag, faktisch bin ich kein leidenschaftlicher Tänzer. Doch mit den paar Bierchen intus bin ich gegenwärtig locker genug, um die Tanzfläche zu erobern, nur um näher an Conny heranzurücken. Das Lächeln, das sie die ganze Zeit in meine Richtung wirft, ist eindeutig.

Die ersten Töne von *Cotton Eye Joe* erklingen und sind wie ein Omen. Den Song der verrückten Techno-Cowboys habe ich immer schon gemocht. DJ Mustang hat glasklar Geschmack. Ich drücke Siggi das Leergut in die Hand. Hier und heute werde ich meiner Conny eine Exklusivvorstellung abliefern.

»Jacke!«, sage ich und ziehe Siggi demonstrativ am Kragen. Die Blitzbirne braucht ein wenig Zeit, um zu verstehen.

Lederoptik wäre für meine Westerneinlage freilich zweckmäßiger, aber der gelbe Parka tut es wohl oder übel auch.

»Showtime!«, kläre ich Siggi über meine Absichten auf und schiebe ihm meine Edeljeansjacke hin, während ich mir seinen Friesennerz überwerfe. Den Kragen klappe ich hoch. Perfekt, ich sende einen geheimnisvollen Clint-Eastwood-Blick zu Conny aus. Schade, dass ich mir das Rauchen vor ein paar Monaten abgewöhnt habe, mit Glimmstängel wäre das alles noch weitaus authentischer. Jetzt das Lasso, dazu leihe ich mir Günthers Lederband. Eine Hand klemme ich in bester Cowboymanier an die Hüfte, mit der anderen schwinge ich meine Fangleine, die ich für die zauberhafte Conny reserviert habe. Vollends eins mit dem Rhythmus der Musik schwofe ich auf mein Mädchen zu. Jetzt gleich schnappe ich mir meine Beute, es gibt kein Entkommen, Connylein. Die Lady kichert, als ich auf sie zu steppe. Dabei tanzen winzige Grübchen über ihre Wangen, die unwiderstehlich aussehen. Ganz klarer Fall, ich habe die Frau am Haken.

Ein wenig ziert sich Conny zwar, als ich ihr den Gurt überwerfe und sie nah an mich heranziehe, aber das gehört bekanntermaßen zum Spiel dazu. Als der Song zu Ende geht, hat sie genug vom Tanzen. Wir stellen uns wieder zurück an die Reling, dort ist es ohnehin intimer.

Doch statt sich in aller Ruhe Stufe 2 anzunehmen, mischt sich Siggi ein. Er fragt Conny, wo sie herkommt und noch mehr belangloses Zeug. Mein Mädchen lässt sich, man glaubt es kaum, von Siggi in ein Gespräch verwickeln. Was soll der Mist, frage ich mich angefressen, wie sicher jeder verstehen kann. Siggi versaut mir die Tour. Wegen ihm komme ich nicht mehr zum Zug. Der Armleuchter checkt wieder rein gar nichts, sonst wüsste er, dass Conny klar erkennbar für mich reserviert ist. So eine Frau ist keine Klasse, die sich mit einem wie dem Siggi abgibt. Ich schaue mir die ganze Show ein paar Minuten lang an, und da mein heimtückischer Gefolgsmann keine Anstalten macht, die Lachnummer einzustellen, muss ich eigenhändig dem Trauerspiel ein Ende setzen. Siggi scheint heute Abend schwer von Begriff zu sein, also gilt es jetzt und hier, kristallklar die Besitzrechte zu klären. Ich rücke näher an Conny heran und lege ihr demonstrativ den Arm um die Schulter.

Völlig unvermutet dreht sich Conny zu mir um und schiebt meinen Arm von sich. »Du, Kallie«, sagt sie, und in dem Moment finde ich ihre Grübchen gar nicht mehr niedlich. »Du Kallie, könntest du bitte mir und Siggi auf dem Weg zur Theke eine Apfelschorle mitbringen?«

Ich nicke und trabe – wie dumm kann man sein – in Richtung Theke. Es dauert ein paar Sekündchen, bis ich realisiere, was ich da anstelle. Das ist doch nicht ihr Ernst! Ich eiere los, um dem Verräter Siggi und meiner, wie sich derzeit herausstellt, extrem dusseligen Teilzeiteroberung die Getränke anzuliefern. In mir brodelt es. Ich kehre auf der Stelle um und packe Siggi am Kragen, der genaugenommen mein Kragen ist, da der Junge immer noch meine Jacke trägt und ich diesen verdammten Friesennerz – aber das ist jetzt auch wurscht. Zu Conny sage ich nur kurz: »Wir gehen mal Gassi!«

Nicht unbedingt behutsam, aber verdient, zerre ich den Knaben zur Hinterseite des Kahns. »Knutschecke« steht dort auf einem Schild, daneben ist ein Herzchen gemalt. Im Moment finde ich das ganz und gar nicht witzig. Die Ecke ist für Paare bestimmt, die sich an diesem Abend zurückziehen wollen. Dort, exakt dort könnte ich jetzt mit Conny sitzen und auf unmittelbarer Tuchfühlung sein. Aber da hatte ich die Rechnung noch nicht mit dem miesen Seelenverkäufer Siggi gemacht. Wieder einmal hat er alles vermurkst.

»Genosse Kameradenschwein«, sage ich. Das reicht an Kommunikation völlig aus. Mir ist nicht nach Reden zumute. Solche charakterlosen Methoden treibt man der Flachpfeife vor mir nur auf andere Weise aus.

Mein erster Schlag geht daneben. Geringfügig.

»Gustav, sei doch vernünftig«, bettelt Siggi.

Gustav! Den Namen hasse ich seit meiner Kindheit. Alle nennen mich Kallie. Jeder! Der Weichling kapiert rein gar nichts.

Siggi will sich natürlich wieder aus allem herausquatschen: »Nun hör doch mal zu …«

Mit mir heute nicht, sage ich mir.

Der Aufwärtshaken sitzt. Siggis Hornbrille fliegt in hohem Bogen über Bord.

»Spinnst du?«, kräht Siggi und erhebt die Hand gegen mich. Gegen seinen besten und einzigen Freund, der Knallkopf! Es kann nur ein Zufallstreffer gewesen sein, anders ist, was nun geschieht, nicht zu erklären. Ein extrem gut anvisierter Glückstreffer. Ich verliere das Gleichgewicht und kippe nach hinten.

»Ich brauche etwas zum Festhalten!«, sage ich gerade noch und suche mit den Händen nach Halt. Weiß Gott, warum Günther aus heiterem Himmel dort hinter mir auftaucht. Wohl um mir beizustehen und Siggi ebenfalls die Meinung zu geigen. Gleichgültig wie, er kommt mir zwischen die Haxen. Das ist der zweite unglückliche Zufall dieses Abends und zugleich mein Verhängnis. Während des Fallens habe ich einen seltsamen Gedanken: Ich frage mich, warum man Mauern statt Bordsteinen baut, wohingegen eine Reling eine solch geringe Höhe hat, dass sie einem ausgewachsenen Mann keinen Schutz bieten kann. Die Frage wird mir niemand mehr beantworten, denn ab da läuft die Sache verdammt schnell.

Ich bin im Grunde ein guter Schwimmer, aber in diesen Sekunden kommt vieles zusammen. Der Alkohol zum einen, dazu die starke Strömung, die Dunkelheit und obendrein der verdammte Friesennerz, der mich wie ein hungriges Tier unter Wasser zieht. Eines muss ich zugeben: Siggi hatte recht mit seiner Bemerkung, dieser Abend könnte sehr kühl werden.

DAS DREAMTEAM

Man soll nicht in der Vergangenheit leben.

Günther

Die Sache mit Kallie war ein Desaster, ein verhängnisvoller Schicksalsschlag. Der Vorfall traf mich mit voller Wucht, und kein Mensch hätte mir Vorwürfe machen können, wenn ich mich tagelang – ach, was sage ich, wochenlang – in Selbstmitleid vergraben hätte. Aber so jemand bin ich nicht. Ich trage die Dinge mit mir selbst aus und deshalb habe ich nicht ein einziges Mal gewinselt und keine einzige Träne vergossen.

Ich bin stark, weil ich es sein muss. Gegenwärtig gilt es, nicht an sich zu denken, sondern für meinen Freund Siggi da zu sein. Der Junge ist ein Sensibelchen, und ihn nimmt der leidige Vorfall derart mit, dass ich wohl oder übel für uns beide einen kühlen Kopf bewahren muss. Auch wenn es sich im ersten Moment hartherzig anhört, wir dürfen uns von dem Ereignis nicht aus der Bahn werfen lassen. Das hätte Kallie niemals gewollt.

Logisch waren wir zwei wie vom Schlag getroffen, als unser beider Kumpel sich einfach so davonmachte. Es war wie im Kino. Eine solche Vorstellung sieht man nicht alle Tage. Doch bei aller Dramatik und Trauer muss man den Tatsachen ins Auge sehen: Es gab nichts, was wir für unseren alten Freund hätten tun können. Er stürzte vom Schiff in die Saar und war gleich drauf nicht mehr zu sehen. Siggi lief wie ein Irrer auf dem Deck herum, schrie, kreischte und warf einen Rettungsring ins Wasser – doch keine Chance. Die Saar hatte Kallie verschluckt, und es sah nicht danach aus, als wolle sie ihn wieder freigeben.

Die Kiste spielte sich innerhalb von Sekunden ab. Nur Kallies Fluchen war noch eine Zeit lang in der Dunkelheit zu vernehmen. Dann wurde es still.

Zugegeben, ein bisschen komisch, ja beinahe schuldig fühlte ich mich nach der Sache schon, denn an und für sich ist Kallie an letzter Stelle über mich gestolpert. Aber ganz klar, den Schuh darf ich mir nicht anziehen. In der Sekunde, in der das Drama seinen Lauf nahm, wollte ich Kallie einzig und allein zur Vernunft aufrufen. So wie er mit Siggi und manchmal auch mit mir umsprang, war einfach nicht in Ordnung. Unabhängig davon war es weder Siggis noch meine Schuld, dass der Kallie ständig zu viel trank und sich dann kaum mehr auf den Beinen halten konnte. Der Unfall auf dem Schiff war, man kann es nicht anders nennen, eine Verkettung höchst unglücklicher Momente – zumindest für Kallie.

Da weder Siggi noch mich eine Schuld trifft, gilt es derzeit, einen kühlen Kopf zu bewahren und nach vorne zu schauen.

»Man soll nicht in der Vergangenheit leben«, sagte Kallie immer gern und vorrangig in den Fällen, in denen wieder eine seiner Liebesgeschichten in die Binsen gegangen war. Diesen Spruch von meinem alten Herrchen nehme ich mir zu Herzen. Er ist zu einem Kompass für mich geworden, der mir hilft, die harte Zeit zu überstehen. Und in der Tat, so unglaublich es klingt, aber wenn man sich nur Mühe gibt und die Einstellung stimmt, kommt man mit allem klar. Selbst mit einem derartigen Schicksalsschlag.

Nun muss man sagen, mein Freund Siggi hat leider ein weit weniger sonniges Gemüt. Ihm fällt der Umgang mit der neuen Situation schwer. Doch das Schicksal meint es trotzdem gut mit ihm, denn er hat mich an seiner Seite, und ich lasse ihn keinesfalls im Stich. Völlig selbstlos kümmere ich mich seit dem Debakel um meinen Freund und räume ihm alle Steine aus dem Weg. Wer weiß, mit dem Beistand wird Siggi hoffentlich bald schon die unleugbaren Vorteile der neuen Konstellation erkennen und über die ganze Sache hinweg sein. Denn wenn man von Kallies Tod absieht, hat es uns beide an und für sich nicht unbedingt übel getroffen.

Außerdem, auch wenn ich weiß, dass man über Tote nicht schlecht redet, muss man trotzdem Realist bleiben. Wer mein Herrchen kannte, weiß mit Sicherheit, dass er kein Bote Gottes war. Jahrelang haben Siggi und ich Kallies Schrullen ohne zu klagen ertragen. Sei es die Angeberei, die lahmen Sprüche oder seine fragwürdige Masche bei Frauen. Mit meinem Ex-Herrchen war es nicht selten beschämend, und trotz alledem haben wir immer zu ihm gehalten. Im Speziellen ich, obwohl er mich nicht gerade verwöhnte. Wenn Einkaufen zum Thema wurde und ich meine Wünsche zum Ausdruck brachte, hieß es immer: »Ach, Günther, sieht diesen Monat lausig aus. Wir müssen sparen.« Aber dann, manchmal nur ein paar Stunden später, lief er mit den Mädels in die teuersten Läden und ließ den Macker raushängen. Dass der falsche Hund mich dabei immer hemmungslos ausnutzte, war das Allerschlimmste.

»Der Günther ist perfekt, um bei den Mädels anzukommen«, verriet er Siggi einmal in Bierlaune und zeigte damit sein wahres Gesicht. Dass ich mithörte, störte ihn gar nicht. »Wozu bräuchte ich sonst so einen Kläffer wie den Günther? Glaub mir, Siggi, es gibt nichts Besseres als einen Köter, um mit den Püppis anzubandeln.«

Damals, im Moment meiner größten Demütigung, hatte

ich nur einen Gedanken: Warum nur ist Siggi nicht mein Herrchen? Wieso ist das Leben derart ungerecht? Und mal ehrlich: Wer konnte mir diesen Wunsch verübeln?

Und völlig unvermittelt, nur ein paar Wochen später, ist das Schicksal auf unserer Seite. Mein Herzenswunsch erfüllte sich, und wenn ich aufrichtig bin, geht es mir gegenwärtig so gut wie noch nie in meinem Leben. Ungelogen, wir zwei, mein Freund Siggi und ich, machen das Beste aus der misslichen Lage, genauso wie es uns Kallie mit Sicherheit gewünscht hätte.

Dass das Leben verdammt kurz sein kann, hat uns der Vorfall jedenfalls bewiesen. Es war wie eine Lehrstunde. Wir haben erkannt, dass im Leben nur wenige Dinge zählen. Genau auf diese Punkte haben wir zurzeit unser Dasein fokussiert: Lyoner, harmonische Fernsehstunden und ab und an den Bauch kraulen – mehr braucht weder Hund noch Mensch, und genau dies ist die beste Therapie, um das Trauma von letztem Freitagabend zu verarbeiten.

Nötig hat das ganz besonders Siggi. Ständig hängt er seinen Gedanken nach, wirkt fast schon depressiv. Er hat Gewissensbisse, das sieht man dem Jungen an. Dabei ist das völlig unnötig, denn es gab nichts, was wir für Kallie noch hätten tun können. Es war richtig, sich auf die Bordtoilette zurückzuziehen und dort auszuharren, während draußen weiter die Party tobte.

Auch wenn alles letztlich ein gutes Ende nahm, so einen Moment möchte ich nie wieder erleben, denn Siggi zitterte am ganzen Leib.

»Ich habe ihn umgebracht«, stammelte er wieder und wieder und so was wie »Jetzt ist alles aus!« Es tat mir in der Seele weh zu sehen, wie er dort kümmerlich am Boden saß und sich quälte. Es war klar, ich musste ihn auf andere Gedanken bringen und auf irgendeine Weise beruhigen. Nur deshalb zog ich mit meinen feinen Zähnen Kallies Geldbörse aus der Jeansjacke und legte sie vor Siggis Füßen ab.

»Komm, Günther, hör auf. Was soll das?«, sagte Siggi verwirrt zu mir und nahm die Geldbörse gedankenverloren in seine Hände. Er verstand nicht, was ich ihm sagen wollte, und so zupfte ich auch noch das Bund mit den Schlüsseln für Auto, Haustür und Safe hervor. Da war sämtliches, was es zum Leben brauchte. Zusammen mit der Kreditkarte, dem Pass und all den anderen Dingen im Portemonnaie wäre alles parat. Dort auf den Fliesen, direkt vor Siggis Füßen, lag die Eintrittskarte in ein neues Leben. Er musste nur zugreifen.

Doch der Junge zögerte, haderte mit sich, fix und fertig schüttelte er nur immer wieder den Kopf. »Das kann man nicht machen«, sagte er zu mir. Doch man merkte, dass er die Möglichkeit im Kopf durchspielte. War es nicht gerade einmal drei, vier Stunden her, dass er sich über seine Arbeit, die Kollegen und das öde Leben in St. Nikolaus beschwert hatte? Hatte er nicht eben noch gesagt: »Am liebsten würde ich aus all dem ausbrechen. Ganz neu irgendwo anders anfangen.«

Da hatte Kallie über ihn gelacht und miese Witze gerissen, und jetzt, jetzt könnten wir lachen, wenn Siggi nur mitspielen würde.

Ich blickte ihn weiter mit meinen treuen Dackelaugen an, während ich das Schlüsselbund mit der Schnauze näher zu ihm hinschob. Ich bin einer von den Guten, wollte ich Siggi sagen. Mir war klar, wie wir das Beste aus der Angelegenheit machen konnten, und es war verführerisch einfach – mit ein wenig Glück gab es überhaupt keine Leiche. Niemanden, der vermisst wurde. Die Saar würde die ganze Sache diskret regeln und im allerbesten Fall sogar für sich behalten.

»Das klappt nie im Leben«, murmelte Siggi zwar, aber er spielte mit. Wir reservierten uns die kleine Kammer, bis das

Schiff anlegte. Jedes ungeduldige Klopfen ignorierten wir. Knapp zwei Stunden lang. Die Hölle, sage ich nur. Sowohl für uns als auch für die Besucher der einzigen Bordtoilette. Danach zumindest lief die Sache wie am Schnürchen. Siggis Befürchtung, Conny würde uns vermissen, hätte er sich schenken können. Als wir von Bord gingen, stöckelte sie Arm in Arm mit einem gegelten Spacko in Gauchostiefeln von Bord. Sie vermisste Kallie, wie man sehen konnte, nicht die Bohne, und auch Siggi hatte sie vermutlich längst schon vergessen. Das sollte uns recht sein, denn so kamen wir ohne Probleme von Bord und stiegen in Kallies 3er. Die Fahrt ohne Brille nach Tholey, wo mein Herrchen bis vor wenigen Stunden gelebt und gearbeitet hatte, war für Siggi reine Schwerstarbeit. Mit 30 Stundenkilometern und zusammengekniffenen Augen tuckerten wir die weite Strecke über Land nach Hause. Aber das war die Sache wert, denn mit der Ankunft in Tholey brach für uns beide ein neues, märchenhaft schönes Leben an. Statt in seine alte Wohnung, zu seinem alten Job und dem glücklosen Leben fuhr uns Siggi in unsere brandneue Eigentumswohnung und einen 1A-bezahlten Job. Kallie war bis zu seinem überraschenden Abgang als Diplom-Informatiker tätig gewesen. Durchweg Home-Office für wechselnde Kunden. Erfreulicherweise mussten sich die Auftraggeber keine Sorgen wegen der laufenden Projekte machen, denn die Arbeit würde mit sofortiger Wirkung einer neuen Fachkraft übertragen. Eine weit bessere, als man gewohnt war, denn das wurde Siggis Aufgabe. Auch sonst hatte ich alle Eventualitäten in meinem Kopf durchgespielt. Kallies Familie dürfte keine Probleme bereiten. Der verbleibende Rest des Clans Kallenborn war ähnlich unsympathisch und streitsüchtig wie Kallie selbst und lebte im Norden Deutschlands. Für gewöhnlich pflegte man einen spärlichen Kontakt. Freunde hatte Kallie keine, außer uns natürlich, und wir wussten schon Bescheid. Die Bedingungen waren optimal, alles passte derart einwandfrei, dass es fast kein Zufall sein konnte, wie die Sache am Freitag ihr Ende nahm. Es liegt sogar im Bereich des Möglichen, dass es Vorsehung war, eine Art Entschädigung für die lange Durstphase, die wir zwei mit Kallie erleben mussten.

Siggi hatte mit seinen 39 Jahren und dem, was er im Köpfchen hatte, ebenso wie ich schon lange ein besseres Dasein verdient. Bisher hatte es das Leben nicht allzu freundlich mit ihm gemeint. Schon der Auftakt war ein Desaster gewesen: ein trinkender Vater, der die meiste Zeit auf Stütze angewiesen war, und eine Mutter, die sich all dies sang- und klanglos gefallen ließ. Fast könnte man denken, der Junge sei bei der Geburt vertauscht worden. So sah es sogar sein Vater.

»Einstein, leg das Buch weg und schau mit Fußball, damit noch was aus dir wird«, sagte er samstagabends immer zu dem Jungen. Doch Siggi mochte kein Fußball, und auch das meiste andere, was Knirpse in dem Alter trieben, war nicht sein Ding. Er passte weder in seine Familie noch in das Umfeld, in das er hineingeboren war. Während er Berge von Büchern verschlang und nur Bestnoten nach Hause brachte, gelang es dem Vater kaum, die Überschriften der Tageszeitung zu lesen.

Wäre ich Psychologe, würde ich behaupten, sein alter Herr war ein Ebenbild von Kallie gewesen. Das wäre jedenfalls eine logische Begründung, warum er sich die Unverschämtheiten meines alten Herrchens derart lange gefallen ließ. Der alte Brokatt stand Kallie, was Selbstgefälligkeit und Rücksichtslosigkeit anging, zumindest in nichts nach. Er war extrem herrschsüchtig und hitzköpfig, was meist Siggis Mutter, aber auch viel zu oft Siggi, zu spüren bekam.

Womöglich ist der Junge nur deshalb so still, schätze ich, eben ein klassischer Einzelgänger. Trotzdem biss er sich durch die Grundschule und war dort sogar Klassenbester. Als sein Lehrer ihn als logischen Schluss dieser Leistung auf das Gymnasium empfehlen wollte und die Eltern zu einem Gespräch bestellte, sagte Karl Brokatt nur: »Das fehlt uns gerade noch. Da wird der Siggi ein noch größerer Klugscheißer.«

Damit hatte er sogar irgendwie recht. Siggi bewältigte das Gymnasium mit Leichtigkeit, trotzdem passte er auch dort nie wirklich zu den anderen. Vielleicht passte er einfach nirgendwohin. Nach der Schule startete er mit besten Voraussetzungen zwei Anläufe für ein Studium – erst Informatik, dann Elektrotechnik. Da liefen wir beide uns das erste Mal über den Weg. Kallie studierte im gleichen Semester und irgendwann brachte er den Siggi mit.

»Schau, das ist der Günther, meine Aufreißertöle«, tönte Kallie in seiner abscheulichen Art, als wir beide das erste Mal aufeinandertrafen.

Siggi ließ sich davon nicht beeindrucken. Ich mochte ihn von Beginn an. »He, Günther, du bist aber ein ganz, ganz Netter.« Das war Siggis erster Satz, den er zu mir sagte. Das habe ich ihm nie vergessen.

Für mich war Siggi ein echter Glücksgriff, wenn man bedenkt, dass ich sonst immer nur Kallie und seine einfältigen Eroberungen ertragen musste. Für Siggi allerdings war die Verbindung zu Kallie eher eine weitere unglückselige Begebenheit. Eine von vielen in seinem Leben. Die beiden verbündeten sich wahrscheinlich nur aus Mangel an Alternativen, denn weder Kallie noch Siggi waren beliebt bei den anderen Studenten. Doch wie auch immer das alles zustande kam, Siggi hatte damals das erste Mal etwas, was man mit einer Menge Fantasie und Augenzudrücken einen Freund nennen konnte. Dafür nahm er einiges in Kauf, genau wie ich.

Dieses Beispiel zeigt übrigens aufs Neue, wie stiefmütterlich das Leben gerade die Besten behandelt: Zwar war Kallie ein Hohlkopf, aber er brachte das Studium mit viel Trickserei erfolgreich zu Ende. Siggi hingegen war einer der klügsten Köpfe seines Jahrgangs. Trotzdem fehlte ihm das Selbstvertrauen, um die Sache zu Ende zu bringen. Kurz vor Ende der Studienzeit bekam er es jedes Mal mit der Angst vor dem eigenen Schneid zu tun. Beide Male erschien er nicht zu den Prüfungen, und so verließ er zuletzt ohne Abschluss die Fachhochschule.

Seitdem schlug er sich mit diversen Jobs durch. Bis vor zwei Tagen schuftete er in einem Callcenter. Ein mieser, lächerlich bezahlter Job. Das hat jetzt ein Ende, denn seit Freitag bekommen wir beide endlich das, was wir uns längst verdient haben. Eine Entschädigung für all unsere Entbehrungen.

Als neues Dreamteam, das seine individuellen Kompetenzen gezielt einzusetzen weiß, greife ich Siggi unter die Arme, bis das mit dem neuen Job zur Routine wird. Das Wochenende haben wir damit zugebracht, uns Zugang zu Kallies Konten und Arbeitsbereichen zu verschaffen. Siggi wäre fast verzweifelt.

»Unmöglich«, unkte er wieder und wieder und hackte auf die Tastatur ein. »An die Dokumente und Bankdaten zu kommen, ist ein Ding der Unmöglichkeit!«

Doch was Siggi als unmachbar abtat, stellte sich mit meinem Beistand als weit müheloser als befürchtet heraus. Dass Kallie, was die Sicherheit seiner Passwörter betraf, extrem nachlässig war, bereitete mir stets Sorgen. Samstag zumindest zeigte seine Unvorsichtigkeit durchaus Vorteile. Die Passwörter unter der Tastatur zu verstecken, war zwar nachlässig, aber auch irgendwie vorausschauend von Kallie.

»Wie kann das denn sein?« Siggis Gesicht hätte man fotografieren müssen, als ich ihm die Liste mit meiner Pfote unter der Tastatur herausfischte.

So wurden alle denkbaren Probleme aus der Welt geschafft, und seitdem genießen wir die Früchte unserer Arbeit. Am liebsten verließen wir zwei Frischvereinten das Haus gar nicht mehr, doch manchmal muss es sein: den Kühlschrank auffüllen, die Kontaktlinsen für Siggi besorgen und ab und an Gassi gehen, diese Strapazen nimmt uns keiner ab.

Derzeit ist Sonntagmittag, und nach einem Verdauungsschläfchen droht meine Blase mit einer Überschwemmung, die einem Tsunami gleich kommen könnte. Auch wenn ich keine Lust habe, wir müssen uns wohl oder übel von der Couch losreißen. Ein kurzes Kratzen an der Tür, und Siggi wird hellhörig. »Sekunde, ich hol die Leine«, sagt er fügsam, dackelt in die Küche zum Schlüsselbord und ist ruckzuck wieder da. »Weißt du vielleicht, wo …« Siggi zögert, den Namen spricht er nicht gerne aus. »Weißt du vielleicht, wo, du weißt schon, welche Person, deine Leine und dein Halsband hingelegt hat?«

Ich schaue ahnungslos.

»Na gut, dann muss es heute ohne gehen«, entscheidet Siggi weise und steckt sich den Haustürschlüssel in die vordere Tasche seiner Jeans. »Auf geht's, Günther!« Mein neues Herrchen öffnet die Tür, und begeistert bellend stürme ich ins Treppenhaus.

»Psst«, raunt Siggi hinter mir, und ich bremse meinen Elan, denn er hat recht. Wir müssen uns unauffällig verhalten. Vor allen Dingen hier, denn in einem Mehrfamilienhaus achtet jeder auf jeden. Insbesondere der nervige Ketzler von nebenan, den irgendein Wahnsinniger viel zu früh in Rente geschickt hat. Meiner Ansicht nach bräuchte er akut eine Beschäftigung. Kaum haben wir unsere Nasen in den Flur gestreckt, kreuzt genau dieser Nachbar, total zufällig selbstredend, vor uns im Treppenhaus auf.

Statt »Guten Tag«, raunzt er Siggi schnurstracks mit »Wer sind Sie denn?« an.

Zum Glück hat sich Siggi in den letzten beiden Tagen eine ganze Kollektion an möglichen Ausflüchten zurechtgelegt. Er reagiert, entgegen seiner sonstigen Art, verdammt schnell. »Thorben Schäfer, freut mich, Sie kennenzulernen.«

Herrn Ketzler offensichtlich nicht. Er konzentriert sich weiter auf sein Verhör. »Ah, Schäfer! Und warum führen Sie die Töle heute spazieren? Hat der Kallenborn neuerdings eine Schwäche für Männer?« Das Ekel Ketzler nervt schon seit Jahren. Doch man kann sagen, heute beweist er, was Boshaftigkeit betrifft, eine besonders gute Form.

»Nein, nein. Eine längere Geschäftsreise. Ich bin einfach nur ein guter Freund und übernehme solange hier die Dinge«, gibt Siggi schlagfertig zurück und startet einen Anlauf, sich aus dem Staub zu machen. »Ich würde dann gerne weiter, der Hund muss dringend …«

»Eh, wenn der hier ins Treppenhaus pieselt, hat sein letztes Stündlein geschlagen!«, warnt der alte Kauz in einem Ton, der so unverschämt ist, dass ich ihm am liebsten gleich hier an Ort und Stelle ans Bein pinkeln würde.

»Keine Sorge, das haben wir im Griff«, erwidert Siggi und lässt den Ketzler ohne ein weiteres Wort stehen.

Dieses erste Hindernis haben wir mit Souveränität gerockt, urteile ich später in Gedanken, als wir unsere Runde drehen. Zudem beweist sich, dass es sich manchmal lohnt, nach draußen zu gehen. Else, die junge Pudeldame, die zwei Häuser weiter bei einem älteren Ehepaar wohnt, ist ein erfreulicher Anblick. Mit Siggi bleibt mir sogar ausreichend Zeit zum Beschnuppern. Wie schon erwähnt, ist mit meinem neuen Herrchen sowieso alles besser. Gut gelaunt traben wir nach einer gemütlichen Tour durch den Tholeyer Abteipark wieder zurück in unsere Wohnung. Kaum hat Siggi die

Außentür zum Mehrfamilienhaus aufgeschlossen, nimmt die Beschaulichkeit ihr Ende. Wieder geht das Geraunze los.

»Ich hab gar keine Koffer gesehen.«

Der Ketzler ist heute noch weit lästiger als sonst.

»Das haben Sie vielleicht nicht mitbekommen. Herr Kallenborn ist Freitagabend sehr spät abgereist.«

Herr Oberschnüffler kneift die Augen zusammen. Die Wahrscheinlichkeit, dass dem Observator Ketzler hier in diesem Haus auch nur die winzigste Kleinigkeit entgeht, strebt gegen null. Der alte Knabe hat Spur aufgenommen, er wittert, dass etwas nicht stimmt.

Manno, denke ich, da ist alles so wunderbar, und dann kommt uns eine solche Nervensäge in die Quere. Schweigend stehen wir uns im Treppenhaus gegenüber.

»Na dann«, unterbricht Siggi schließlich beherzt das Verhör, »Zeit fürs Abendessen. Ich wünsche Ihnen noch einen schönen Tag, Herr Ketzler.« Der letzte Satz ist eine glatte Lüge.

Unser Nachbar hingegen ist ehrlich – er wünscht uns garantiert nichts Gutes und spart sich den Gruß. Nachdem Siggi und ich uns auf dem Weg nach oben an dem Nervtöter vorbeigedrängelt haben, spüren wir seinen bohrenden Blick auch weiterhin in unserem Rücken. Wir drehen uns nicht um und geben uns, als wäre nichts, doch wir wissen genau, dass sein Röntgenblick uns so lange verfolgt, bis wir endlich die Wohnungstür von innen schließen und in unseren eigenen vier Wänden stehen.

Siggi stöhnt diskret, als er den Schlüssel ins Schloss steckt, die Tür zweimal abschließt und zuletzt die Türkette vorschiebt. Er ist noch bleicher als sonst. Keine Frage, er macht sich riesige Sorgen.

Doch bei allem Verständnis, wir dürfen wegen dieser Spaßbremse nicht die Flinte ins Korn werfen. Partout nicht!

Bisher ist alles famos gelaufen, und das lassen wir uns von so einem wie dem Ketzler nicht vermiesen. Siggi zieht seine Schuhe aus und geht zum Kühlschrank, um mir mein Stück Belohnungslyoner zu geben – eine von mir inspirierte, fabelhafte Tradition nach jedem Gassi gehen. Gerade legt Siggi die Hand an den Griff der Kühlschranktür, da klingelt es. Nö, oder?

Siggi macht unverrichteter Dinge kehrt, flitzt wieder in den Flur und schaut durch den Türspion. Ui, kein Zweifel, ich sehe es in seinem Gesicht – es ist der Observator. Ich würde den Alten klingeln lassen bis zum Sankt-Nimmerleins-Tag, ne, sogar bis zu dem Tag, an dem Weihnachten, Ostern und mein Geburtstag auf einen Tag fallen. Und selbst, wenn das eintreten dürfte, würde ich es mir immer noch gut überlegen. Siggi hingegen hat ein viel zu weiches Herz, er schließt die Tür auf. Kaum ist sie einen Spaltbreit offen, fixiere ich den alten Giftzwerg mit meinen Augen und schenke ihm ein galliges Knurren – Ketzler, schieb bloß ab, sonst kannst du mich in Aktion erleben.

»Günther aus!« Siggis strenger Ton lässt mich innehalten. Er wirft mir einen flehenden Blick zu. Okay, okay, denke ich mir. Ich lasse widerwillig nach, da ich verstanden habe, was er mir sagen will: Zurückhaltung ist angesagt. Also kontrolliere ich meine Wut auf den ollen Ketzler, was mir zugegeben nicht leicht fällt.

»Wie kann ich Ihnen helfen?« Zuckersüß sagt Siggi das. Man kann ihn für seine Selbstbeherrschung nur bewundern.

»Weiß der Hausverwalter darüber Bescheid? Dass Sie sich jetzt hier breitmachen.«

»Ja, Herr Kallenborn hat Bescheid gegeben.« Siggi sagt das knochentrocken.

»Da werde ich mich erkundigen!«

»Machen Sie das, Herr Ketzler.«

Ich bin mir nicht sicher, ob der Lauscher von nebenan in diesem Moment das leichte Zittern in Siggis letztem Satz ausmacht. Mir jedenfalls fällt es auf. Zum Glück räumt der liebe Nachbar relativ schnell das Feld, und Siggi schließt endlich wieder die Tür. Jetzt sieht er noch weit bekümmerter aus. Ich mache mir wahrhaft Sorgen. Das mit dem Ketzler zeigt wieder einmal, wie ungerecht wir beide von unserer Umwelt behandelt werden. Keiner gönnt uns das bisschen Glück, das wir haben.

»Verdammter Mist«, behauptet Siggi und macht sich auf den Weg ins Wohnzimmer. Mein Lyonerstück hat er völlig vergessen. Ich trotte ihm treuherzig hinterher, mache Männchen, lege mich auf den Bauch, doch gar nichts muntert Siggi auf. Er öffnet die Balkontür und nimmt ein paar tiefe Atemzüge. Für einen Spätsommertag ist es heute recht kühl, ich hüpfe auf die Couch und mache es mir auf der Decke bequem. Niedergeschlagen und entmutigt setzt sich Siggi neben mich und gibt sich seinem Selbstmitleid hin. Es ist ein Elend, sich das anzuschauen. Der arme Junge! Ich habe eine Stinkwut auf den alten Ketzler, der uns soeben mit einem einzigen Schlag die fabelhafte Wochenendstimmung verdorben hat.

»Ach Mensch, Günther, was haben wir nur getan? Vielleicht war das alles ein einziger Irrsinn?«, jammert Siggi los, und seine Selbstzweifel sind diesmal kaum zu bremsen. »Das Beste ist, ich stelle mich. Ich gehe zur Polizei und sage einfach die Wahrheit. Das hätte ich gleich machen sollen.«

Bei diesen Worten werde ich extrem hellhörig: Was sind denn das für Töne? Ich muss handeln, ihn vor einer absoluten Dummheit bewahren. Aber wie? Ich lege meine beiden Pfoten auf Siggis Bein, jaule ein wenig und schaue ihm treuherzig in die Augen. Die Wahrheit sagen, das kann doch nie im Leben ein guter Plan sein?

Mensch, Siggi, würde ich ihm gerne sagen. Von den seltsamen Gegebenheiten zu berichten, die zu dem Sturz geführt haben, nach zwei Tagen des Nichtstuns, das ist glatter Selbstmord. Solche Spielchen kommen bei der Polizei nicht gut. Je mehr Zeit verstreicht, desto suspekter wird so eine Geschichte. Besonders dann, wenn sie sowieso schon völlig verrückt ist. Es gibt kein Zurück. Oder will er etwa ins Gefängnis und ich soll womöglich ins Tierheim? Soweit lasse ich es nicht kommen.

Völlig demoralisiert schaltet Siggi den Fernseher an. Rosamunde Pilcher, das ist für gewöhnlich genau unser Programm, doch heute Abend kann ich mich kein bisschen auf die dramatische Liebesgeschichte konzentrieren. Dafür bin ich viel zu aufgewühlt. Eben darum springe ich von der Couch, dackle zur Küche, um einen Schluck aus meinem Napf zu nehmen, und laufe daraufhin auf den Balkon. Ich brauche Ablenkung. Vielleicht ist die hübsche Else noch irgendwo zu sehen.

Doch draußen ist niemand mehr. Der Horizont beginnt sich zu verdunkeln, derzeit dämmert es abends schon deutlich früher. Man hört einen Zug von Kranichen am Himmel, die auf dem Weg Richtung Süden sind. Der Sommer geht zu Ende, stelle ich mit Wehmut fest. Nun hat mich die Melancholie auch gepackt.

Als ich so auf dem Balkon stehe und in den Abendhimmel blicke, nichts Böses im Sinn, höre ich ein seltsames Knarzen. Erschrocken drehe ich meinen Kopf zur Seite und kann es nicht fassen: Der alte Ketzler hängt quer über dem Geländer! In Morgenmantel und dunkelblauen Pantoffeln. Den einen Fuß auf der obersten Sprosse seines Balkons und mit dem anderen bereits auf unserer Seite. Dazwischen klaffen ein Loch und drei Stockwerke.

Nun könnte jemand sehr Boshaftes vielleicht annehmen,

ich täte es mit voller Absicht: dieses hauchzarte Ankläffen. Aber es ist ein Reflex. Ich bin ein Wachhund, prallvoll mit Instinkten. Bei dem Schreck, den mir der Anblick einjagt, passiert alles komplett unkontrolliert.

Leider verstehe ich nicht genau, was der Ketzler als Letztes sagt. Womöglich, weil ich in diesem Augenblick nur meine eigene Stimme höre. Doch wenn mich nicht alles täuscht, sagt er, bevor er sich endgültig verabschiedet: »Ich brauche etwas zum Festhalten.« So etwas in der Art. Es sind in jedem Fall seine allerletzten Worte, und ich würde ihm den Wunsch erfüllen, wenn er es nicht so verdammt eilig hätte.

Ein Sturz aus dem dritten Stock muss nicht tödlich sein, das zeigt die Erfahrung. Manche sind echte Glückspilze und treffen völlig unbeschadet unten auf. Zu der Kategorie gehört der Ketzler nicht. Multiple Schädelfrakturen, zwei Wirbelbrüche, Lungenquetschungen und sogar diverse Stichverletzungen durch den Gartenzaun, den er letztes Jahr unbedingt gegen den Widerstand der anderen Hausbesitzer errichten musste. Das alles hätte gereicht, um den Observator gleich x-mal zum Garten Eden zu verabschieden.

Durch Zufall sind wir so mit einem Mal all unsere Probleme los, das ist nicht zu bestreiten. Doch ist es etwa unsere Schuld, wenn so ein seltsamer Kauz im Rentenalter im Gespensteraufzug über anderer Leute Geländer kraxelt?

Als mein Freund und Zimmergenosse das knappe, aber lautstarke Knallen und Knirschen vernimmt, findet er sich ebenfalls auf dem Balkon ein, und, was nicht überrascht, erst einmal steht ihm der Mund offen, als er die Lage durchschaut. So eine Kulisse bietet sich dem Auge eben eher selten.

Trotz seiner Bestürzung reagiert Siggi schnell und besonnen. Er weiß wie ich, man darf uns nicht sehen und in keinem Fall in Zusammenhang mit diesem Unglück bringen. Also drängt mich Siggi zurück in die Wohnung. Er schließt die Balkontür und zieht die Gardinen vor. Licht aus. Prima Idee, denke ich, soll doch ein anderer den Ketzler finden!

Bis das geschieht, heißt es jedoch noch einmal abwarten und Ruhe bewahren. Eine gute halbe Stunde zieht sich das Warten hin. Zwischenzeitlich ist es ganz und gar dunkel geworden, und wie jeder weiß, klappen zu der Tageszeit in saarländischen Dörfern die Bordsteinkanten hoch. Die Chancen, dass das Malheur erst morgen früh entdeckt wird, stehen gut, denn die meisten erfreuen sich gegenwärtig am *Tatort* oder eben Rosamunde Pilcher. Wir hingegen harren aus, sitzen still auf der Couch und warten auf den Moment, in dem ein Schrei das Signal gibt.

Die undankbare Rolle wird Frau Tietze-Meiermann, der exzentrischen, nicht grundlos geschiedenen »Püschologin«, wie Kallie immer sagte, aus der ersten Etage zuteil. In der Tat hätte man annehmen sollen, dass jemand wie sie extra starke Nerven hat. Im Grunde müsste sie sich nach dem Trauma sogar selbst therapieren können – doch was das angeht, bin ich ein wenig enttäuscht. Ihr helles Wimmern und Schluchzen ist noch lange zu hören und fraglos auch für uns kein Vergnügen.

Zum Glück haben die Sanitäter nach einem ersten Blick auf den Ketzler, dem, wie vermutet, nicht mehr zu helfen ist, Kapazitäten frei und kümmern sich um die Tietze. Während ich hinter den Gardinen wahre Erleichterung beim Anblick des Sanitäters spüre, der durch sein Kopfschütteln deutlich signalisiert, dass bei unserem lieben Nachbarn dummerweise nichts mehr auszurichten ist, bleibt Siggis Stimmung im Keller.

»Es kann gar nicht lange dauern, bis die Polizei hier eintrifft«, verkündet Siggi schwarzmalerisch und fährt sich dabei durch seine schulterlangen Haare, die er normalerweise zum Zopf gebunden hat.

»Ich bin gleich wieder da«, murmelt er und verschwindet im Bad. Hoffentlich stellt er nichts Dummes an.

Doch das Gegenteil ist der Fall. Siggi ist weit ausgekochter, als ich vermutet habe, und der neue Look zu seinem, nein, unserem neuen Leben, ist eine Wucht. Nur ein paar Sekunden, bevor es an der Tür klingelt, tritt Siggi aus dem Bad. Die Zeit reicht, um mich sprachlos dastehen zu lassen. Ich lege ungelogen die Ohren an. Kaum zu glauben, was so eine Frisur ausmacht. Die Klamotten, die sich Siggi übergezogen hat, machen den Rest des Aha-Erlebnisses aus. Er hat sich, wahrscheinlich aus Mangel an Zeit, seine dünnen Haarsträhnen komplett abrasiert. Genauso wie die Rübezahl-Mähne, den langen krausen Vollbart, der Kallie extrem gegen den Strich ging.

»Du siehst aus wie ein Hippie, Siggi«, mokierte er sich ständig. Ich bin überzeugt, er wäre geplättet, wenn er Siggi jetzt hier vor sich stehen sehen könnte, in Kallies exquisitem Hemd und den Lorenzo-Camani-Jeans, die so sündhaft teuer waren, dass Kallie sie das ganze Jahr über schonte und nur zu Aufreißtouren trug. Tipptopp, denke ich, mein altes Herrchen braucht all das sowieso nicht mehr, und an Siggi macht es eine gute Figur. Obendrein die Kontaktlinsen und Kallies bestes Weggeh-After-Shave – hier vor mir steht ein komplett neuer Mensch.

Wäre ich kein Hund und noch dazu nicht männlicher Natur, könnte ich bei dem Anblick glatt meine Else vergessen. Solche Gedanken wirbeln mir durch den Kopf, als es gleich darauf ein zweites Mal an der Tür läutet und die Probleme uns wieder einholen. Wir müssen abgebrüht sein, uns locker geben, denn wir haben nichts mit der ganzen Sache zu tun, sage ich mir. Trotz des herben Dufts des After-Shaves rieche ich unterschwellig Siggis Schweißgeruch. Der Junge steht enorm unter Strom, auch wenn er in diesen Sekunden noch ein paar Mal durchschnauft, im Versuch, sich zu fassen. Ein weiteres Mal an diesem Tag wird er genötigt, den Schlüssel im Schloss umzudrehen.

»Guten Abend«, begrüßt uns eine dunkle Stimme.

Im hell ausgeleuchteten Flur steht ein Mann. Etwa 50, nicht ganz schlank, aber muskulös und für sein Alter gut aussehend.

»Ja bitte?«, fragt Siggi. Unwissen vortäuschen ist die beste Taktik.

»Hauptkommissar Forsberg, entschuldigen Sie bitte die späte Störung. Von dem Todesfall hier im Haus haben Sie bestimmt schon etwas mitbekommen?«

Siggi reißt die Augen weit auf. Nicht schlecht, er spielt seine Rolle vollendet. »Todesfall? Nein, ich habe Fernsehen geschaut. *Tatort*! Da ging es ziemlich wild her. Was ist denn passiert? Es ist doch nicht wirklich jemand gestorben?«

»Doch. Tut mir leid, es ist Herr Ketzler. Sie kennen ihn sicher. Er ist vom Balkon gestürzt und dabei zu Tode gekommen.«

Siggi schweigt für einen perfekt abgepassten Augenblick – die Schrecksekunde braucht es für das Schauspiel. Danach folgt ein treffend ausgewählter Sprechpart. »Oh mein Gott! Unser Nachbar? Der Herr Ketzler?«

Der Kommissar senkt zustimmend den Kopf, und Siggi legt sich die Hand vor den Mund. »Das ist furchtbar«, lügt der Junge weiter. »Herr Ketzler ist, ich meine, er war … ein netter Mensch. Wie kann denn so etwas passieren?«

Ein bisschen zu dick trägt Siggi in diesem Moment schon auf. Unser Nachbar ist, sorry, war zweifelsfrei eine einzige Plage. Doch da Kommissar Forsberg nie das Vergnügen hatte, den Ketzler persönlich kennenzulernen – und daran wird sich zukünftig auch nichts mehr ändern lassen –, erscheint ihm Siggis Reaktion durchaus der Situation entsprechend. »Ja, das ist sicher ein Schock, aber ich muss Ihnen trotzdem kurz einige Fragen stellen.«

Siggi nickt bereitwillig.

»Ist Ihnen irgendetwas Ungewöhnliches aufgefallen? Haben Sie vielleicht etwas gehört?«

»Nein, überhaupt nichts. Tut mir leid«, gibt Siggi zurück und hebt dabei ratlos die Schultern. Ausgezeichnet, Junge, denke ich beeindruckt, als er hinzufügt. »Ich habe ihn heute noch im Flur getroffen und mit ihm gesprochen. Da war er bester Laune.«

Forsberg senkt den Kopf und kritzelt etwas in sein Heft, während Siggi hellwach hinzufügt: »Ich weiß nur, dass er sich heute wegen seines Kreislaufs und dem Wetter beklagt hat. Sonst schien alles wie immer. Ich kann es gar nicht fassen.«

Nun lege auch ich demonstrativ meinen traurigen Dackelblick auf und winsle ein wenig. Jaja, der arme Herr Nachbar. Was für ein Drama!

Herrn Forsberg scheint die Show zu überzeugen. »Danke, und entschuldigen Sie nochmals die Störung«, sagt der Hauptkommissar und setzt zum Aufbruch an.

Wir haben es geschafft, stelle ich begeistert fest und freue mich bereits wie ein Schnitzel. Eine Megashow war das! Doch da, völlig überraschend, bleibt der Kerl auf der ersten Stufe stehen und wendet sich zu uns um. Den Zeigefinger hebt er in die Höhe, und sein Blick ist so klar und durchdringend, als könne er die Gedanken anderer lesen. Genauso wie dieser Kommissar in den alten Kriminalfilmen. Ich habe ein ganz blödes Gefühl, und fast rutscht mir das Herz in meine kurzen Beine, als er dann auch noch sagt: »Bloß eins noch, für die Akten …«

Ui, jetzt sind wir geliefert, mutmaße ich. All das ist exakt wie bei dem Kommissar im Fernsehen. Wenn er so daherredet und das mit dem Finger, dann weiß er immer schon alles, und die anderen stecken knöcheltief im Schlamassel.

»Ich bräuchte noch Ihren vollen Namen für die Akten, Herr Kallenborn?«

Siggi druckst, minimal. Jetzt bloß die Nerven behalten, schießt es mir durch den Kopf. Nur die Ruhe, mein Freund!

In der Tat ist auf den Jungen Verlass. Während ich kaum stillstehen kann, bleibt er in der Spur. Er ist wie ein Fels in der Brandung. »Gustav. Gustav Kallenborn!«, erwidert Siggi ohne Wenn und Aber. Die Stimme klingt hart wie Beton, diesmal wackelt nichts. Wüsste ich es nicht besser, würde ich ihm das brühwarm abkaufen. Und genau das macht Forsberg. Folgsam notiert er sich die Angaben auf den kleinen Block und nickt ein paar Mal dazu. In seinem Gesicht ist kein Hauch von Zweifel zu entdecken.

Habe ich es doch gleich gewusst: Wir zwei, wir schaukeln das. Begeistert springe ich um meinen raffinierten, unvergleichlichen, ausgefuchsten Siggi herum. Jegliche Panik war völlig unbegründet. Mein Herrchen ist ein echter Held. Ein Kerl mit Format. Just schließt mein Gefährte die Tür, zum letzten Mal für diesen Abend, und beschwingt laufe ich ihm um die Beine. Wir haben etwas zu feiern. Wenn die Sache tadellos läuft, und danach sieht es aus, geht die Polizei auch weiterhin von einem bedauernswerten Unfall aus. Die Sache ist geritzt – und das Beste ist, der Ketzler wird uns nie wieder nerven.

Bester Laune tripple ich in die Küche. Der versprochene Lyonerbissen steht immer noch aus, und nach dem gelungenen Abend dürfte er vermutlich XXL ausfallen. Voll gespannter Erwartung wackle ich mit meinem kurzen

Schwanz. Hinter mir höre ich Siggis Schritte im Flur. He, was ist denn das jetzt?

»Wir müssen viel vorsichtiger sein«, murmelt Siggi, der Partykiller, weit weniger gut gestimmt als erwartet. Er ignoriert den Kühlschrank und nimmt den direkten Weg ins Wohnzimmer, um sich voll Selbstmitleid auf der Couch niederzulassen. Kaum zu glauben, dass er sich so wenig über den positiven Ausgang des Abends freut. Ich harre kurz in der Küche aus, bis jede Hoffnung zwecklos ist, und tripple dann ebenfalls ins Wohnzimmer, wo Siggi, in seinen Gedanken schwelgend, unter den Couchkissen versunken ist. Als ich mich auf leisen Sohlen neben ihn kuschle, sagt er plötzlich, in einem derart seltsamen Ton, dass ich zusammenzucke: »Du, Günther? Du hast doch wohl nichts mit der Sache zu tun?«

Entrüstet gehe ich auf die Vorderbeine und sehe meinen Freund Siggi eindringlich an: Ich bin enttäuscht. Da dachte ich immer, wir beide sind ein Team, und dann so eine Frage.

»Ich meine nur, wegen Kallie«, fällt er mir weiter und weiter in den Rücken. »Irgendwie, na ja, irgendwie warst du schon am Freitag ganz in der Nähe, als es …« Er bricht den Satz ab – womöglich merkt er in der Sekunde selbst, welchen Unsinn er von sich gibt. Obwohl er verstummt ist, haften seine misstrauischen Blicke weiter auf mir, und das macht mich unruhig. Er schaut mich an, als hoffe er, durch bloßes Anstieren irgendeine Antwort auf seine verrückte Frage zu bekommen. Trotz aller Ernüchterung halte ich dem Blick stand. Treuherzig und unschuldig sitze ich vor Siggi – und, dem Himmel sei Dank, er kommt wieder zur Vernunft. Der Knabe schüttelt den Kopf, als wolle er all die seltsamen Gedanken, die sich darin verfangen haben, herausschütteln. Er erkennt selbst, was er da redet. Absoluten Unsinn eben.

Das Beste ist, dass er sich plötzlich auch wieder an sein Versprechen erinnert. Kurze Zeit später kehrt er aus der Küche zurück und hat ein monströs großes Lyonerstück in seiner Hand. Also entscheide ich, noch mal ein Auge zuzudrücken, was das üble Misstrauen angeht.

Während ich losschlemme, nimmt Siggi die Fernsteuerung in die Hand und sucht in der Mediathek nach etwas für uns Passendem. Das Leben ist wieder in den richtigen Bahnen, denke ich, als er fragt: »Pilcher?«

Ich beantworte die Frage mit einem versöhnungsbereiten »Wuff«.

Junge, Junge! Ich kann ihm verzeihen. So ein Verhältnis zwischen Hund und Herrchen ist nicht anders als eine gute Ehe, da herrscht auch nicht allzeit eitel Sonnenschein. So wie manchmal, äußerst selten, auch zwischen mir und Siggi. Aber jetzt ist wieder alles in Butter, mein Freund ist zur Vernunft gekommen und schlägt auf den Punkt genau die richtige Richtung ein. Wer, wenn nicht wir zwei Gebeutelten, hat sich die gleich folgende anständige Portion heiles Leben mehr als verdient?

DIE SPUR EINER SPUR

Wie schnell man doch übersieht, wie sich andere Menschen fühlen.

Gabriele Forsberg

»Forsberg«, melde ich mich und bin verwundert, warum es auf der anderen Seite still bleibt. Einzig ein schwaches Knistern verrät mir, dass da jemand sein muss. Die Nummer auf dem Display kenne ich nicht. Als ich versucht bin aufzulegen, höre ich eine Frauenstimme. »Forsberg?«, sagt sie. Es hört sich ein wenig wie ein Vorwurf an.

»Ja«, gebe ich zurück und weiß sofort, worauf Hanne anspielt. »Tut mir leid, Hanne. Ehrlich, ich hätte es dir gleich sagen müssen: Der Kommissar am Sonntag war mein Mann. Ex-Mann! Den Namen habe ich wegen der Kinder behalten. Ich wollte es dir sagen, Ehrenwort, aber irgendwie …« Ich suche nach einer Erklärung.

»Kein Problem«, entgegnet Hanne.

Dann wieder ein kurzes Time-out. Scheinbar überlegt sie – oder vielleicht ist sie doch sauer.

»Sag mal, hast du heute Zeit? Ich würde gerne etwas unternehmen.«

»Ja schon.« Ich wundere mich, warum Hanne diese Frage Überwindung kostet. »Was hast du denn geplant?«

»Ähm, also, das kommt dir jetzt vielleicht ein bisschen komisch vor, aber …« Hanne druckst und bringt dann, als wolle sie es möglichst schnell hinter sich bringen, mit einem ziemlichen Schwung den Satz zu Ende, »... ich würde gerne nachschauen, wo dieser Siegfried gelebt hat.«

»Ah«, erwidere ich. Ehrlich gesagt, ohne eine Ahnung davon zu haben, was Hanne da genau vorhat.

»Ich habe seine Adresse im Internet recherchiert. Du musst aber nicht mitkommen, wenn du nicht möchtest.« Wieder Pause, Stille. »... aber es wäre mir, ehrlich gesagt, lieber.«

Jetzt stocke ich. Ich bin mir nicht sicher, was ich dazu sagen soll, denn es ist für mich nicht erkennbar, was Hanne dort plant. Was will sie erreichen? Zwar hat man bis zum jetzigen Zeitpunkt die Leiche noch nicht gefunden, das habe ich eben im Radio gehört. Aber es ist wohl eher unwahrscheinlich, dass Siegfried, während Wasserschutzpolizei und Bereitschaftstaucher jeden Winkel der Saar nach ihm absuchen, in seinem alten Zuhause anzutreffen ist.

»Was willst du denn da? Um den Fall kümmert sich doch die Kripo«, frage ich Hanne verwirrt.

Meist hat mir Wolfgang keine Details von seiner Arbeit verraten. Das würde mich zu sehr belasten, begründete er seine Zurückhaltung, als ich entschied, mich von ihm zu trennen. Die Schweigsamkeit wurde in unserer Ehe zum Normalzustand, da Wolfgang all das, was er tagsüber erlebte, als viel zu aufwühlend für mich empfand. Jetzt sollte ich mich mit Hanne auf eigene Faust auf Ermittlungstour begeben? Klammheimlich Nachforschungen anstellen?

»Okay, bin dabei«, erwidere ich und bin in der Sekunde mindestens genauso verwundert über mich selbst wie Hanne, die ein wenig braucht, bis sie mit einem »Das freut mich!« reagiert.

Tatsächlich habe ich heute nichts vor und bin dankbar für jede Art von Ablenkung. Was spricht also gegen einen Ausflug? Zumal ich eine Freundin, mit der man reden kann, mehr als gut gebrauchen könnte. Seit der Trennung von Wolfgang erschlägt mich zuweilen die Einsamkeit. Auch wenn gewiss kein Zweifel daran besteht, dass der Auszug damals notwendig und richtig war, allein zu sein, ist trotzdem manchmal hart.

»Einsamkeit ist kein Grund, einen Rückzieher in sein altes Leben zu unternehmen«, erklärt mir Frau Tietze-Meiermann, wenn diese Anwandlungen auftreten, und das hört sich vernünftig an. Sie hatte mit jedem Wort recht, aus Feigheit sollte niemand zu jemandem zurückkehren. Der Stillstand in unserer Ehe war mindestens genauso unerträglich wie die Einsamkeit, und Wolfgang war nicht bereit für Veränderungen. So war die Trennung der einzig richtige Schritt, auch wenn das Alleinleben nicht leicht ist. Vor allen Dingen, seit Viki das Studium begonnen hat und nur noch am Wochenende daheim ist.

»Prima«, höre ich Hanne weiterreden. »Schön, wenn du dabei bist.«

Das klingt ganz und gar ehrlich, und die Erkenntnis, dass jemand meine Anwesenheit schätzt, fühlt sich gut an. Wir verabreden uns für 14 Uhr.

»Ich komm dich abholen, und dann fahren wir weiter nach St. Nikolaus. In den Warndt.«

»Da haben Hendrik und Viki immer ihre Weihnachtpost hingeschickt, ist schon ewig her. St. Nikolaus ist ganz eindeutig ein viel zu hübscher Name für einen Ort, den man besucht, um mehr über eine Leiche zu erfahren«, sage ich zu Hanne, die mir zustimmt.

»Ja, mal schauen.«

Ihre Stimme ist voller Energie, das gefällt mir. Auch wenn ich bezweifle, dass wir beide vor Ort mehr erreichen als die Kripo, fühlt sich die Idee aufregend an. Auf irgendeine Weise abenteuerlich. Mit meinen anderen weiblichen

Bekannten kann ich mich höchstens zu einer Shoppingtour oder einem Eis in der Stadt verabreden, überlege ich, während ich schnell in die Dusche steige. Hanne hingegen ist ein anderer Typ, eigenwillig und in keiner Weise förmlich oder konventionell, das imponiert mir.

Als ich vor dem Spiegel stehe und mich für den Termin zurechtmache, wird mir bewusst, dass ich von Hanne nicht das Geringste weiß. Genauer betrachtet, nicht mehr als ihren Vornamen, gestehe ich mir ein. Offenbar habe ich an dem Tag, an dem wir uns kennenlernten, einzig und allein von mir erzählt. Meine halbe Lebensgeschichte habe ich vor Hanne ausgebreitet und kein einziges Mal nach ihrer gefragt, was ich jetzt im Nachhinein beschämend finde. Zumal sie sich nach dem gespenstischen Fund als Einzige um mich gekümmert hat. Mein Ex-Mann war nur mit seiner Eifersucht beschäftigt, und alle anderen waren derart geschockt, dass sie keinen klaren Gedanken fassen konnten.

»Keine Sorge. Uns passiert nichts«, beruhigte mich Hanne auf der Fähre und hielt dabei meine Hand. Sie ließ mich nicht im Stich, und das, obwohl sie mich kaum kannte.

Ich nehme mir vor, heute alles nachzuholen und mehr von Hanne erfahren zu wollen. Ihre Gefasstheit am Sonntag hat mich beeindruckt. Sie ist niemand, der, so wie ich, mit seinem Leben und jeglichen Entscheidungen hadert. Kein dauerhafter Problemfall, und was immer sie arbeitet oder sonst macht, ich bin mir sicher, sie hat ein weitaus bewegteres und erfolgreicheres Leben als ich vorzuweisen. Davon bin ich überzeugt.

Zumindest noch die nächsten Stunden. Als ich später mit Hanne im Auto sitze und ihrer Schilderung der vergangenen Monate lausche, erkenne ich, wie leicht man sich täuschen kann. Wie schnell übersieht man, wie sich andere Menschen fühlen.

»›Burn-out‹, sagten die Ärzte. Mit allem Drum und Dran: Panik und Depressionen. Erst war ich in einer Klinik und seit ein paar Wochen gehe ich zweimal die Woche zur Therapie.« Hanne zuckt mit den Schultern. Ihr Gesichtsausdruck ist bitter, und ihr Bericht verursacht mir eine Gänsehaut. »Alles änderte sich innerhalb weniger Wochen, ohne dass ich es beeinflussen konnte. Und nun, viel zu langsam, kämpfe ich mich wieder zurück in die Normalität. In ziemlich schleppendem Tempo, wenn ich überlege, wie ich bisher alle Dinge angegangen bin. Aber ich habe nicht wirklich das Gefühl, Fortschritte zu machen, obwohl ich die bräuchte – derzeit dringender denn je. Wenn sich nicht bald eine deutliche Besserung meines Zustandes abzeichnet, kann ich meine berufliche Karriere ad acta legen.«

Die Monate seit dem Zusammenbruch scheinen für sie eine Qual gewesen zu sein. Es hat Hanne sichtlich Überwindung gekostet, mir das alles zu erzählen.

»Manchmal denke ich, es ist überstanden oder es wird besser. Aber dann gibt es wieder Tage …« Hanne ist sich offenbar nicht sicher, ob sie weiterreden soll. Als ich ihr zunicke, fährt sie fort: »… und dann gibt es Tage, da ist und bleibt alles grau. Die ganzen Probleme sind wieder da. Mir fehlt fast der Mut, daran zu glauben, dass es jemals wieder besser wird«, beendet Hanne ihre Geschichte, die sie sachlich und kühl erzählt, ein bisschen so, als ginge es hierbei gar nicht um sie.

Ich kann Hanne verstehen. Zwar habe ich nicht mit den gleichen Problemen zu kämpfen, doch die Launenhaftigkeit und Unberechenbarkeit der Gefühle ist mir nicht neu. Kurz überlege ich, ihr von meinen Besuchen bei Frau Tietze-Meiermann zu berichten. Vielleicht würde sich Hanne besser fühlen, wenn sie davon wüsste. Doch dann entscheide ich mich dagegen, da ich mir fest vorgenommen habe, diesmal nicht in mein Leben abzuschweifen.

»Das tut mir leid«, sage ich stattdessen. Ich meine es ehrlich. Hannes Geschichte rührt mich an. Unvorstellbar, was sie in den letzten Wochen mitgemacht hat. Seit der Scheidung fühle ich mich auch oft einsam, aber das ist mit Hannes Problemen kaum zu vergleichen. Und außerdem, sage ich mir, habe ich meine Kinder und einige Freunde und Bekannte. Sie hat es aus ihrem kompletten Leben herausgerissen.

Nun folgt ein langes Schweigen. Ein Zustand, den ich kaum ertragen kann. Deshalb suche ich krampfhaft nach einem Thema, nach irgendeiner Frage, die die Stille vertreibt.

»Was genau erhoffst du dir in St. Nikolaus zu finden?«

»Wenn du mich so fragst: keine Ahnung, ehrlich gesagt«, gibt Hanne zurück und zuckt mit den Schultern. »Vielleicht einfach einen Hinweis, der mir erklärt, wieso dieser Mann ins Wasser gegangen ist. Er war in unserem Alter. Sogar noch etwas jünger. Mir geht nicht aus dem Kopf, dass niemand ihn vermisst hat.«

»Du sagst es! Das ist seltsam und traurig noch dazu«, gebe ich Hanne recht. Dieser Umstand hat mich, mal abgesehen von dem Anblick der Leiche im Wasser, ebenfalls verstört.

»Ich weiß, es ist verrückt«, fährt Hanne fort und prüft mit einem Seitenblick, ob es klug ist weiterzureden. »Aber ich habe mir die Frage gestellt, wie lange es wohl in meinem Fall dauern würde, bis mich jemand vermisst.«

Verlegen kratze ich mit den Fingernägeln an der Naht meiner Hose herum. Ich würde Hanne liebend gerne antworten. Gerne würde ich ihr sagen, dass auch ich mir in den letzten Tagen diese Frage wieder und wieder gestellt habe. Es ist verdammt bitter, so verzichtbar zu sein. Insbesondere dann, wenn man jahrelang derart eingespannt war wie Hanne und ich. Der Eindruck, mit einem Mal geradezu überflüssig zu sein, ist nicht angenehm. Das würde ich Hanne gern erwidern, doch ich bringe die Worte nicht über die Lippen. Ich befürchte, dass ich weinen könnte. Deshalb nicke ich nur bestätigend und weise mit dem Finger Richtung Ortsschild. St. Nikolaus – wir haben unser Ziel erreicht.

»Guten Tag«, sagt Hanne höflich. Sie traut sich was.

Als wir vor dem lang nicht mehr gepflegten Vorgarten des Mehrfamilienhauses, in dem Siegfried Brokatt gelebt haben soll, ankamen, war partout nichts Auffälliges zu erkennen. Was immer wir uns erhofft haben zu finden, es ist nicht da, wenn man von dem trostlosen Anblick des abgewohnten Gebäudes absieht. Wir schlichen einmal um das Haus herum, reckten die Hälse, um in die Balkone und Fenster zu schauen. Sogar ihre Hand schob Hanne in den Briefkasten von Siegfried Brokatt und außer Werbung hat sie nichts herausgefischt. Vor ein paar Sekunden standen wir uns noch ratlos gegenüber, allmählich überzeugt davon, dass es naiv gewesen war, diesen Ort anzusteuern. Das dachten wir vermutlich beide, aber keine sprach es aus. Wir verhielten uns wie zwei Kinder, die Sherlock Holmes spielen wollen und keinerlei Ahnung haben, wie das vonstattengeht.

Mit einem Mal keimt doch wieder die Hoffnung auf, als sich die Tür zum Gebäude öffnet und eine kleine ältere Dame mit Handtasche heraustritt. Hanne begrüßt sie freundlich, dann erst sieht sie den aufgekratzten Dobermann und fährt zusammen. Mit Hunden hat sie es nicht so, das hat Hanne mir auf dem Hinweg erzählt.

»Mich hat mal ein Schäferhund gebissen, als Kind. Nichts Großartiges, eigentlich hat er nur kurz zugeschnappt«, erklärte sie mir. Zwar habe der Vorfall keine Narben hinterlassen, aber er sei für immer in ihrem Gedächtnis haften geblieben.

Als meine Begleiterin den Hund neben der Frau entdeckt, rückt sie auf der Stelle näher zu mir. Zwar bin ich weniger ängstlich, was Hunde angeht, aber ein stattlicher Dobermann schüchtert selbst mich ein. Zumal er ohne Umwege auf uns zusteuert.

»Entschuldigen Sie, könnten Sie vielleicht …?«, bittet Hanne die Dame und weist auf den Hund, der fast schon auf unserer Höhe ist.

»Die macht nix«, sagt die Frau beleidigt. Trotzdem ruft sie die Hündin zurück. »Blümchen, bei Fuß.«

Die Dobermanndame überlegt kurz und macht dann folgsam eine Kehrtwende. Artig postiert sie sich neben der Seniorin und nimmt Platz.

Das ist ein Bild! Die spitzen Hundeohren sind fast so hoch wie der Scheitel des Frauchens, und womöglich bringen die beiden auch in etwa das gleiche Gewicht auf die Waage. Wie kommt man in dem Alter auf die Idee, sich so einen Hünen von Hund anzuschaffen, frage ich mich?

Skeptisch schaut uns die Dame an. »Sie sind nicht von hier«, stellt sie fest.

Wir schütteln den Kopf. Nein.

»Und was wollen Sie hier?«

Blümchen stellt ihre Ohren jetzt kerzengerade. Anscheinend entnimmt sie dem Tonfall ihres Frauchens, dass wir Fremde hier nicht sehr willkommen sind. Die Hundedame richtet sich auf, und Hanne rückt noch näher zu mir heran.

»Ähm. Nun, wir hätten ein paar Fragen«, übernehme ich, den Hund ebenfalls fest im Blick. »Fragen wegen Siegfried Brokatt. Er war Ihr Nachbar, richtig?«

»Ach, wegen dem Siggi«, sagt die Frau und legt den Kopf betrübt zur Seite. »Sie meinen den Siggi Brokatt aus dem zweiten Stockwerk? Der mit dem Zopf und dem zauseligen Vollbart? Wie so ein Hippie, dabei war das ein ganz feiner Mann! Mein Chrissie trägt seit ein paar Monaten auch Bart, er sagt, das wäre modern heute. Aber der Junge lässt sich sowieso nichts sagen. Die Sache mit dem Siggi, dass er tot ist, das ist schlimm. Tot! Das geht mir gar nicht mehr aus dem Kopf.«

Hanne wendet fragend den Kopf zu mir um. »Zopf und Bart«, sagte die ältere Dame, Hanne geht es vermutlich nicht anders als mir. An beides kann ich mich nicht erinnern, was allerdings nichts bedeuten muss, denn ich habe nur einen sehr kurzen Blick auf die Leiche geworfen.

Während wir überlegen, übernimmt die Nachbarin abermals das Reden. »Er soll angeblich ertrunken sein? Selbstmord, erzählt man sich hier im Haus. Das ist ein Ding! Aber wundern tut mich das, ehrlich gesagt, überhaupt nicht. Der war ja immer allein, der arme Kerl. Genauso wie mein Chrissie …« Kurz holt die Dame Luft, und sofort geht es weiter. Fragen sind unnötig, die Nachbarin plappert auch so munter darauf los. »Fast 40 war der Siggi. Keine Freundin, keine Kinder, immer nur an Computer und Handy … so wie das heute ist. Das sind alles Einzelgänger.« Die Dame ist in bester Redelaune und scheint noch lange nicht am Ende.

Blümchen geht, während ihr Frauchen schwatzt, wie selbstverständlich allein auf Erkundungstour und durchforstet den wild bewachsenen Vorgarten nach neuen Duftspuren. Man könnte fast annehmen, die Hundedame weiß, dass so ein Schwätzchen bei ihrem Frauchen durchaus länger dauern kann.

»Das ist alles gar nicht mehr normal heutzutage. Kein Wunder, wenn die Leute dann krank werden und komische Sachen machen. Aber dass man sich gleich umbringt, ist doch auch keine Lösung. Wirklich, Siggi hätte jederzeit,

Tag und Nacht, bei mir klingeln können, wenn er was auf dem Herzen gehabt hätte.«

Jetzt macht die Nachbarin doch plötzlich eine Pause. Sie zieht die ohnehin faltige Stirn noch etwas höher, überlegt kurz und blafft dann los. »Sind Sie eigentlich von der Polizei?«

Während sie das sagt, kneift sie die Augen zusammen. Mit argwöhnischer Miene mustert sie uns.

Zum Glück pausiert sie auch diesmal nur kurzzeitig. Noch bevor wir uns eine passende Antwort zurechtlegen können, macht die Dame eine Vorlage, die wie gerufen kommt. »Vor ein paar Tagen war schon ein Kommissar hier. Ein netter Mann. Gut aussehend, und ich würde wetten, der war auch unverheiratet. Oder ein- oder zweimal geschieden. Das gehört heute scheinbar zum guten Ton.«

Ich reagiere sofort: »Ah, Sie meinen bestimmt Herrn Forsberg? So um die 50, ebenfalls Vollbart, dunkle Stimme? Genau, das ist ein Kollege von uns.« Während ich weiterrede, wundere ich mich selbst, wie leicht mir das Flunkern gelingt. »Beim letzten Termin haben Sie uns sehr weitergeholfen, und nun hätten wir noch ein paar offene Fragen.«

»Ja, aber«, gibt die Frau zurück, »ich habe dem Herrn Forsberg schon alles gesagt.« Unerwartet sanft fügt sie hinzu: »Nett war er, der Herr Hauptkommissar. Wirklich nett. Er ist sogar mit reingekommen und hat einen Tee mit mir getrunken.«

»Das war sehr freundlich von Ihnen«, steigt nun auch Hanne ein. »Ihre Aussage wurde bereits in den Akten vermerkt. Aber wir dachten eventuell, wenn sie uns noch einmal erzählen, wie Herr Brokatt so war, kommt vielleicht doch noch ein wichtiges Detail zum Vorschein. Als Hauptzeugin könnten Sie uns eine große Hilfe sein.«

Der Ausdruck »Hauptzeugin« gefällt der Nachbarin.

»Also gut«, erwidert sie. Um ihre Lippen zuckt es ein klein wenig, fast wie ein Lächeln, aber völlig kann sie von ihrer mürrischen Art nicht abrücken. »Auch wenn das nichts bringt, weil ich alles schon erzählt habe«, brummt sie hinterher.

»Versuchen wir es doch bitte trotzdem. Oft kommen dabei Details ans Licht, die man zuerst gar nicht für wichtig gehalten hat«, sagt Hanne freundlich. »Was würden Sie sagen, was war Siegfried Brokatt für ein Mensch? Kannten Sie ihn etwas besser?«

»Na ja, geht so. Siggi war halt viele Jahre lang mein Nachbar. Wie man sich als Nachbarn eben so kennt«, erwidert die Dame. »Aber eines kann man sicher sagen: Der Siggi war ein eher stiller Typ. Das habe ich Ihrem Kollegen aber schon erzählt.« Ihre Stimme hat einen vorwurfsvollen Ton, trotzdem fährt sie fort. »Also verkehrt war der Siggi nicht. Ganz und gar nicht. Er hat immer gegrüßt, die Tür aufgehalten, und jeden Dienstag hat er die graue Tonne rausgestellt. Ein höflicher Junge, aber eben nicht sehr gesprächig. Immer kurz angebunden, aber wenn was war, war er immer zur Stelle.«

»Inwieweit?«, hakt Hanne nach.

»Na, wenn jemand Hilfe brauchte. Der Inge aus der Dritten hat er manchmal die Arznei in der Apotheke abgeholt, und wenn ich wegen meines Ischias nicht rauskonnte, dann ist er mit Blümchen Gassi gegangen. Das hat er gern gemacht. Mein Chrissie wollte damals unbedingt einen Hund. Und jetzt ist er die ganze Woche nicht da, und ich kann sehen, wie ich das allein schaffe.« Die Frau zieht den Mundwinkel nach unten und schaut zu einer der mittleren Wohnungen. »Wenn jetzt der Siggi auch weg ist, wird das alles noch beschwerlicher.«

Hanne setzt zu einer weiteren Frage an, doch die Nachbarin ist weitaus schneller. Sie hat sich selbst in einen weinerlichen Zustand geredet. »Ein Jammer, was da passiert ist. Das hat die Inge auch gesagt, und mein armes Blümchen schnüffelt immer ganz traurig, wenn wir an dem Siggi seiner Tür vorbeilaufen.«

Als die Hundedame, die während unseres Gesprächs zum Untersuchen des Bordsteins übergegangen ist, ihren Namen hört, hebt sie ihre Nase aus den Ringelblumen und läuft zurück zu ihrem Frauchen.

»Der Siggi kommt nicht wieder, mein Mäuschen«, sagt die ältere Dame rührselig. »Der Siggi hat unser Blümchen immer angehimmelt, und sie hat ihn gemocht«, redet die Dame weiter. »Nicht wahr, Mäuschen? Der Siggi war so ein feiner Mann.«

Die Seniorin kramt in ihrer Handtasche nach einem Taschentuch. Blümchen geht zwischenzeitlich erneut auf Tour, diesmal schnurstracks in unsere Richtung. Die Nachbarin ist viel zu vertieft in ihre Trauer, um das zu bemerken. Von Nahem erscheint die Dobermanndame wahrhaft noch ein wenig größer. Ihr erstes Ziel sind Hannes Beine, die sie ausgiebig von oben bis unten beschnüffelt. Sie scheint Hannes Angst zu wittern, denn während Blümchen mich völlig links liegen lässt, nimmt sie bei ihr sozusagen eine Ganzkörperbeschnüfflung vor: Hannes Tasche, ihre Beine und Finger, dabei umrundet sie die Ärmste einige Male. Hanne steht stocksteif und hält die Luft an. Blümchen ist ihr nicht geheuer.

»Könnten Sie vielleicht …«, bitte ich die Nachbarin erneut, doch die Dame lässt sich nicht bremsen. Offenbar hat sie einiges auf dem Herzen – und das muss raus. »Vielleicht hätte man auch öfter mal mit dem Siggi reden sollen.«

»Kann sein«, räume ich ein. »Aber vielleicht könnten Sie trotzdem kurz mal Ihren Hund …«

»Was ist das nur für eine Welt?«, redet die Nachbarin

weiter und tupft mit dem Papiertaschentuch ihre Augen ab. »Eine ganz schlimme Welt ist das heute!«.

Auch ohne Zutun ihres Frauchens verliert Blümchen mit einem Mal das Interesse an uns. Die Hundedame lässt von Hanne ab und streunt daraufhin die Straße entlang. Immer weiter. An der Kurve zur Hauptstraße biegt sie ab und ist nicht mehr zu sehen. Wie es aussieht, macht die Hündin ihren Spaziergang heute allein, während ihr Frauchen nach einem kräftigen Schnäuzen neue Redebereitschaft signalisiert. »Ich hätte ihn doch einfach mal einladen können. Zu unseren Bingo-Abenden. Oder so. Wer weiß?« Dann ergänzt sie bitter, das Taschentuch wieder einsatzbereit: »Aber jetzt ist es dafür zu spät. Das ist ein einziges Drama!«

Dicke Tränen laufen ihr über die Wangen. Ich nicke verständnisvoll, und Hanne nutzt die überraschende Sprechpause für eine Frage. »Hatte Herr Brokatt vielleicht Freunde? Irgendjemanden, der hier vorbeikam und ihn besuchte? Oder Familie?«

»Ne, kein Mensch. Der arme Junge war völlig sich selbst überlassen. Niemand kümmerte sich um ihn. Seine Mutter ist schon lange tot. Das hat er mir mal an Weihnachten im Flur erzählt.«

Die Gedanken daran bringen die Dame noch mehr zum Schluchzen. Es dauert, bis sie sich soweit beruhigt hat, dass sie weitersprechen kann. »Was mit seinem Vater ist, weiß ich nicht! Ganz einsam war der arme Junge, so wie mein Chrissie, wenn ich mal nicht mehr bin.«

»Und Freunde kamen nie vorbei?« Hanne bleibt weiter dran, es ist erstaunlich, wie hartnäckig sie ist.

Die Dame schüttelt den Kopf. »Nein, ich glaube, Freunde hatte er keine und auch keine Freundin. Nie. Das hätte ich mitgekriegt.«

Ich blicke ratlos zu Hanne, die enttäuscht aussieht. Was

immer sie sich von diesem Besuch hier versprochen hat, wir sind keinen Schritt vorangekommen. Uns wurde lediglich ein weiteres Mal bestätigt, dass es sich bei Siegfried Brokatt um einen sehr einsamen Menschen gehandelt haben muss.

Als letztlich niemandem mehr etwas einfällt, verabschieden wir uns von der Dame und danken für die Zeit, die sie sich genommen hat.

Ohne dass noch jemand damit gerechnet hätte, wir sind sogar schon auf dem Weg zum Auto, kommt Hanne eine allerletzte Frage in den Sinn. Fast ist es wie bei diesem Kommissar in den alten Kriminalfilmen, überlege ich, und der Gedanke gefällt mir. Hanne dreht sich noch ein letztes Mal zu der Frau um. »Einen Hund hatte Herr Brokatt aber nicht zufällig?«, will Hanne unvermittelt wissen.

»Nein, Siggi war doch jeden Tag arbeiten«, gibt die Nachbarin zur Antwort. Die Vorstellung kommt ihr offenbar absurd vor. »Den ganzen Tag ein Tier sich selbst überlassen, in der Wohnung ohne Auslauf, das wäre Tierquälerei, und das hätte der Siggi nie im Leben gemacht. Auch wenn er vielleicht gerne einen Hund gehabt hätte.«

Überzeugt von der eigenen Feststellung nickt die Seniorin, dann aber, völlig unvermutet, hält sie inne. »Ach, herrje«, murmelt sie, legt die Hand vor den Mund und sieht uns an, als hätte sie Fürchterliches angestellt. War da vielleicht doch etwas?, frage ich mich.

»Jetzt, wo Sie Hund sagen, da fällt mir eine Sache ein. Das habe ich dem Kommissar vergessen zu erzählen …«

»Macht nichts! Wir geben das gerne weiter«, erwidere ich möglichst gelassen und spüre, wie aufgeregt ich mit einem Mal bin. Mehr herauszufinden als die Polizei, weit mehr als Wolfgang, der hier zum Tee geladen war, diese Vorstellung beflügelt mich. »Was haben Sie denn vergessen zu erzählen?«

»Ob das wirklich wichtig ist, weiß ich gar nicht«, räumt

die Nachbarin ein. Sie macht es spannend wie einen Krimi. Hanne steht die Ungeduld ins Gesicht geschrieben. »Alles, was Sie sagen, ist wichtig!«, versichert sie der Dame. Dabei gibt sie sich alle Mühe, professionell gelassen und keineswegs drängend zu klingen.

»Ach, wenn Sie meinen«, sagt die Nachbarin geschmeichelt. Ihr gefällt es allem Anschein nach, noch für einen Moment mehr zu wissen als wir. Nur langsam kommt sie zum Punkt. »Also, was ich vergessen habe, Ihrem Herrn Kollegen zu erzählen, war, dass Siggi doch einen Freund hatte.« Als wäre sie von ihrer Aussage selbst nicht ganz überzeugt, schüttelt sie sofort danach den Kopf. »Also so etwas in der Art wie einen Freund. Vielleicht eher ein Bekannter. Ein ziemliches Ekelpaket, wenn Sie mich fragen. Dieser Angeber hat gar nicht zu unserem Siggi gepasst. Wie auch immer, ab und zu, vielleicht alle zwei, drei Wochen, kam der Mann hier vorbei und hat den Siggi abgeholt.« Die alte Dame verzieht angewidert das Gesicht, während sie weiterredet. »Mit so einem aufgemotzten Angeberauto und lauter Musik schoss er immer um die Ecke, als wäre das hier der Nürburgring und keine Dreißigerzone.« Bei der Erinnerung an diese Momente verfinstert sich ihre Miene. »Mir ist dabei fast immer das Herz stehengeblieben, und am liebsten hätte ich die Polizei gerufen, aber das macht man ja dann doch nicht. Wer will schon Ärger mit den Nachbarn?«

Um Zuspruch bemüht, schaut sie uns an. Wir signalisieren mit einem Nicken, dass wir volles Verständnis für sie haben, und schon fährt sie mit ihren Ausführungen fort. Sie ist derart in Rage, dass sie die Hände dazu nimmt. »Statt auszusteigen, hat der faule Hornochse immer gehupt wie ein Irrer und dabei zu Siggis Fenster hochgeschrien. Bei all dem Krach konnte sich Blümchen gar nicht mehr beruhigen. Die Arme dachte wohl, hier sei der Krieg ausgebrochen. Glauben Sie mir, keiner hat den Typen ausstehen können, die Inge von ganz oben auch nicht. Die hat er fast mal auf der Straße über den Haufen gefahren.«

Hannes Wangen sind rot geworden. Wir haben etwas! Es gab einen Freund. Das hört sich nach einer Spur an.

»Mehr wissen Sie über den Mann nicht? Alter oder Autokennzeichen vielleicht oder sonst irgendetwas?«, bohrt Hanne nach. Sie wirkt erstaunlich fachmännisch, wüsste ich es nicht besser, würde ich ihr die Kriminalbeamtin direkt abnehmen.

»Ich schätze mal, der war so um die 40, vielleicht zehn Jahre jünger als mein Chrissie. Nur eben, dass Chrissie viel, viel netter ist. Und weit besser erzogen! Sind Sie beide eigentlich verheiratet?«

»Nein«, gibt Hanne überrascht zu Antwort.

»Und er kam immer allein?«, frage diesmal ich, um wieder auf das Thema zurückzukommen.

Die Nachbarin nickt. »Ja … obwohl …«, von Neuem legt die alte Dame eine Pause ein, und ein weiteres Mal halten wir beide den Atem an. Gibt es da etwa noch eine Kleinigkeit, die sie vergessen hat zu erwähnen?

»Mehr oder weniger«, berichtigt sich die Dame. »Er hatte meistens einen Hund dabei. Ein ganz putziger war das.« Mit der Erinnerung an das Tier hellt sich ihre Miene wieder auf. Aber nur für einen kurzen Moment. »Stellen Sie sich das mal vor, ein Hund – bei dem Lärm im Auto!« Ihre Augen werden groß. »Das hätte man verbieten müssen! Das arme Tier wollte immer mit Blümchen spielen, aber der Typ hat ihm das verboten. Einmal hat er dem Hundchen sogar auf die Schnauze geschlagen. Richtig fest, vor meinen Augen. Ein ganz, ganz bösartiger Kerl, kann ich Ihnen sagen. Was der Siggi an dem hatte, konnte keiner von uns verstehen.«

Die Dame schnauft, die Erinnerung an diesen Mann bringt sie offensichtlich auf die Palme.

Als sie sich wieder gesammelt hat, stellt sie uns eine letzte Frage: »Aber Sie mögen Männer schon? An sich?«, will die Seniorin wissen.

»Geht so«, antwortet Hanne derart ehrlich, dass ich mir ein Schmunzeln verkneifen muss. Sie stellt noch weitere Fragen, aber wir erfahren nichts Neues mehr. Daraufhin verabschieden wir uns endgültig.

»Immerhin«, sagt Hanne stolz, als wir uns auf der Landstraße, die aus dem Ort führt, befinden und an einem kleinen See vorbeifahren. Zuvor haben wir noch einige Runden durch St. Nikolaus gedreht, ein paar Passanten nach Siegfried Brokatt gefragt, aber nur Schulterzucken geerntet.

»Wie auch immer, wir haben mehr als mein lieber Ex-Mann«, ergänze ich Hannes Aussage. Die Tatsache amüsiert mich. »Wir wissen, dass Siegfried einen Freund hatte. Einen Freund mit Hund und einem aufgemotzten Auto. Das ist nicht viel, aber wer weiß, wofür es gut ist.«

»Genau«, sagt Hanne mit einem breiten Lachen im Gesicht. »Wer weiß, wofür es gut ist. Außerdem könntest du dich vielleicht mal, mit *dem Chrissie* treffen ...«

»Hör bloß auf«, sage ich gespielt erschrocken und muss dann ebenfalls loslachen. Das Herumschnüffeln und der Umstand, dass wir uns als Beamte ausgegeben haben, waren zweifellos schräg und etwas befremdlich, aber es hat, daran gibt es keinen Zweifel, Spaß gemacht. Diese ungewohnte Portion Aufregung macht mich ein wenig übermütig und bringt mich auf eine neue Idee.

»Warte mal, gleich wissen wir noch mehr«, verspreche ich Hanne mit einem Augenzwinkern und greife mein Handy aus der Tasche. Ich habe ihn schon ewig nicht mehr angerufen. Manchmal, in einem schwachen Moment, habe ich darüber nachgedacht, es dann aber wieder verworfen.

»Man soll nicht immer die gleichen Fehler machen«, rät mir Frau Tietze-Meiermann, und ich versuche, diesen wie auch jeden anderen Ratschlag zu befolgen in der Hoffnung, dass damit das Leben leichter wird. Doch heute, ausnahmsweise, gibt es einen triftigen Grund anzurufen, sage ich mir, und der Anlass hat nicht im Geringsten mit mir selbst oder mit der lang schon erledigten Beziehung zu Wolfgang zu tun.

Ich stelle das Handy auf laut, sodass Hanne mithören kann. Es läutet.

»Hallo«, meldet sich Wolfgang. Ich rutsche tiefer in den Autositz und muss, ohne es zu wollen, daran denken, dass ich seine Stimme immer gemocht habe.

»Hallo Wolfang«, sage ich.

»Ist etwas mit Viki?«, wundert sich mein Ex-Mann sofort. Er klingt überrascht.

»Nein, nein. Keine Sorge. Ich wollte … ich wollte nur mal hören, ob die Suche nach dem Toten vom Sonntag erfolgreich war? Habt ihr bei den Ermittlungen Fortschritte gemacht?« Ich komme ins Trudeln. Mir ist bewusst, dass sich Wolfgang selbst zu Ehezeiten, egal was auch passiert war, stets über seine Fälle ausschwieg. Privat und beruflich trennte er strikt. Das sei besser für mich, verteidigte er sich damals.

Auf der anderen Seite bleibt es still. Hanne sieht mich mit einem Schulterzucken an. Ich befürchte, aus Wolfgang wird nichts herauszubringen sein.

»Gabriele …«, beginnt er, und mir schwant schon, was jetzt kommt, »… du weißt, dass ich darüber nicht sprechen darf. Warum interessiert dich das überhaupt?«

»Mir geht die Sache einfach nicht aus dem Kopf«, sage ich. Das ist noch nicht einmal gelogen, ergänze ich für mich in Gedanken. »Ich würde einfach nur gerne wissen, was aus dem Mann geworden ist.« Da Wolfgang still bleibt, füge ich hinzu: »Wenn ich wüsste, dass man ihn gefunden hat und wie all das passiert ist, dann könnte ich die Geschichte vielleicht leichter für mich wegpacken. Oder einsortieren. Weißt du, wie ich das meine?«

Ich höre Wolfgang einatmen. Er scheint zu überlegen.

»Gabriele … ich verstehe das schon. Aber du bringst mich wirklich in Schwierigkeiten. Du weißt, dass ich nichts über die laufenden Ermittlungen sagen darf. Das hat gute Gründe, dass …«

»Schon okay«, unterbreche ich ihn, wohl wissend, dass genau das bei ihm ziehen wird. »Ich wollte dich auch nicht weiter stören.«

»Warte, du störst nicht. Das wollte ich damit auch nicht sagen«, springt Wolfgang wie erhofft an. »Also gut, ich erzähle dir, was ich weiß. Aber das bleibt unter uns!«

»Klar«, behaupte ich und werfe einen Blick zu Hanne, die gespannt zuhört. Mein schlechtes Gewissen beruhige ich damit, dass Hanne das, was wir gleich hören werden, mit Sicherheit für sich behält. Wir sind ein Team, das ist doch irgendwie eine Entschuldigung für diese kleine Lüge.

»Also, es ist so, dass die Taucher derzeit noch nichts gefunden haben«, sagt Wolfgang. »Sie suchen weiter, aber je länger es dauert, desto unwahrscheinlicher dürfte es sein, dass man ihn findet. Er könnte unter Wurzeln eingeklemmt sein oder sonst etwas. Dann wird es für die Taucher schwierig. Tut mir leid, dass ich dir nichts Besseres erzählen kann. Warst du bei Frau Tietze-Meiermann in den letzten Tagen? Falls es dir wegen der Sache nicht gutgehen sollte, musst du unbedingt mit jemandem darüber sprechen.«

Als der Name Tietze-Meiermann fällt, schaut mich Hanne überrascht von der Seite an.

»Tietze-Meiermann ist krank. Die ganze Woche«, antworte ich Wolfgang. »Ich hoffe, dass ich nächste Woche wieder einen Termin bekomme.«

Meine Psychologin interessiert mich gegenwärtig sowieso weniger. Ich möchte mehr über die Ermittlungen erfahren und hake nochmal nach. »Über diesen Siegfried habt ihr sonst nichts mehr herausgefunden?«

»Nur, dass ihn seit Freitag niemand mehr gesehen hat. Morgens ist er noch zur Frühschicht auf seiner Arbeit im Callcenter erschienen. Alles recht normal, sagten die Kollegen. Sein Abteilungsleiter berichtete mir, dass es einen kleinen Disput zwischen Siegfried und ein paar Kollegen gab. Die Sache habe er aber geklärt. Keine große Geschichte, seiner Meinung nach, aber manchmal reicht so eine Bagatelle für einen labilen Menschen. Dieser Brokatt war, wie es aussieht, ein zurückgezogen lebender, recht stiller Typ. Das bestätigen alle, auch die Nachbarn. Es tut mir leid, dir das so sagen zu müssen, aber ich würde auf Selbstmord tippen. Wenn mich nicht alles täuscht, war er sehr einsam und vielleicht ziemlich frustriert vom Leben.« So wie Wolfgang das sagt, klingt es fast wie ein Vorwurf.

»Das hört sich traurig an«, sage ich. »Danke, dass du mir das erzählt hast. Wenn du etwas Neues hörst, sagst du mir dann Bescheid? Bitte!«

»Gabriele, ich hätte dir das jetzt schon nicht …«

»Bitte!«

Ich höre wieder Wolfgangs Atem. Er tut sich schwer mit der Entscheidung, aber er fällt die richtige.

»Also gut«, sagt er schließlich. »Ich melde mich bei dir, falls ich etwas höre.« Darauf ergänzt er leiser und ein wenig belegt: »Wenn es dir nicht gut gehen sollte und du irgendetwas oder irgendjemanden brauchst, dann melde dich. Bitte! So ein Erlebnis wie am Sonntag muss man erst einmal verdauen. Das darf man nicht auf die leichte Schulter nehmen.«

»Ja, in Ordnung. Falls etwas sein sollte, melde ich mich bei dir. Versprochen.« Es fühlt sich seltsam vertraut an, als ich das sage. »Danke, Wolfgang.«

»Gerne. Bis dann.«

Erst kommt es mir vor, als wolle er noch etwas sagen, dann legt er doch auf.

Während ich das Handy zurück in die Tasche schiebe, streiche ich mir meine wirren Haare hinter die Ohren. Ich schaue aus dem Auto, hinaus auf die vorbeiziehende Landschaft. Hannes Blick kann ich spüren. Ich lasse mir Zeit, bis ich mich zu ihr umwende. Ihre amüsierte Miene ärgert mich ein wenig.

»Was?«, frage ich, doch eigentlich will ich vielleicht gar nicht so genau wissen, was sie so lustig findet.

»Eigentlich ganz nett, dein Wolfgang!«

»Das ist nicht *mein Wolfgang*«, gebe ich gespielt entrüstet zurück und kann dabei das Mitlachen nur schwer unterdrücken.

Wolfgang scheint nicht das Einzige zu sein, was Hanne belustigt. »Und noch was, Gabriele. Wer, meinst du, sitzt seit ziemlich langer Zeit zweimal die Woche in dem blauen Ohrensessel Frau Tietze-Meiermann gegenüber und lässt sich allerlei fantastisch gute Ratschläge geben?«, fragt Hanne.

Als sie in mein mit Vorahnung randvolles Gesicht sieht, weist sie nickend mit dem Finger auf sich.

»Ne, oder?« Das ist doch wohl kaum zu fassen.

»Und wer hat mich wohl auf die Idee mit der Single-Wanderung gebracht?«, prustet Hanne los.

»Oh mein Gott!«, entgegne ich, und nun kugle ich mich fast vor Lachen. »Wer weiß, ob nicht die komplette Mannschaft aus ihrer Patientenliste bestand«, spinne ich das Ganze weiter.

Wir können uns kaum mehr beruhigen. Hanne muss den Wagen am Seitenstreifen parken. Immer wieder lacht eine von uns von Neuem los, und ich fühle mich ein bisschen wie damals in Teeniezeiten, als man das erste Mal allein ohne Eltern unterwegs war und verrückte Dinge anstellte. Einfach, weil es Spaß machte. Seltsam, wie frei ich mich mit einem Mal fühle, kommt mir plötzlich in den Sinn. So frei und sorglos wie schon viel zu lange nicht mehr, und wenn ich in Hannes Gesicht blicke, würde ich fast wetten, dass es ihr ähnlich geht.

Was immer uns hier und heute zusammengebracht hat, und auch wenn die ganzen Umstände drum herum wenig erfreulich sind, es ist wie ein Geschenk, mit Hanne unterwegs zu sein. Ich kann mich nicht entsinnen, wann ich das letzte Mal durch und durch glücklich war. Es muss Jahre her sein, und vielleicht fühlt es sich nur deshalb so fremd an.

»Nichts im Leben passiert einfach nur so, oder?«, philosophiere ich zum Abschied halb im Spaß, halb im Ernst, als ich, zu Hause angekommen, aus Hannes Wagen steige und mich von ihr verabschiede.

Ein Blick in Hannes Gesicht lässt keinen Zweifel zu. Sie grinst breit. Ganz eindeutig: Auch diesen Satz, prall gefüllt mit Lebensweisheit, hört sie nicht zum ersten Mal.

KEIN SCHRITT ZU WEIT

Wie ist es möglich, dass das Leben manchmal wie ein einziges Paradies erscheint, und dann, von einem Augenblick auf den nächsten, derart dramatische Züge annimmt?

Günther

Dienstag – und die Sache mit Gustav ist schon fast komplett verdaut. Wie eine Wurst, die zu schwer im Magen liegt. Es zwickt und zerrt eine Weile im Bauch, aber egal wie, zwei, drei Tagen später ist die Angelegenheit gegessen. Sogar den Schock am Sonntag mit dem Ketzler haben wir mittlerweile recht gut verwunden.

Wie gesagt, das Leben geht weiter, und man sollte seine Chancen nutzen. In dem Sinne hat Siggi mittlerweile alle von Kallie hinterlassenen Arbeiten ohne große Schwierigkeiten übernommen.

»Ein Ding der Unmöglichkeit«, urteilte Siggi zu Beginn am Samstag. Doch es zeigte sich, dass Gustav allem Anschein nach zu Lebzeiten nichts fabrizierte, was aufgrund seiner Genialität einen Nobelpreis wert gewesen wäre. Innerhalb weniger Tage arbeitete sich Siggi in den aktuellen Auftrag ein. Kein Wunder, denn meiner Meinung nach hatte er immer schon weit mehr Grips ihm Kopf als Kallie, und gegenwärtig bietet sich Siggi endlich die Chance, das zu beweisen.

Die Arbeit tut ihm gut und lenkt ihn ab. Das sieht man ihm an. Wenn mich nicht alles täuscht, macht er den Job weitaus professioneller als Kallie. Dessen übliches Tagespensum jedenfalls hat er heute bis zur Mittagessenzeit komplett erledigt. Ein Segen, denn so hat er ab jetzt nur noch Zeit für mich. Besser geht's doch wohl kaum, denn heute ist großer Einkaufstag.

Nachdem wir seit Sonntag, von knappem Gassi gehen mal abgesehen, fast nur das Innerhäusliche gepflegt haben und uns der Pizzadienst allabendlich besuchte, müssen wir heute mal wieder unter freien Himmel. Der Kühlschrank ist leer, und das ist ein extrem katastrophaler Zustand, der weder Siggi und schon gar nicht mir gefällt.

Aber kein Grund zu jammern, denn zum Glück braucht man in Tholey nicht weit zu fahren. Hier ist alles vor Ort, und ich habe die gesamte Einkaufsliste bombenfest in meinem Kopf abgespeichert. Um die Essensauswahl braucht sich mein Herrchen zukünftig nie wieder zu kümmern, die Last nehme ich ihm ab.

Doch statt Dankbarkeit für meine Mithilfe zu zeigen, wartet der Junge heute Morgen mit einer ziemlich dummen Idee auf. »Nach dem Einkaufen könnten wir doch noch zum Bach machen auf den Schaumberg und eine Runde laufen, was meinst du? Das würde uns beiden bestimmt guttun«, schlägt Siggi bester Laune vor, während er sich ausgehfertig macht und ich mich in der Küche dem Frühstück widme.

Ein Stück von dem in Würfel geschnittenen Lyoner purzelt mir vor Schreck aus der Schnauze. Ist der noch ganz sauber?, frage ich mich. Auf eine derart törichte Frage erwartet er wohl kaum eine Antwort, sage ich mir und reagiere nicht. Kein Bellen, kein Schwanzwedeln, das dürfte als Rückmeldung doch wohl genügen. Fast zweieinhalb Kilometer auf dem Herzweg, ich bin doch kein Husky. Zugegeben, früher, vor dem traumatischen Vorfall von letzter Woche, war das einmal meine Hausstrecke, doch heute sind die Umstände völlig andere. Ein so langer Fußmarsch ist derzeit eine Zumutung. Nicht jetzt, in der akuten Trauerphase. Das würde mir sogar mein Tierarzt Doktor Kreideweiß, der alte Krümelspalter, attestieren.

An meiner Kondition werde ich wieder arbeiten, zu gegebener Zeit. Während der letzten verträumten Tage, angefüllt mit Fernsehstunden, Lyoner und ab und zu einem Stück Nussnugat, hat zugegeben meine Form gelitten. Die Aussicht auf einen langen, völlig sinnfreien Spaziergang lässt daher meine Laune auf den Tiefpunkt sinken. Das kann doch nicht im Sinn von Siggi sein, oder?

Und ja, mein neues Herrchen beherrscht die Regeln der Empathie: Als weder eine Regung noch Begeisterung auf seinen Vorschlag folgt, reagiert der Junge postwendend. An guten Ideen, um mich aufzumuntern, fehlt es ihm jedenfalls nicht. »Vielleicht schauen wir vor dem Spaziergang kurz beim *Pomm-Fritz* vorbei. Was meinst du, Günther?«

Touché!, denke ich, tripple ohne Umwege ins Schlafzimmer und belohne mein Herrchen mit enthusiastischem Bellen, an den Beinen Hochspringen und Schwanzwedeln. *Pomm-Fritz* plus ein ganz klein wenig spazieren, wohlan, das lasse ich mir gefallen. Schlimmstenfalls, wenn meine Kondition zu wünschen übrig lässt, kann Siggi mich auch tragen, denn Siggi ist der Allergrößte, eine lebende Legende. Der Mann mit den besten Einfällen weit und breit. *Pomm-Fritz*, gibt es etwas Schöneres auf der Welt?

Zugegeben, Currywurst ist nicht das Grundnahrungsmittel für Hunde, und Herr Doktor Kreideweiß würde wahrscheinlich aus der Haut fahren, wenn er davon wüsste, aber egal, ich kann meine Schnauze einfach nicht aus dem Zeug lassen.

Mittlerweile weit motivierter zeige ich meinen guten Willen mit Wimmern und Kratzen an der Tür. Siggi erkennt die Dringlichkeit unseres Vorhabens und legt an Tempo zu. Kaum ist die Tür zur Wohnung offen, stürme ich die Treppe hinunter in Richtung Ausgang. Auch hier hält mir mein Freund Siggi, der als Nachhut eintrifft, brav die Tür auf. Weiter geht es, vorbei am Vorgarten, der noch immer wegen des tragischen Sturzes aus dem Nachbarbalkon mit Absperrband versehen ist, ohne Umwege zu unserem Auto. Seit Gustav nicht mehr ist, darf ich wie selbstverständlich im 3er vorne sitzen. Die Pfoten auf der Ablage, alles im Blick. Siggi fährt stets exakt nach Vorgabe. Was soll da schiefgehen?

Wir also los mit der Rakete zum Parkplatz, raus aus der PS-Kiste und ich stürme gleich in Richtung Supermarkt.

»Momentchen«, sagt Siggi, die Spaßbremse, als wir am Eingang stehen und er das Hunde-Verbotsschild an der Glasfront zum Paradies sieht. »Da habe ich gar nicht dran gedacht. Du darfst nicht mit rein! Am besten wartest du kurz im Auto, Günther.«

Wo denkt der Junge hin, sage ich mir. Ohne meine Fachkenntnis bringt Siggi garantiert nur fade Verpflegung mit. Das kann ich nicht zulassen!

Also flitze ich los, als hätte ich seine Bemerkung nie gehört. Ab, rein in den Supermarkt. Gleich vorbei an der Öko-Abteilung mit den Vitaminkillern hin zur Gourmettheke. Hier im Kühlbereich ist alles mikrowellentauglich und innerhalb weniger Minuten parat für eine festliche Mahlzeit. Schließlich müssen wir beide uns unsere Zeit genau einteilen.

Schlemmergulasch, Rinderroulade und Jäger-Hackbällchen mit Metaxasoße, ich bin hingerissen von der Auswahl. Sobald ich das Passende für uns gefunden habe, kratze ich mit den Pfoten an den jeweiligen Regalen, und Siggi packt gehorsam ein.

»Müssen wir nicht noch in die Tierfutterabteilung?«, fragt mein neues Herrchen naiv. Was für ein Stimmungskiller! Beleidigt strecke ich meine Nase in die Höhe. Will der Junge jetzt allen Ernstes nach der Aktion mit Kallie auch noch Giftmord begehen? Reicht ihm die Sache vom Freitag nicht? Gerne kann er das Zeug mal selbst probieren und am eigenen Leib erfahren, was mir da abverlangt wird. Wer weiß, was man darin alles verarbeitet und reinpackt – Aroma ganz sicher nicht.

Gerade will ich den Weg zur Wursttheke einschlagen, denn die Lyonerwurst geht peu à peu zur Neige, da höre ich meinen Namen. Oder zumindest so etwas Ähnliches.

»Ach, das ist ja das Güntherlein! Na, du feiner Kerl?«

Die Stimme ist derart stechend, dass sie noch Stunden später in meinen Ohren nachklingen wird. Mal ganz zu schweigen von dem schwülstig-süßen Geruch, der meine Nase von der ersten Sekunde an strapaziert. Nichts wie weg, sagt mir mein Instinkt sofort, doch der Ursprung dieser Ausdünstungen ist schneller. Die Monsterfrau macht sich sofort daran, mit ihren baumlangen Glitzerfingernägeln über meinen Rücken zu kratzen.

Ihh, Hilfe! Warum rettet mich niemand vor diesem Geschöpf des Grauens? Ich fühle mich fast wie in einem der Freddie-Krüger-Filme, die sich Gustav immer reinzog, während ich mich hinter den Sofakissen verkrümelte.

Finger weg, sonst kannst du mich mal kennenlernen, du Trine, knurre ich. Doch, die eindeutigen Zeichen eines Hundes versteht die lästige Schnalle vor mir nicht. Außerdem hat das Frauenzimmer soeben etwas Neues entdeckt, das ihre Aufmerksamkeit voll und ganz in Anspruch nimmt.

»Siggi? Ne, oder? Bist du das? Ich hätte dich gar nicht mehr erkannt«, murmelt die Monsterfrau – und das für meinen Geschmack viel zu begeistert. Dabei wirft sie ihre langen gesträhnten Haare nach hinten. »Wow. Gut, schaust du aus.«

»Conny!«, entgegnet Siggi, verständlicherweise nicht mit der gleichen Begeisterung. Der Schreck über das Fiasko in

Menschengestalt, dieses durchtriebene Aas, das ihm derzeit gegenübersteht und die Hand reicht, zeichnet sich in Siggis Gesicht ab.

Ich jedenfalls erhalte damit die Chance, ihren Teufelskrallen mit letzter Kraft zu entfliehen, und entscheide, dass meinen Siggi keinesfalls ein ähnliches Schicksal ereilen soll. Ich stelle mich neben mein Herrchen. Demonstrativ in Lauerstellung mit zitternder Rute. Jetzt und hier gilt es unverzüglich, alle Besitzrechte zu klären. Siggi und ich, wir sind das perfekte Duo. Zwischen uns beide passt nicht das kleinste Blatt.

Aber wie sollte so ein Niedrighirnzentrum wie diese Conny unsere hermetisch geschlossene Männerfreundschaft verstehen können?

»Ach, ist das schön, euch beide zu sehen«, trompetet sie los und lässt dabei die von Siggi gereichte Hand gar nicht mehr los.

Manno, dass Conny nichts als Ärger bringt, hat sie bereits letzten Freitag bewiesen. Mehr davon können wir nicht gebrauchen. Das beste Manöver wäre Flucht, beschließe ich und nehme die Sache in die Hand. Mit meinen Pfoten kratze ich an Siggis Schuhen. Komm Junge, lauf um dein Leben, signalisiere ich ihm. Doch Siggi scheint die Dringlichkeit unseres Handelns nicht bewusst zu sein, also schnappe ich zu und ziehe an Siggis Hosenbein. Der Bursche darf sich nicht in ein Gespräch verwickeln lassen. Alles, nur das nicht. Existenzielle Verpflichtungen warten derzeit auf uns, die Zicke hingegen bringt nur Ärger. Denke einzig an unser Codewort *Pomm-Fritz*, Siggi, dann kann nichts schiefgehen.

Doch, alles geht schief! Auch wenn das, was unmittelbar folgt, nicht direkt Siggis Schuld ist. Sein Fehler ist nur, dass er nicht entschlossen genug in das Geschehen eingreift. Der Bursche ist schlichtweg zu gutherzig und quasi wehrlos gegen diese überdreiste Conny.

»Ach, das ist toll! Ich komme ein Stückchen mit euch«, sagt sie und watschelt los. Siggi, brav wie ein dressierter Pudel, nebenher. Mit ihrem Gequatsche, dem Haare Drehen und dümmlichem Kichern wickelt Conny meinen Siggi um den Finger. Den Einkauf hat er vollends aus den Augen verloren, und die Wursttheke erscheint mir mit einem Male unerreichbar. Immer wieder springe ich an Siggis Bein hoch, doch nichts wirkt. Mit nur halb ausstaffiertem Einkaufswagen stehen wir drei letztendlich an der Kasse.

»Ich wollte nur ein paar Kleinigkeiten einkaufen, und da treffe ich euch«, plappert Conny. Zwischendurch holt sie nicht einmal Luft. Womöglich wird sie noch vor dem Bezahlen der Erstickungstod ereilen, male ich mir aus, und der Gedanke gefällt mir. Aber den Gefallen tut sie mir nicht – leider.

Wahrscheinlich ist sie gar kein menschliches Wesen. Sie ist wie eine dieser Kletten, die man sich als Dackel auf den Wiesen einfängt. Zäh krallt sie sich fest und ist einfach nicht mehr abzuschütteln.

»Dass ich euch getroffen habe, kann doch kein Zufall sein, oder?«, geht es nach der Kasse weiter, als wir auf dem Weg nach draußen sind. Was diese Überlegung angeht, würde ich Conny sogar zustimmen. Die Begegnung war kein Zufall. Wohl eher eine Strafe Gottes, eine Prüfung von ganz oben oder womöglich ist es sogar ein böser Fluch.

Selbst als wir an Siggis Auto ankommen, verweilt die Tusse immer noch in unserem Windschatten, und als sie Siggis Auto sieht, ist es komplett um sie geschehen. Ich krieg die Motten!

»Mensch, ein alter 3er. Coole Kiste«, kreischt sie begeistert wie eine Dreijährige, der man ein Schlumpf-Eis verspricht.

Wenn mich nicht alles täuscht, huscht Siggi so etwas wie Stolz über das Gesicht. Dieser miese Verräter. Dabei hat der Pharisäer sich vor ein paar Tagen nach einem neuen Wagen umgesehen. »Etwas Umweltfreundlicheres und weniger Protziges«, sagte er. Und jetzt das! Im Moment kann es gar nicht protzig genug sein, wenn mich nicht alles täuscht. Ein Fähnlein im Wind ist der Siggi.

Ich schnappe mir nochmal sein Hosenbein und ziehe daran. Genug ist genug! Ich bin auch noch da, Siggi, falls du es vergessen haben solltest, und du hast mir etwas versprochen, rufe ich ihm ins Bewusstsein.

»Oh sorry, Conny, tut mir leid. Aber ich muss jetzt wirklich los«, reagiert der Junge prompt und vorschriftsmäßig. Endlich hat er es kapiert. Fertig ist die Kiste! Die Torte wird zeitnah abserviert, und wir widmen uns wieder unserem Only-Männer-Klub. Das von eben, das mit dem miesen Verräter, nehme ich natürlich zurück.

»Weißt du, der Günther muss jetzt dringend mal einen Bach machen«, posaunt Siggi aus.

Ach, Bach machen, denke ich. Was ist denn das für ein Gespräch? Ich will zum *Pomm-Fritz*! Jetzt sofort! Es liegt im Bereich des Möglichen, dass ich in dieser Ausnahmesituation einmal kurz geknurrt habe. Ganz sachte und nur so aus Reflex.

»Günther, aus! Hör auf«, reagiert Siggi gleich über und schaut mich streng an. Noch nicht einmal die Standpauke für das Knurren bringt Siggi zu Ende, denn das Weibsbild hat die Fähigkeit, alle Aufmerksamkeit wie ein Magnet auf sich zu ziehen.

»Ui, ihr wollt spazieren gehen. Dann lass ich euch jetzt lieber allein«, sagt es, das Weibsbild, und seufzt dazu leise. Mit einer Schnute, als sei die Tante fünf, und jemand hätte ihr die Förmchen aus dem Sandkasten geklaut. Aber keine Angst, auf so eine billige Nummer fällt mein Siggi nicht rein!

»Okay, Conny. Dann bis bald mal«, beweist mir Siggi endlich seine Loyalität und öffnet die Fahrertür. Ein Sieg auf ganzer Linie, sage ich mir und springe gutgelaunt auf meinen Topplatz – den Beifahrersitz. Jetzt zeigen wir der Schnalle, wer hier im Auto das Sagen hat. Bahn frei, wir fahren los!

Allerdings ist die Conny um Längen ausgebuffter, als man auf den ersten Blick vermuten könnte.

»Vielleicht«, sagt der Teufel in Frauengestalt butterweich und lässt dabei eine überflüssige Pause entstehen, die Conny nutzt, um ihre Ferse mit den hochhackigen Pumps in den Parkplatzboden zu drehen. Was für eine linke Nummer. »Vielleicht könnte ich mit. Zum Spaziergehen? Ich gehe nämlich auch gerne spazieren.«

Ach ne, denke ich. Wir auch – und zwar am liebsten allein. Ohne dich, du Luftpumpe!

Ich bleibe in Alarmbereitschaft und springe wieder rüber zum Fahrersitz. Aus voller Kehle mache ich auf mich aufmerksam und kläffe, was das Zeug hält. Meinen Siggi beschwatzt die nicht.

Die Dreistigkeit, die sich Conny daraufhin erlaubt, ist nicht zu toppen. »Och, schau mal, der Günther ist ganz aus dem Häuschen. Er findet die Idee offenbar prima.«

Siggi legt den Kopf schief und dreht sich fragend zu mir um. Während er womöglich überlegt, wie man jetzt noch heil aus der Sache herauskommen könnte, klemmt sich die Ziege bereits an die Beifahrertür. Gewissenlos erobert sie sich unser Revier.

»Kannste mal rücken, Güntherlein«, quiekt sie beim Einsteigen und schiebt mich mit ihren Gruselpranken rigoros nach hinten auf die Reservebank. »Ei, Sportsitze! Wie cool ist das denn!«

Zuletzt steigt Siggi ein. Was bleibt ihm anderes übrig?

»Dann lass die Kiste mal röhren«, fordert Conny, und mein Herrchen dreht brav an der Zündung. Es dröhnt minimal, dann gibt es einen Ruck.

»Oh Mist. Kupplung vergessen«, bemerkt Siggi entschuldigend und lässt den Motor ein zweites Mal an. Streng orientiert an den vorgegebenen zehn Stundenkilometern tuckert er über den Parkplatz. Auf der Hauptstraße beschleunigt er auf glatte 30 – immer noch im ersten Gang. Nun röhrt es tatsächlich, das wollte Conny doch.

Hoffentlich vergisst er nicht den *Pomm-Fritz*, denke ich, so als wäre es eine böse Vorahnung. Ich strecke meinen Kopf über die Mittelkonsole, um Siggi für alle Fälle noch einmal daran zu erinnern – gerade möchte ich loswinseln, doch keine Chance, die Conny hat meinen Siggi komplett in Beschlag genommen.

»Der Sound hier drin ist bestimmt mega«, terrorisiert sie uns und drückt planlos auf der Anlage herum. Es sind vielleicht noch 100 Meter bis zu unserem ausgemachten Ziel. Gleich oben am Ende der Straße blinkt das Schild vom *Pomm-Fritz*. Siggi, konzentriere dich auf das Wesentliche, denke ich.

Das Radio springt in voller Lautstärke an, und Siggi reißt erschrocken das Lenkrad herum.

»Keine Angst, war nur die Mucke«, sagt Conny und drückt weiter auf dem Display herum – es knirscht und scheppert, und Schwupps hat sie einen dieser Sender, die Gustav vorprogrammiert hat. Die mit den Disco-Weglauf-Songs, deren Bass so gepfeffert ist, dass jeder halbwegs vernünftige HNO sie als brandgefährliche Kriegswaffe einstufen würde. Die Worte »halbwegs« und »vernünftig« allerdings haben nicht das kleinste Bisschen mit Conny gemein.

»Oh, Blümchen, die Sängerin! Kennst du die noch von früher? Das war in den 90ern. Die kam doch immer bei VIVA«, jubelt Conny völlig high und hüpft wie eine Psychopathin auf dem Sitz auf und ab. »Den Song habe ich schon ewig nicht mehr gehört. Ich mach lauter, okay?«

Ne, nicht okay. Auf gar keinen Fall, würde ich gerne sagen, aber wer fragt schon mich? Ohne Siggis Antwort abzuwarten, dreht Conny den Schalter auf Anschlag. Genau in der Sekunde zockeln wir am *Pomm-Fritz* vorbei.

Sehnsüchtig schaue ich aus dem Seitenfenster. Da draußen, auf der hübschen Biergartengarnitur könnten wir beide – mein ehemals bester Freund Siggi und ich – einträchtig sitzen und einfach nur genießen. Stattdessen haben wir in dieser Sekunde eine auf dem Sitz abzappelnde Bestie in Menschengestalt im Schlepptau. Weiß der Himmel, ob wir die jemals wieder loswerden.

Ich resigniere. Ich bin so durch den Wind, dass ich mir sogar Gedanken darüber mache, wie und warum jemals jemand auf die Idee gekommen ist, ein Lied über einen Bumerang zu komponieren. Meine Schwermut findet gar kein Ende. Wie ist es nur möglich, dass das Leben manchmal wie ein einziges Paradies erscheint, und dann, von einem Augenblick auf den nächsten, derart dramatische Züge annimmt? Heute ist einer der schwärzesten Tage meines Lebens, evaluiere ich, und dabei weiß ich in dem Moment noch gar nicht, wie die Geschichte weitergeht.

Als wir auf dem Parkplatz zum Herzweg anhalten, ist es fast menschenleer auf der Anhöhe. Nur ein paar Jogger sind auf dem Wanderweg unterwegs, mehr nicht.

»Was machst du eigentlich hier in Tholey«, gibt sich Siggi interessiert, nachdem wir ausgestiegen sind und unsere Hörfähigkeit Stück für Stück wieder zum Leben erwacht. Diese Einsteiger-Anmach-Frage hat er sich offensichtlich während der Fahrt zurechtgelegt. Das macht mich misstrauisch, und ich stelle mir die abwegige Frage, ob mein Siggi Interesse an diesem Boxenluder haben könnte. Der Gedanke bereitet mir Sorgen, und so dränge ich mich vorbeugend zwischen die beiden, als wir den Pfad zum Herzweg einschlagen.

»Ach, ich war eher zufällig hier. War nur eine Verabredung …«, antwortet Conny und hält inne. So, wie es ausschaut, überlegt sie, ob man uns die weiteren wohl pikanten Details anvertrauen kann, und dann, da sie vermutlich grundsätzlich nichts für sich behalten kann, schnattert sie munter darauf los. »Das war so eine Internetbekanntschaft. Na ja, voll die Pleitenummer eben, ganz ehrlich. Männer gibt's … Aber auf die Weise habe ich letztlich euch getroffen. Da hatte ich doch Sonne!«

Der Schmachtblick, den sie Siggi bei ihrem letzten Satz zuwirft, gefällt mir ganz und gar nicht. »Alles ist für irgendwas gut, und nichts passiert einfach nur so …« Wieder stockt Conny und sucht nach den richtigen Worten. »Das sagt immer eine Bekannte von mir«, fährt sie fort, um schließlich zu dem guten Schluss zu kommen: »Und damit hat sie wohl recht, wie man sieht. Ich habe euch beide getroffen! Was Besseres konnte mir doch gar nicht passieren.«

Dir vielleicht nicht, urteile ich in Gedanken, aber uns ganz sicher schon. Doch meine Meinung ist ohnehin nicht gefragt. Conny redet munter weiter und weiter, und Siggi nickt gehorsam. Er zwingt sich sogar das eine oder andere Mal ein schiefes Grinsen ab, der charakterlose Überläufer.

»Aber was macht ihr hier? Auch eine Internetbekanntschaft?«, albert Conny peinlich herum. Als hätten wir beide so etwas nötig. Wir haben uns, und das reicht vollumfänglich!

»Ne, ne«, entgegnet Siggi. »Wir wollten nur einen kleinen Ausflug machen, einfach mal was Neues sehen. Wir kommen eigentlich aus einer ganz anderen Gegend.«

»Ah, echt? Komisch, der 3er hat aber doch ein St. Wendler Nummernschild.«

Siggi fixiert verlegen seine Schnürsenkel. Schöner Mist, aber auch irgendwie selbst schuld, wenn man sich auf so eine Kiste einlässt.

»Ach, klar. Muss ich noch ummelden. Bin umgezogen.«

Mit der Antwort gibt sich Conny erst einmal zufrieden. Bei ihr liegen die Prioritäten sowieso woanders.

»Aber 'ne Freundin hast du nicht?«

»Äh, nein.«

Der arme Siggi. Er zieht die Schultern hoch und reibt sich am Hinterkopf. Allmählich bereut er wohl auch, die Pute ins Auto gelassen zu haben.

»Übrigens war der Kallie ziemlich aufdringlich am Freitagabend auf dem Schiff. Das mag ich gar nicht. Ist das etwa ein guter Freund von dir? Machst du viel mit dem?«

»Eigentlich in der letzten Zeit eher weniger«, erwidert Siggi, und das ist gar nicht mal gelogen.

Ich trotte vor den beiden her, spitze die Ohren, damit mir von dem Drama nichts entgeht, und ich, wenn alle Stricke reißen, zeitnah eingreifen kann. Siggi fehlt definitiv der Mumm für so etwas. Seitdem das Thema »Kallie« zur Sprache gekommen ist, liegen seine Nerven bloß. Das sieht man. Das erforderliche Feingefühl, um das zu registrieren, besitzt Conny allerdings nicht. Sie ist viel zu sehr mit sich selbst beschäftigt. Siggi gibt sich Mühe, das Gespräch in eine andere Richtung zu lenken. »Was machst du so … so als Freizeitaktivität? Oder auf der Arbeit?«, erkundigt er sich unbeholfen. Small Talk ist nicht unbedingt seine Spezialdisziplin, aber er gibt sich alle Mühe.

»Lieb, dass du nachfragst.« Conny ist begeistert. Die Frage ist für sie wie ein Freifahrtschein, denn jetzt lädt sie ihr gesamtes Liebesleben auf uns ab. Ich versuche durchzuzählen, wie viele ihrer Männerbekanntschaften in die Brüche gegangen sind, doch dafür fehlt es mir an Krallen. Da gäbe es den Markus, der vergaß zu erzählen, dass er eine Freundin hat, dann der Marius mit dem furchtbaren Mundgeruch, aber dem wunderhübschen Eigenheim. Nicht zu vergessen den Stefan, der sie mit ihrer Kollegin aus der Grundschule betrogen hat, in ihrem gemeinsamen, zur Hälfte von Conny mitfinanzierten Wasserbett. Das stelle man sich mal vor!

Und ich denke: Ne, mache ich lieber nicht. Weit lieber stelle ich mir vor, dass diese Perle endlich den Abgang macht, doch was das angeht, scheint kein Ende in Sicht. Zum Stichwort »Liebesangelegenheiten« hat Conny noch einiges bekanntzugeben. Ab dem Uwe, der immer so arg viel Rad gefahren ist und angeblich nie Zeit hatte, was logisch am Ende anders zu erklären war, blicke ich nicht mehr durch und gebe auf. Die Redeleistung dieser Conny ist unübertreffbar. Sie plappert ohne Punkt und Komma, höchstens mit ein paar Ausrufezeichen. Siggi ist ein eher stiller Typ, womit er womöglich eine Ausnahme darstellt. Doch an Conny zeigt sich wieder: Die meisten Menschen lieben es, über sich selbst zu erzählen.

Siggi zeigt erstaunliche Geduld. Offenbar erscheint ihm alles besser, als noch einmal auf das Thema »Kallie« und »Freitagabend« zu sprechen zu kommen. Doch auch was den Sachverhalt betrifft, ist uns an diesem Tag das Glück nicht hold.

»… und dann stell dir mal vor, Siggi. Der Schlimmste von allen, das war dieser Klausi auf der Single-Wanderung am Sonntag. Der hat meine Situation total ausgenutzt.« Conny schüttelt in Erinnerung daran angewidert den Kopf und schwadroniert weiter: »Ich war fix und fertig. Von der Sache hast du doch bestimmt gehört: In Dreisbach ist auf einer Fährfahrt eine Leiche aufgetaucht! Einfach so, aus dem Nichts. Und was glaubst du, wer auch auf der Fähre war?«

»Etwa du?«

Jegliche Farbe weicht aus Siggis Gesicht. Er schüttelt kaum merklich den Kopf, doch das nimmt die Braut gar nicht wahr.

»Ja, der Hammer! Und was absolut nicht zu fassen ist, stell dir vor, der Tote trug genauso eine gelbe Jacke wie du am Freitag. Das ist schon ein Ding«, schießt Conny hinterher.

Siggis Kopf nickt mechanisch. Er beobachtet Conny, die munter schnattert. Vielleicht hofft er wie ich, dass ihr derzeitiger Luftverbrauch lediglich zum Reden, aber nicht zum Weiterdenken reicht.

»Zufälle gibt es.« Sie plappert arglos weiter. »Na, jedenfalls hat der Klausi gesagt, ich solle noch mit zu ihm nach Hause kommen, bis es mir besser geht. War eigentlich doch nett, zumindest hörte es sich so an. Er sagte, er kümmert sich um mich. Und wie der sich kümmern wollte. Mann oh Mann, es gibt schon unmögliche Typen.«

Erwartungsvoll schaut sie Siggi an. Er nickt erneut folgsam.

»Aber du bist doch anders?«

Nicken.

»Trotzdem, das mit der Jacke ist komisch. Hatte die nicht nachher Kallie an?«

Kopfschütteln.

»Doch, doch, beim Tanzen. Ich bin mir sicher.«

Noch energischeres Kopfschütteln.

Siggi blickt hilfesuchend zu mir. Er ist der Verzweiflung nahe. Auf die Einfältigkeit dieser Conny würde ich nicht weiter wetten, offenbar stellt sie mögliche Zusammenhänge erst während ihres konzeptlosen Plapperns her, und ja, zweifellos, das könnte danebengehen, mutmaße ich.

Deshalb entscheide ich prompt und mit strategischer Weitsicht: Die Nervensäge Conny könnte uns trotz minimaler Kombinationsgabe, rein aus purem Glück, auf die Schliche kommen. Ich muss etwas unternehmen, bevor es zu spät ist. Siggi selbst ist viel zu gutmütig, um die richtige Entscheidung zu treffen.

Also sprinte ich los. Ohne Vorwarnung. Da der Schaumberg meine Hausstrecke ist, habe ich klaren Heimvorteil und muss nur noch das Passende finden. Nicht umsonst sind wir hier auf einem der höchsten Berge des Saarlandes.

»Den fange ich wieder ein«, verspricht Conny. »Ich gehe zweimal die Woche joggen. Kein Thema für mich!«

Erwartungsfroh drehe ich den Kopf und stelle fest, dass sich Conny von Siggi entfernt. Mein Plan geht auf: Sie sprintet mir auf ihren hohen Hacken hinterher, und die Nummer macht Spaß.

Zwar bin ich nicht ganz so gut in Form, aber für Conny, dieses Laufwunder, reicht es. Von Zeit zu Zeit wende ich mich um und passe mein Tempo dem der Bummelblondine an. Joggen, mehrmals die Woche, dass ich nicht lache. Alle naselang lasse ich sie aufrücken, nur damit sie die Hoffnung nicht verliert, und starte dann von Neuem in Rekordtempo. Siggi ist längst abgeschlagen und bleibt außer Sichtweite. Ein Nerd ist eben keine Dampflok, auch das gehört zum Plan. All diese Begleitumstände habe ich bedacht.

Endlich – denn mittlerweile bin ich zugegeben auch ein bisschen außer Puste – finde ich in der Ferne das, was ich suche. Perfekt sieht die Stelle vor mir aus, also steuere ich direkt darauf los. Dort, nur ein paar Meter entfernt, liegt die Lösung all unserer Probleme und obendrein, wenn man es nüchtern betrachtet, auch das Patentrezept für Connys nie enden wollende Männerprobleme.

Wie erwartet sind die Aufräumarbeiten auf dem Braschenweg nach den starken Regenfällen der letzten Wochen noch nicht beendet. An den Stangen um den ausgewaschenen Abhang flattern rot-weiße Bänder abgewetzt im Wind. Das sperrt garantiert nichts mehr ab und erleichtert mir enorm die Arbeit.

Ein Dackel wie ich ist selbst mit kleinem Bäuchlein ein

Leichtgewicht. Also riskiere ich es und tripple vorsichtig in Richtung Abhang. Soweit zum Rand wie nur möglich. Vor mir fällt es unangenehm steil ab, aber das ist schließlich Sinn der Übung.

Conny naht. Die Show beginnt.

»Ach, da ist ja mein Güntherlein«, säuselt die Braut und tritt näher. »Komm doch zu mir. Dir passiert nix.«

Nein, nein, ich komme nicht, denke ich und lege eine verzagte Miene auf. Aber auch Conny ziert sich näher zu treten. Sie hebt den Kopf, reckt ihn weiter in die Höhe und blickt über den Rand direkt in den Abgrund. Ihre Augen werden groß.

Jetzt gewinnt das Ganze an Dringlichkeit, entscheide ich. Noch bevor Conny über die drohende Gefahr nachsinnen kann, winsle ich herzzerreißend. Die Nummer zieht immer.

»Hast du dir wehgetan?«, fragt Conny mitleidig und macht sich mit vorsichtigen Schritten auf den richtigen Weg.

Ja, prima. Noch ein paar Zentimeter näher, wünsche ich mir, und die Trine kommt dem Bitten nach. Schon bilden sich auf dem Boden erste Risse. Conny ist vielleicht noch einen knappen Meter von mir entfernt. Gefährlich weit beugt sie sich nach vorne, um nach mir zu greifen.

»Ganz ruhig, Güntherlein«, flüstert sie dabei.

Ich bin seelenruhig, *Connylein*, denke ich meinerseits.

Der lockere Sand neben mir kratzt bereits die Kurve, rieselt los wie eine Minilawine, nur dass der Sand rot ist und mächtig staubt. Ich halte den Atem an. Noch eine Sekunde, sage ich mir. Ganz kurz ausharren, dann ist es geschafft.

Mit einem Mal springe ich zur Seite. Direkt an Conny vorbei, die langsam und viel zu spät realisiert, dass sie in diesen Sekunden den Boden unter den Füßen verliert.

»Ich brauche etwas zum Festhalten!«, schreit sie. So

furchtbar grell, dass es in meinen Ohren schallert. Doch das verzeihe ich ihr, im sicheren Wissen, dass es das letzte Mal sein dürfte.

Oder auch nicht. Mit Siggi, dem gutgläubigen Pazifisten, habe ich in dem Moment ganz ehrlich nicht mehr gerechnet. Er muss gesprintet sein und macht damit mein wunderbares Vorhaben mit einem Schlag zunichte. Gerade noch bekommt er Conny am Arm zu fassen und wirft sich mit ihr auf die noch stabile Seite des sich gerade in zwei Hälften teilenden Weges. Der Splitt knirscht, als dort beide flach auf dem Bauch landen. Eine Flut aus Sand, Geröll und den Resten des Absperrbandes verabschiedet sich derweil weiter den Hang hinab.

Ich trete der Vorsicht wegen noch ein paar weitere Schritte zurück. Dabei äuge ich misstrauisch zu den beiden Körpern, die sich immer noch in der Horizontalen befinden. Siggi hebt als Erster den Kopf. Er blitzt mich derart gereizt an, dass ich entscheide, mich möglichst unbescholten zu präsentieren. Betont fürsorglich drücke ich meine nasse Schnauze in Connys Gesicht und fiepe. Immer noch liegt sie starr am Boden und hat die Augen geschlossen. Nicht völlig aussichtslos, dass der Schock allein schon ausgereicht hat, schießt es mir durch den Kopf, doch diese Hoffnung wird postwendend enttäuscht.

Die Perle, der keine Sekunde in den Sinn kommt, dass das gerade vereitelte Unglück in meiner Verantwortung liegt, öffnet die Augen und lächelt mich an.

»Och Güntherlein. Dir geht's gut!«, murmelt sie und streichelt mir über meinen schwermütigen Kopf. »Das ist gerade noch einmal gut gegangen.«

Mit diesen Worten richtet sie, enttäuschend unversehrt, ihren Oberkörper auf und legt eine filmreife Szene hin, zu der ich armer Hund ihr auch noch die Vorlage geliefert habe.

»Siggi, du hast mir das Leben gerettet«, haucht Conny und blickt zu ihrem vermeintlichen Helden auf, als sei Siggi der funkelnagelneue Daniel Craig. Zur Stunde scheint es um Conny völlig geschehen zu sein. »Wie soll ich das je wieder gut machen?«, will sie wissen, und Siggi spart sich eine Antwort. Stattdessen hilft er ihr auf die Beine.

»Vielleicht sollten wir uns auf den Rückweg machen«, sagt er. Seine Stimme klingt belegt. Auch mich nimmt er vom Boden auf, auffallend lieblos, um mich daraufhin umgehend mit seinen Armen vor der Brust zu fixieren. Fast als wäre ich ein Schwerkrimineller, den man keine Sekunde aus den Augen lassen darf. Das ist doch absurd, was er da abzieht – ich bin ein kleiner Dackel. Was kann ich schon groß anstellen, frage ich mich.

Bis wir das Auto erreichen, lockert Siggi den Zangengriff nicht ein Mal. Selbst im Wagen behält mein einstmals bester Freund die Polizeimasche bei. Ich werde in die Transportbox verbannt, ich armes Ding muss in diese Plastikkiste, die enger ist als eine Zwangsjacke. Eindeutig hat Siggi vollkommen verkannt, wer von uns beiden der Denunziant ist.

Auf der Rückfahrt gibt niemand einen Mucks von sich, das Radio bleibt aus, und selbst Conny ist einsilbig geworden.

Am Parkplatz, als das Dröhnen des 3ers verstummt, ist es Siggi, der die Stille durchbricht. »Du Conny«, fängt er an, und ich bete in meiner Hundezwangszelle, dass jetzt keine Liebeserklärung folgt. Das verkrafte ich heute nicht mehr.

»Conny, sei mir nicht böse, aber ich muss dir etwas sagen.« Mein Magen fühlt sich flau an, als Siggi auch noch hinzufügt: »Du bist echt nett.«

Bitte, bitte nicht! Alles, bloß das nicht. Er wird die Schnalle doch nicht etwa toll finden. Oder einladen wollen oder etwas Ernsthaftes aus der Sache werden lassen. Dann ziehe ich freiwillig aus und werde ein heimatloser Streuner, beschließe ich.

»Ich finde dich auch nett«, piepst Conny.

Siggi schluckt und spricht dann weiter. Was er jetzt sagt, beweist mir, dass es einen Himmel geben muss. »Conny, ich will ehrlich zu dir sein. Ich habe dich eben angelogen … ich habe doch eine Freundin.«

Wenn man den Jungen gut kennt, merkt man, dass ihm das Lügen nicht leicht fällt, aber Siggi zieht die Sache durch und legt sogar nach. Wüsste ich es nicht besser, ich würde ihm die Nummer abkaufen. »Meiner Freundin möchte ich treu sein. Das verstehst du doch bestimmt, oder?«

»Die Glückliche«, urteilt Conny und beginnt leise zu weinen. Fast habe ich Mitleid mit ihr, aber nur fast.

»Tut mir leid, Conny«, versucht Siggi zu trösten.

»Ist schon okay. Ich habe eben kein Glück mit Männern, das weiß ich doch«, beschwichtigt die Heulboje und setzt zum Aussteigen an. »Mach's gut. Und auch du, kleines Güntherlein.«

Sie schaut in mein Gefängnis herein und winkt mir schwach zu. In der Vorfreude auf den nahenden Abschied mache ich ihr den Gefallen. Flüchtig belle ich auf und wackle demonstrativ mit dem Schwanz. Meine plötzliche Begeisterung ist nicht gespielt, es ist die Freude darüber, dass der Spuk bald vorbei ist.

Als die Beifahrertür ins Schloss fällt und sich Conny ein letztes Mal mit traurigem Blick zu Siggi umwendet, folgt die Stunde der Freiheit. Mein Herrchen entlässt mich aus der Zwangslage. Dem Himmel sei Dank, befinde ich. Mopsfidel hüpfe ich aus der Kiste gleich nach vorne auf den Beifahrersitz, dort, wo ich hingehöre.

Ich bin Siggis Partner, sein allerbester Freund, seine Stütze auf immer und ewig. Siggi, das unvergleichlichste Herrchen der Welt, löst jetzt hundert Pro, ratzfatz auf dem schnellsten Weg sein Versprechen ein. Ich sage nur: *Pomm-Fritz* – Leinen los!

Und ja, Siggi startet den 3er. Runter vom Parkplatz, direkt auf die Hauptstraße, von wo das Paradies nur noch wenige Meter entfernt liegt. Mir hängt die hungrige Zunge aus der Schnauze, und wenn mich nicht alles täuscht, dringt der Duft der leckeren Currysoße sogar schon durch die Lüftung des Autos. Das Paradies auf Erden ist in greifbarer Nähe und dann – ich kann es kaum fassen – dann fahren wir zum zweiten Mal in nur wenigen Stunden und ohne anzuhalten an der Gourmetbude vorbei. Was für ein Schicksalstag!

Statt Wurst und Fritten serviert mir Siggi augenblicklich eine schwerverdauliche Standpauke, die mich an unserer Freundschaft zweifeln lässt.

»Mein lieber Günther«, sind seine ersten Worte. Derart eindringlich starrt mich Siggi an, dass ich meinen Kopf unter den Pfoten vergrabe und mir wünsche, ich müsste nie wieder in diese ungerechte Welt hinausblicken. Aber Siggi kennt keine Gnade. »Mein lieber Günther, noch mal so eine Show, und es heißt auf ewig und immer Dosenfutter.«

Das ist eine verflucht niveaulose Ankündigung. Gekränkt fliehe ich zurück auf die Ersatzbank. Ich würde sogar lieber in meinem Hundegefängnis sitzen als neben diesem hundsgemeinen Siggi. Bis zu Hause gebe ich keinen einzigen Mucks mehr von mir. Dass der Knabe so wenig Spaß versteht, konnte doch niemand ahnen.

Saarbrücker Morgenblatt Ihr regionaler Partner	Ausgabe 05.09.2019

Spektakulärer Unfall auf der L303 zwischen Dirmingen und Tholey

Junge Grundschullehrerin aus Dillingen rast in ein Maisfeld und überschlägt sich mehrfach

Gestern am Nachmittag ereignete sich ein schwerer Verkehrsunfall auf Höhe Finkenrech. Die 35-jährige Frau fuhr mit überhöhter Geschwindigkeit auf der Landstraße von Tholey nach Dirmingen. In der Linkskurve zur Abzweigung Freizeitzentrum Finkenrech verlor die Frau die Kontrolle über ihren Wagen und fuhr in das neben der Straße liegende Maislabyrinth. Herr Fiedler, der zuständige Polizeibeamte, berichtete dem Saarbrücker Morgenblatt folgendes: »Die Dame kann von Glück sagen, dass der erste Passant vor Ort ein Tierarzt war, der sich gerade auf dem Weg zu seiner Praxis befand. Er übernahm die Erstversorgung, was der jungen Frau möglicherweise das Leben rettete.« Die Frau wurde in die Marienhausklinik Neunkirchen überführt. Die Ärzte berichten, dass in Folge des schweren Aufpralls eine Amnesie ausgelöst wurde. Wie schwerwiegend die Folgen sind und ob sich das Gedächtnis der Frau im Laufe ihrer Genesung wieder einstellt, ist derzeit schwer abzuschätzen.

»Man kann nur von Glück reden, dass sich zu der Zeit des Unfalls keine Besucher auf dem Gelände befanden«, sagte Herr Fiedler. Das Maislabyrinth wurde jedoch komplett zerstört und ist bis auf Weiteres nicht mehr für Besucher zugänglich.

Traueranzeigen

Er war ein aufmerksamer, fürsorglicher Mensch. Nun ist Zeit, Abschied zu nehmen.

Rudolf Ketzler
*1944 †2019

In Liebe und Dankbarkeit: deine Kinder Martha und Erik Ketzler mit Anverwandten.

Die Trauerfeier findet am 9.09.2019 auf dem Friedhof Tholey statt.

Kleinanzeigen – Automarkt

Youngtimer

BMW 3er, Cabrio, Atlantisblau Metallic, Sportfahrwerk Bilstein B8, Tieferlegung und 18-Zoll-Räder mit 225er-Breitreifen, M-Paket, Recaro-Sportsitze, Angel Eyes Scheinwerfer, Baureihe E36, Eisenmann Komplett-Auspuffanlage, guter Zustand, 4200 VB, von privat abzugeben. Tel: 06853 – 12345.

5. Saarschleifenlandlauf mit Teilnehmerrekord

Trotz Tief Egbert absolvierten 771 Läufer die Laufstrecke an der schönen Saar – so viele Läufer wie noch nie!

LETZTPLATZIERTE

Eine zweite Chance auf Glück gibt es nicht – weder für diesen Siegfried Brokatt noch für mich.

Wolfgang Forsberg

»... tut mir leid, Herr Brokatt, dass ich keine besseren Nachrichten für Sie habe«, beende ich den Satz und achte dabei auf mein Gegenüber. Als Kripobeamter spult man diesen Text fast automatisch ab. Wie oft habe ich das schon gesagt. Zu Ehefrauen, Ehemännern, Kindern und, in den schlimmsten Fällen wie hier, auch zu Eltern. Der Wortlaut ist fast immer der Gleiche, doch die Reaktionen sind mehr als unterschiedlich. Etliche weinen still vor sich hin, so mancher schreit, andere wiederum verfallen in eine Art Starre.

Welcher Kategorie Karl Brokatt zuzuordnen ist, lässt sich derzeit schwer sagen. Sein Gesichtsausdruck ändert sich kaum. Auch das passiert nicht selten, der Kopf braucht Zeit, um alles zu verstehen.

Der Mann mir gegenüber steht ohne ein Wort auf, geht zum Kühlschrank und greift sich eine Bierdose. Dabei ist es gerade einmal 10.30 Uhr, stelle ich in Gedanken fest. In der Sozialwohnung, die ich vor ein paar Minuten betreten habe, herrscht grässliches Chaos. Leere Flaschen, Zigarettenstummel, Essensreste sowie eine Menge Undefinierbares. Auf dem schmalen Küchentisch, an den mich Brokatt verwiesen hat, ist kaum ein Millimeter frei.

»Wollen Sie auch eines?«, fragt Brokatt und hält zur Veranschaulichung die Dose in die Höhe.

»Nein, vielen Dank«, entgegne ich. Ich halte es für überflüssig zu sagen, dass ich im Dienst bin. An diesem Ort würde ich auch in jedem anderen Fall nichts anrühren wollen. Der Geruch, der den Raum beherrscht, ist ekelerregend.

Karl Brokatt hält das Bier fest in der einen Hand und öffnet geübt mit dem Zeigefinger der anderen den Verschluss.

»Prost Mahlzeit!«, murmelt er, und ich lege die Stirn in Falten. Mir ist nicht ganz klar, wie er das meint.

Nachdem mein Gegenüber einen Schluck genommen hat, schaut er eine Zeit lang stur aus dem Fenster der Wohnung. Ich wäge ab, ob es nötig ist, Tröstendes zum Tod seines Sohnes anzufügen. Doch bevor ich etwas äußern kann, beginnt Brokatt selbst das Schweigen zu brechen.

»Ertrunken, sagen Sie?«, wiederholt er meine Worte und setzt die Dose ein weiteres Mal an. Eine Welle von Biergeruch schwappt zu mir herüber, als er daraufhin tief und laut durchatmet.

»Ja. Wie gesagt, wir nehmen an, dass er ertrunken sein könnte – mehr kann man zurzeit nicht sagen, da wir noch nach dem Leichnam suchen«, informiere ich Karl Brokatt in einem kurzen Abriss über den derzeitigen Stand der Ereignisse.

»Wie hat er das denn hinbekommen?«

»Das wissen wir leider noch nicht, Herr Brokatt. Aber vielleicht können Sie uns helfen, ein paar der offenen Fragen zu klären.«

»Ich?«, mokiert er sich und klingt dabei so, als sei dies das Abwegigste auf der Welt. »Woher soll ich etwas wissen? Ich habe mit der ganzen Sache nichts zu tun. Denken Sie etwa, ich war das?«

»Nein, das wollte ich keinesfalls sagen«, beschwichtige ich sofort. »Aber ich dachte, vielleicht wissen Sie, was in den letzten Tagen geschehen ist. Zu wem Ihr Sohn Kontakt hatte. Oder ob es ihm in irgendeiner Weise schlecht ging?«

»Warum sollte es ihm schlecht gehen? Er hatte einen Superjob, Geld, eine Wohnung ... und um seinen alten Herrn hat er sich niemals kümmern müssen.«

Herr Brokatt wendet den Blick wieder in Richtung Fenster und schüttelt entrüstet den Kopf.

»Hatten Sie in den letzten Monaten keinen Kontakt?«

»Wir hatten in den ganzen letzten Jahren keinen Kontakt. Seit der Beerdigung von Gisela.«

»Gisela war Ihre Frau, oder?«

Brokatt nickt.

»Das tut mir leid. Gab es dafür einen besonderen Grund? Einen Streit vielleicht?«

»Ja. Und ob es den gab! Aber das ist Jahre her.« In den Augen meines Gegenübers blitzt es zornig auf. »Der undankbare Rotzlöffel hat behauptet, ich wäre schuld daran, dass Gisela so früh gestorben ist.« Brokatt wirkt extrem aufgewühlt. Verbissen presst er die Lippen aufeinander.

»Woran ist Ihre Frau verstorben?«

»An Krebs! Als ob ich meiner Gisela Krebs hätte herbeizaubern können.« Mit hochrotem Kopf haut Brokatt mit der Faust auf den Tisch und richtet sich auf. »So ein Blödsinn!«, entrüstet er sich, während er beginnt, wie ein aufgebrachtes Tier durch die Wohnung zu stapfen. Die Dose Bier weiterhin in der Hand. »Er war doch nie für seine Mutter da. Nie! Und dann behauptet er solch einen Bockmist.«

»Und seit der Beerdigung war Funkstille zwischen Ihnen beiden?«

»Ja, seit mehr als sieben Jahren. Keine Karte zu Weihnachten, kein Anruf am Geburtstag. Als gäbe es den Jungen gar nicht mehr – und jetzt, jetzt ist er tot. Vielleicht bin ich daran auch noch schuld?« Brokatt stößt ein ungläubiges Lachen aus und sieht mich erwartungsvoll an, als müsste ich hier eine gerechte Entscheidung fällen.

Ich habe keine Ahnung, was damals vorgefallen ist, es würde mich aber nicht wundern, wenn die Version dieses Brokatt sehr subjektiv geprägt wäre. Wie auch immer, die Erinnerung an die Ereignisse versetzt den Mann in Aufruhr, und das ist für meine Ermittlungen nicht von Vorteil.

»Beruhigen Sie sich bitte. Das wollte ich natürlich nicht behaupten!«, rede ich auf den Vater des Opfers ein.

Er hört mir gar nicht richtig zu und fährt aufbrausend fort: »Ich war es garantiert nicht! Mir ist der Junge schnuppe. Einfach schnuppe. Hören Sie! Ich habe den Traumtänzer schon vor Jahren abgeschrieben. Mal ehrlich, jemand, der seinen Vater anzeigt, ganz ohne Grund, hätte in Ihrem Haus garantiert auch nichts mehr verloren?«

Ich zucke mit den Schultern. Um das zu beurteilen, fehlen mir die Details. »Das verstehe ich nicht. Wieso hat Ihr Sohn Sie angezeigt?«

»Ach, wegen nichts, aber wen wundert's bei dem Jungen. Mächtig aufgebauschte Kleinigkeit eben.«

Ich blicke mein Gegenüber erwartungsvoll an. Brokatts Gesicht ist voller Falten. Er ist höchstens drei, vier Jahre älter als ich, und doch sieht er aus wie 70. Das traurige Resultat von Alkohol, Zigaretten und einem üblen Lebensstil, mutmaße ich. Was damals der Grund für die Anzeige war, lässt sich leicht zusammenreimen, wenn man schon so lange wie ich in dem Milieu tätig ist.

»Angeblich soll ich ihn verdroschen haben«, mault Brokatt selbstgerecht los. »Pure Spinnerei! Das war eine Ohrfeige. Eine verdiente Ohrfeige, bei den Sprüchen, die ich mir anhören musste. Mehr war es nicht.« Mein Gesprächspartner unterbricht sein Hin- und Hergelaufe und nimmt einen weiteren Schluck aus der Dose, bevor er weiterredet. »Wo kämen wir hin, wenn alle Kinder, die eine Klatsche beziehen, gleich zur Polizei rennen würden?«

Ich überlege, ob es einen Versuch wert ist, Herrn Brokatt klarzumachen, dass ich genau das für eine sehr wünschenswerte Vorgehensweise halte – und entscheide mich dagegen. Ich möchte mehr über die Vater-Sohn-Beziehung erfahren, deshalb schlucke ich die in mir aufsteigende Wut herunter und versuche, sachlich zu bleiben. Auch wenn es zunehmend schwerer fällt. »Und was ist nach der Anzeige geschehen?«

»Die vom Amt haben, wie zu erwarten, durch die Bank überreagiert. Ich bekam verdammt viel Ärger wegen dem Mist, und Siggi kam in eins dieser Heime. Jugendwohnheim oder so ein Kram. Bis er eben alt genug war, sich selbst eine Bleibe zu suchen. Das hatte er dann von seinen Sperenzchen. Ob es da in den Jugenddingern besser war?« Karl Brokatt sieht mich voller Erwartung an. Offenkundig ist er der Auffassung, dass ich seine Meinung teile. »Hier hatte er alles, was man braucht. Gisela hat sich wegen dem Schauspiel monatelang die Augen ausgeheult. Das – genau das – hat den Siggi nicht im Geringsten gejuckt. Mag sein, dass sie deshalb Krebs bekommen hat. Nur, weil der Junge nichts als Ärger machte und nie parierte.«

»Das kann ich mir nicht vorstellen«, gebe ich übellaunig zurück. Kaum zu fassen, dass ich dem Mann vor wenigen Minuten die Nachricht vom Tod seines Sohnes überbracht habe. Sein selbstgerechtes Gerede ist unerträglich. In einem Job wie dem meinen trifft man unweigerlich auf unangenehme Zeitgenossen, aber Karl Brokatt ist ein ganz besonders abstoßendes Exemplar dieser Spezies. Wenn ich daran denke, dass meinen beiden Kindern etwas Derartiges wie Siegfried Brokatt passieren könnte, ich würde das vermutlich nicht verkraften. Dieser Vater hingegen redet über den Tod seines Sohnes wie über das Wetter oder den neuesten Klatsch.

Nachdem Brokatt den Rest aus seiner Dose in einem Schluck geleert hat, sucht er im Kühlschrank nach Nachschub und setzt sich mit dem neuen Bier mir gegenüber.

»Gibt es eigentlich irgendwelche Hinterlassenschaften?«, beginnt der elende Kerl urplötzlich. »Bin doch direkter Erbe, schätze ich, oder hat er sich in den letzten Jahren ein Gegenstück zugelegt?« Brokatt grinst unangenehm und fügt dann hinzu: »Andererseits, das kann ich mir kaum vorstellen, dafür war der Siggi viel zu verkorkst!«

Selbst als Kriminalbeamter, der in 30 Dienstjahren einiges erlebt hat, bringen mich die Worte aus der Fassung. Wie verdient man es, einen Mistkerl wie Brokatt als Vater zu haben, frage ich mich. Das Gefühl, es keine Sekunde länger in der Wohnung auszuhalten, gewinnt die Oberhand. »Ich habe genug gehört. Halten Sie sich für weitere Fragen bereit«, sage ich, stehe auf und lasse beim Hinausgehen die Tür krachend ins Schloss fallen.

Durch das baufällige Treppenhaus gehe ich hinunter und begebe mich ins Freie. Erst hier habe ich wieder das Gefühl, frei atmen zu können. Ein paar Augenblicke später, als ich vor meinem an einem Seitenstreifen geparkten Wagen stehe, stecke ich mir eine Zigarette an. Nicht ohne schlechtes Gewissen, unbestreitbar. Niemand weiß, dass ich wieder mit dem Rauchen begonnen habe, und manchmal frage ich mich, ob ich die dumme Angewohnheit einzig und allein deswegen nicht wieder aufgebe, weil es niemanden gibt, der mir sagt, dass es nicht gut für mich ist. Es ist wie Trotz, dieser ist allerdings vollkommen sinnlos, denn es fehlt jemand, den ich mit meinem Verhalten treffen könnte.

Am Tag, an dem der Möbelwagen anrückte und alles

Gemeinsame von Gabriele und mir in zwei Hälften spaltete, habe ich mir gegen Abend ein Päckchen von der Tankstelle besorgt, und seitdem ist es mir noch nicht gelungen, die Angewohnheit ad acta zu legen. Genauso wenig wie ich es schaffe, einen Schlussstrich unter eine Ehe zu ziehen, die bereits vor Jahren von einem Scheidungsrichter für beendet erklärt wurde.

Ich rede mir ein, dass der Rauch der Zigarette weit angenehmer sein dürfte als der gnadenlose Geruch nach Alkohol und Essensresten in der kleinen Sozialwohnung, die ich gottlob vor ein paar Minuten verlassen habe. Den Gestank wird man wohl niemals wieder aus Brokatts Wohnung herausbekommen.

Auch wenn ich vielleicht denke, dass ich besser bin als dieser Typ und womöglich damit auch recht habe, gibt es deutliche Parallelen. Der Umstand, dass es uns beiden nicht gelingt, unserem Leben einen neuen Kurs zu geben, macht uns ähnlich. Während ich einen weiteren Zug nehme, stelle ich mir die unangenehme Frage, ob mein Dasein wirklich so anders ist als das von diesem Brokatt. Meine Ehe ist in die Brüche gegangen, und wenn die Kinder anrufen – was nicht wirklich oft vorkommt – weiß ich kaum, über was ich mit ihnen reden soll. Hendrik meldet sich schon seit Monaten nicht mehr, und wenn er mit mir spricht, hört es sich nicht wohlwollend an. Freunde habe ich keine. Kollegen eben, da ich sowieso die meiste Zeit mit Arbeit verbringe.

Zuweilen hasse ich meinen Job. Ich hasse es, wenn jemand wie dieser Brokatt mir die Tür öffnet, um mich in seine Wohnung zu lassen, und auf den ersten Blick weiß ich, dass ich all meine Erwartungen an diesen Menschen auf ein Minimum herunterschrauben muss. Auf fast null. Aber Menschen wie Brokatt gelingt es, selbst Minimalerwartungen restlos zu enttäuschen. Das ist niederschmetternd. Ich inhaliere nochmals, der Rauch ist lauwarm und ich spüre ein Kratzen im Rachen. Mein Job ist entmutigend, er hat mich zu dem gemacht, der ich heute bin. Jemandem, der so unerträglich ist, dass man ihn lieber verlässt.

Den letzten Zug blase ich in Richtung Himmel und trete die Kippe mit meinen Schuhsohlen aus. Dann steige ich in den Wagen und mache mich auf den Weg zurück zum Polizeipräsidium. Vielleicht brauche ich ein paar Tage Urlaub, kommt mir in den Sinn, während ich mich durch den Stadtverkehr dränge. In der letzten Zeit schlafe ich wieder schlecht, womöglich wegen dieses Falles. Die Geschichte geht mir unter die Haut. Aus irgendeinem Grund, den ich mir selbst nicht erklären kann, fehlt mir der nötige Abstand. Je mehr ich von Siegfried Brokatt und dessen Lebensumständen erfahre – von seinen Arbeitskollegen, die mehr als unsympathisch und desinteressiert erscheinen, der Nachbarin, die seit Jahren neben ihm wohnt und fast nichts von ihm zu erzählen weiß – ja, je mehr ich von diesem Dasein zum Vorschein bringe, desto mehr wünsche ich mir, das Leben des Jungen hätte an irgendeiner Stelle eine glückliche Wendung erfahren. Warum gelang es Siegfried nicht, den Mut zu finden, die Dinge in eine andere Richtung zu lenken? Statt etwas zu ändern oder sich Hilfe zu suchen, hat er den Tod gewählt, und nicht einmal davon hat jemand wirklich Kenntnis genommen.

Die Welt vergaß ihn schon lange zuvor. Diese Einsicht ist ernüchternd. Zumal sie mir bewusst macht, dass ich immer nur dann gerufen werde, wenn das Schlimmste bereits geschehen ist. Ich kehre immerzu nur die Scherben zusammen, sortiere sie wie Puzzleteile, aber nichts lässt sich mehr reparieren. Vielleicht finde ich noch einen Schuldigen, jemanden, den man anklagen und zur Verantwortung ziehen kann. Doch an dem, was passiert ist, ändert dies nichts. Was macht das alles für einen Sinn?

Das LKA mit seinen roten Backsteinmauern baut sich vor mir auf. Ich biege ab und halte nach einem Parkplatz Ausschau. Möglicherweise hat Toni neue Informationen, überlege ich. In jedem Fall werde ich mir die Akte zu Karl Brokatt von der Staatsanwaltschaft anfordern. Sollte es sich damals bei der Anzeige wirklich nur um eine schlichte Ohrfeige gehandelt haben, würde mich das wundern.

Während ich einparke, kommt mir Gabriele in den Sinn. Seit ich sie am Sonntag völlig unerwartet wiedergesehen habe, geistert sie ständig durch meine Gedanken. Falls sie überhaupt jemals wahrhaft weg gewesen war, seit unserer Trennung.

»An dich ist einfach nicht mehr ranzukommen«, sagte Gabriele, als sie mir ihren Entschluss mitteilte. »Wir sind zu zweit, und doch bin ich immer allein.«

»Was für ein Schwachsinn!«, entgegnete ich damals ungehalten. »Hörst du überhaupt, was für einen Unsinn du da redest?«

Doch sie hatte recht: Unsere ganze Ehe, unser gemeinsames Leben, das habe allein ich verpatzt. Die Einsicht jedoch kam zu spät. Dabei liebe ich sie. Immer noch.

Zugegeben, war ich viel zu oft schroff, abweisend oder auch mit den Gedanken ganz woanders. So wie es aussieht, alles auf einmal. Ständig versuchte Gabriele von Neuem, mit mir zu sprechen, aber ich blockte ab. Ich habe es in den Sand gesetzt, ohne Zweifel, und wenn ich ehrlich bin, gibt es seitdem keinen einzigen Tag, an dem ich das nicht bereue. Ich hasse es, allein zu leben.

Doch daran lässt sich nichts mehr ändern, ebenso wenig wie an dem Tod des jungen Brokatt. Eines Abends, nach ein paar Gläsern Wein, hatte ich den Mut, Gabriele anzurufen, um mich bei ihr zu entschuldigen. Ich wollte mit ihr über alles sprechen.

»Lass es uns noch einmal versuchen, Gabriele«, bettelte ich fast. Ich hätte ihr alles versprochen, wirklich alles.

Gabrieles Antwort war weit schlimmer als eine Ohrfeige. Hatte ich zuvor noch gedacht, ihre Bitte, ich solle gehen, sie allein lassen und aus unserem gemeinsamen Haus verschwinden, sei nur eine kurze Laune gewesen, so wurde mir an diesem Abend die Endgültigkeit ihres Entschlusses bewusst.

»Es ist zu spät, Wolfgang.« Das war ihre Antwort. »Ich liebe dich nicht mehr.«

Auch ich habe versucht, ein neues Leben zu beginnen. Gabriele machte es mir vor, und was blieb mir anderes übrig? Was ihr offensichtlich problemlos gelang, war für mich ein Ding der Unmöglichkeit. Ich setzte alles daran, sie zu vergessen und mich, wie mir von allen Seiten geraten wurde, mit anderen Frauen zu treffen. Bei Weitem war ich dabei niemals so ambitioniert wie Gabriele, die sich selbst für eine Single-Wanderung nicht zu schade ist.

Was das neue Leben anging, gab ich mir alle Mühe, doch all diese Versuche haben mich nur mürbe gemacht. Es war mehr als traurig, erst im Nachhinein zu begreifen, dass nicht eine der Frauen, mit denen ich ausging, an meine Ex-Frau heranreichte. Keine war wie sie, niemand hatte ihre Klasse. Gabriele war nicht auszutauschen, das erkannte ich – also ließ ich es nach einigen jämmerlichen Fehlschlägen einfach bleiben.

Das einzig Tröstende ist, dass auch keine von Gabrieles Affären von langer Dauer war. Letztes Jahr ging sie mit Bernd aus meiner Abteilung aus, was ich hautnah miterleben musste. Auch wenn jeder Funken Hoffnung überflüssig sein dürfte, der Gedanke, dass sie zu jemand anderem gehören könnte, bringt mich fast um. Die Vorstellung ist ganz und gar unerträglich.

»Gönne ihr doch das Glück«, sagte Viki, nachdem ich sie auf die Affäre ihrer Mutter angesprochen hatte. Meiner Tochter bereitete die neue Konstellation keinerlei Kopfzerbrechen. »Ihr seid geschieden, und es ist an der Zeit, dass ihr beide ein neues Leben anfangt«, stellte sie altklug fest, als sei ich das Kind und nicht umgekehrt.

Ich sagte nichts mehr zu dem Thema. Gönnen kann ich Gabriele »ihr Glück« nicht. Derart weit über meinen Schatten zu springen, das ist mir unmöglich. Also habe ich mich die Jahre über damit begnügt, Gabriele aus der Ferne zu beobachten und nicht mehr zu behelligen, so wie es sich alle wünschen. Bis Sonntag, bis zu dem grausigen Fund hatte ich mich fast daran gewöhnt. Oder besser gesagt, damit abgefunden. Dass sie mich allerdings vor ein paar Tagen anrief, um sich nach der Leiche zu erkundigen, kam mir wie ein Hilferuf vor. Wie man am Beispiel Siegfried Brokatt erkennen mag, ist es nicht überzogen, sich zur rechten Zeit Gedanken über den Zustand anderer zu machen. Auch wenn wir getrennt sind, gehört Gabriele doch trotzdem weiterhin zu meinem Leben.

Deshalb entschließe ich mich in diesem Moment, sie anzurufen. Einzig und allein, um mir Gewissheit zu verschaffen, dass es ihr gut geht. Die Freisprechanlage klingt dumpf, als es läutet. Ein paar Kollegen laufen am Auto vorbei. Ich winke ihnen kurz zu und hoffe, dass das Gespräch nicht hörbar nach draußen dringt.

Es klickt.

»Forsberg. Hallo?«

Ich richte mich im Autositz auf und antworte möglichst unspektakulär. »Ja, hier auch Forsberg.«

»Wolfgang? Ist was mit den Kindern?«

»Nein, nein. Keine Sorge. Ich wollte nur …« Eben fand ich den Anlass noch legitim, doch jetzt kommt es mir fadenscheinig vor, als ich sage: »Ich wollte nur kurz hören, ob alles okay bei dir ist? Du hast dich beim letzten Mal nicht gut angehört, und da dachte ich …«

»Ach so, nein. Bei mir ist alles in Ordnung. Mir geht es gut. Danke«, entgegnet Gabriele und für einen Augenblick herrscht Stille zwischen uns. So wie früher – die meiste Zeit.

»Das freut mich.« Ich merke, dass ich angespannt bin, auch wenn es keinen Grund dazu gibt. »Ähm, und was ich dir außerdem noch sagen wollte, ist: Wir haben diesen Siegfried leider immer noch nicht gefunden.«

»Oh. Das ist bedauerlich. Habt ihr denn sonst irgendetwas über ihn erfahren?«

»Nichts Erfreuliches, ehrlich gesagt. Keine Freunde. Mehr als unangenehme Arbeitskollegen. Kaum Kontakt zu Nachbarn oder Familie. Er muss ein sehr einsamer Mensch gewesen sein. Auf seiner Festplatte hat man allerlei seltsame Dinge gefunden.«

»Wie meinst du das?«

»Na ja. So wie es aussieht, hat Siegfried Brokatt seine komplette Freizeit vor dem Computer zugebracht. Oder zumindest all die Zeit, wenn er nicht gerade Sonnenuntergänge fotografiert hat. Das ist ziemlich komisch. Es gibt einen Blog im Internet, und wenn ich all die Dinge richtig deute, hatte er depressive Verstimmungen. Das liegt fast auf der Hand.«

»Das ist ja traurig.« Gabrieles Stimme ist angenehm und weich, das habe ich immer an ihr gemocht.

»Ja, und leider auch nicht weiter verwunderlich, wenn man sich sein gesamtes Umfeld ansieht«, fahre ich fort. »Wie stark diese Verstimmungen waren, kann niemand genau sagen. Soweit wir bisher wissen, war er nie in Behandlung. Tatsächlich spricht alles dafür, dass es Selbstmord war. Ich war gerade eben bei seinem Vater …« An der Stelle breche ich ab. Ich darf nicht mehr erzählen. Genau genommen habe ich schon viel zu viel preisgegeben. »Ein schöner Mist!«, fasse ich deshalb das Ergebnis meiner bisherigen Arbeit in knappen Worten zusammen. »Ich kann dir sagen, Gabriele, niemand hat so ein Leben verdient.«

»Nein, wahrscheinlich nicht, Wolfgang.«

Gabrieles Stimme ist leiser geworden. »Danke, dass du mir Bescheid gegeben hast.«

»Gerne! Und pass auf dich auf, ja?«

»Ja danke. Du auch!«, sagt Gabriele und legt auf.

Es klickt, und sie ist abermals weg. Wie gehabt, verschwunden aus meinem Leben.

DAS INTERNET VERGISST NICHTS

Wie kann jemand, der solche Dinge voller Zuversicht schreibt, wie kann ein Mensch, der einen derartigen Aufwand betreibt, dem Leben und Schicksal das Beste abzugewinnen, wie kann so jemand ins Wasser steigen und aufgeben?

Hanne Wallenstein

»Guten Morgen, Hanne. Hast du kurz Zeit?«

»Klar«, sage ich zu Gabriele und nicke meinen Eltern, die neben mir am Frühstückstisch sitzen, kurz zu. »Eine Sekunde.«

Ich gehe die Treppe hinauf in mein altes Zimmer. Mit dem Handy in der Hand setze ich mich auf das Jugendbett.

»Jetzt kann ich«, lasse ich Gabriele wissen. »Gibt es etwas Neues?«

»Nicht wirklich. Wolfgang, also mein Ex-Mann, hat mich angerufen. Die Leiche hat man leider immer noch nicht gefunden.«

»Oh, nicht gut«, stelle ich enttäuscht fest.

»Ja, da hast du recht. Im Präsidium geht man davon aus, dass es Selbstmord war«, fährt Gabriele fort. »Es soll etwas im Internet von Siegfried Brokatt geben. Einen Blog, für den er regelmäßig schrieb. Die Polizei hat den Computer in der Wohnung sichergestellt.«

»Aha, einen Blog. Das ist schon mal was – und sonst wusste er nichts Neues?«

»Nein. Sonst nichts … eigentlich.«

»Hm«, sage ich leicht abgelenkt, denn während ich das Telefon weiter mit der Schulter an mein Ohr presse, nehme ich meinen Laptop zur Hand und drücke die Starttaste. Möglichst leise, doch Gabriele scheint am anderen Ende nichts zu entgehen.

»Hanne, was machst du gerade? Ich glaube, es ist besser, du schaust dir den Blog nicht an. Wolfgang meinte, da wäre Seltsames zu sehen.«

»Weißt du vielleicht, wie der Blog heißt?«

Gabriele stößt einen Seufzer aus. Ihre sonst so sanfte Stimme klingt verärgert. »Nein, und das ist wahrscheinlich auch gut so. Lass deine Finger von dieser Seite. Hanne? Bitte!«

Ich tippe »Siegfried Brokatt« und »Blog« in die Suchmaschine und informiere dann Gabriele: »Ich habe was! ›Etwas zum Festhalten‹, könnte es das sein?«

»Weiß ich nicht. So merkwürdig, wie das klingt, könnte es allerdings zutreffen. Eigentlich wollte ich es dir nicht sagen, aber – da du gar nicht hören willst – Wolfgang sagte, dieser Siegfried dürfte unter depressiven Verstimmungen gelitten haben. Willst du wirklich auf der Seite eines Typen mit solchen Problemen herumstöbern? Du weißt doch selbst, dass du auf dich achten sollst.«

»Ja, stimmt schon«, gestehe ich ein. »Das ist ein merkwürdiger Titel – aber du musst zugeben, es hört sich auch irgendwie gut an.«

»Jaja, ein ganz toller Name«, antwortet Gabriele aufgebracht. »So wie es aussieht, hat sich der Schreiber selbst nicht einmal festhalten können. Er hat sich umgebracht, und wer weiß, was ihn dazu getrieben hat. Lass es gut sein, bitte!«

Ich höre nur mit halbem Ohr zu. Diese drei Worte – »Etwas zum Festhalten« – lösen in mir etwas aus. Nichts, was mich abstößt oder ängstigt, wie Gabriele womöglich erwartet, sondern ein vages Gefühl von Behütetsein. Schwer zu sagen, woran mich der Titel der Seite denken lässt. Vielleicht erinnert es mich daran, dass ich in letzter Zeit in jedem Fall auch gut etwas zum Festhalten hätte gebrauchen können. Möglicherweise ist der Satz im Grunde sogar bezeichnend für uns alle, die wir eine Rolle in diesem merkwürdigen Schauspiel haben, kommt mir in den Sinn.

»Ich leg dann mal auf und melde mich später«, verspreche ich Gabriele und klicke mit der Maus die entsprechende Seite an. »Bis später!«

»Willst du mich jetzt abwimmeln, um im Internet nach diesem Brokatt zu stöbern?«

»Na, wenn ich ehrlich bin …«

»Nein, sei bitte nicht ehrlich. Ich will es gar nicht wissen.«

Ich überlege, was ich entgegnen könnte, damit ich Gabriele beruhigen und gleichzeitig auf später vertrösten kann. Aber mir fällt nichts Kluges ein. Gabriele hingegen ist noch längst nicht am Ende. »Ich weiß nicht, ob es gut für dich oder sonst jemanden ist, in diesem Leben, das jetzt aus welchen Gründen auch immer beendet ist, herumzuwühlen. Lass die Finger davon!«

Der Link reagiert nicht. Ich tippe erneut mit dem Cursor darauf. »Was hast du gesagt, Gabriele?«

Auf der anderen Seite hört man schweres Einatmen.

»Nichts! Nur, dass du auf dich aufpassen sollst, Hanne. Du lässt dir ohnehin nichts sagen. Melde dich, wenn irgendetwas ist.«

»Ja, mache ich. Bis bald.«

Die Internetverbindung meiner Eltern lässt viele Wünsche offen, doch nach ein, zwei Minuten liefert sie mir die gesuchte Website. Ein Sonnenuntergang und der Satz »Ein Anker, um nicht unterzugehen« blenden auf. Danach öffnet sich eine weitere Seite, und für das, was ich nun sehe, fehlen mir die Worte. Der Anblick macht mir Angst, weil er viel zu nahe und viel zu schnell an mich heranrückt. Keine Ahnung, was ich erwartet habe. Doch nach all dem, was wir bisher über diesen Brokatt erfahren haben, 100-prozentig nicht das.

Es ist schwer zu beschreiben, was mich am Anblick der Seite derart verblüfft. Vielleicht der Umstand, dass all das vor mir um Längen zu hoffnungsvoll, zu erfreulich und zu ausgewogen – ja, weitaus zu optimistisch für den Menschen erscheint, den ich hinter der Leiche vermutete. Der Blog erinnert an ein Tagebuch: Eine Sammlung von verschiedensten Dingen. Zitate, Bilder, feine Skizzen, Fotografien und abstrahierte poetische Episoden aus dem Leben des Betreibers.

Was auf den ersten Blick wahllos durcheinander erscheint, folgt einer Ordnung. Einem einzigen großen Thema, das Siegfried Brokatt offensichtlich am Herzen lag. Über Jahre hinweg hat er Momente gesammelt, an denen sich festhalten lässt. Ein Anker, um nicht unterzugehen, genauso, wie er es in der kurzen Zeile gleich zu Beginn verspricht. Mit wenigen Worten hat er den Inhalt klar umrissen.

Obwohl ich nie ein Fan von Lyrik war, ist Poesie wohl der beste Ausdruck, um diese Seite zu beschreiben. Die Fotografien sind, so würde ich vermuten, alle selbst erstellt. Imposante Aufnahmen von Siegfried Brokatts Lieblingsplätzen: Seen, Anhöhen, Sonnenuntergänge, sämtlich in schwarzweiß und trotzdem auf seltsame Weise bunt. Manche Orte kenne ich, aber es sind nur wenige. Dazu reihen sich Sätze, Textstücke, Zeichnungen – alle sowohl schmerzlich als auch voller Hoffnung.

Ich muss, wie vermutlich auch Siegfried Brokatt, als er noch am Leben war, Stunden auf dieser Seite zugebracht haben. Als mein Vater die Treppe hinauf ruft, schrecke ich auf.

»Mittagessen!«, kündigt er an und lässt mich auftauchen aus dieser widersprüchlichen und doch ganz und gar wunderbaren Welt, die mir nicht einleuchten will. Wie kann jemand, der solche Dinge voller Zuversicht schreibt und sammelt, wie kann ein Mensch, der einen derartigen Aufwand betreibt, dem Leben und dem Schicksal das Beste abzugewinnen, wie kann so jemand geradewegs ins Wasser steigen und aufgeben?

Das passt nicht. Ich finde keine Erklärung dafür, und genau das macht mir Angst. Vielleicht ist nicht auszuschließen, dass auch alle Versuche, an mir und meinen Problemen zu arbeiten, vergeblich sind. Vielleicht lässt sich nichts ändern, weder an meinem und, wie man sieht, auch nicht an Brokatts Schicksal. Mag sein, dass unser Leben chronisch festgefahren und für immer verpfuscht ist, sodass es keine Rettung für uns geben wird. Nur ist niemand ehrlich oder mutig genug, uns dies offen und unverblümt zu sagen. Stattdessen gibt es Therapien, allerlei Ratschläge, die schlussendlich ins Leere laufen.

Die matten Gefühle hatten sich in den letzten Tagen, in denen ich oft mit Gabriele sprach und unterwegs war, auf und davon gemacht. Jetzt sind sie wieder auf dem Weg zu mir. Es gibt kein Entkommen. Sie verlassen mich immer nur für kurze Zeit, wie eine Katze, die mit ihrer Beute spielt. Mit wachem Auge verharren sie, behalten mich im Blick, denn es bereitet ihnen offenbar riesige Freude, immer und immer wieder aus dem Hinterhalt Überraschungstreffer zu landen. So fühlt man sich, wenn man nicht wie all die anderen ist – und wenn mich nicht alles täuscht, ging es Siegfried Brokatt nicht das kleinste Bisschen besser.

Ich klappe den Laptop zu. Es wäre vernünftig, die Finger von der Geschichte zu lassen, da hat Gabriele recht, gestehe ich mir nun auch selbst ein. Wer, wenn nicht ich, hat mehr als genug mit seinem eigenen Leben zu tun? Außerdem, wem würden all die irrsinnigen Nachforschungen noch helfen? Siegfried Brokatt garantiert nicht mehr. Auch wenn er ohne jeden Zweifel ein besonderer Mensch war, ist jedes Bedauern zu spät.

»Ich komme«, rufe ich nach unten, stelle den Laptop auf meinem alten Schreibtisch ab und richte das Bettzeug wieder.

Zum Glück hat meine Therapeutin den Termin für heute Mittag abgesagt. Dem unkontrollierbaren Optimismus von Frau Tietze-Meiermann wäre ich derzeit nicht gewachsen.

DAS LEBEN SPIELT SICH EIN

Glück ist schon mal ein guter Anfang.

Siegfried Brokatt alias Gustav

Jeden Morgen schlage ich die Zeitung auf und lese die Regionalnachrichten, und jeden Morgen hoffe ich, dass die Leiche nicht gefunden wurde – wie es scheint, ist das Glück auf meiner Seite. Heute ist exakt eine Woche verstrichen, und Gustav ist und bleibt spurlos verschwunden.

»Alles in bester Ordnung, der Tag fängt gut an«, prophezeie ich Günther, der sich dem Frühstück widmet. Ganz kurz wendet er sich zu mir um und signalisiert mir mit einem Schwanzwedeln, dass für ihn sowieso alles prima ist. Um seine Sorglosigkeit ist der kleine Kerl zu beneiden. Solange das Essen stimmt, kann Günther nichts aus der Bahn werfen.

Ich hingegen bin nicht mit einem gleichermaßen unbekümmerten Gemüt ausgestattet. Die letzten Tage waren hart. Nie im Leben hätte ich erwartet, dass dieser Wahnsinnsplan aufgeht. Ich hätte geschworen, dass alles innerhalb weniger Stunden auffliegt. Doch der Rollentausch läuft beinahe problemlos, wenn man von der Ketzler-Sache am Sonntag absieht. Wie für mich gemacht erscheint dieses Leben. Der Alltag hat sich dermaßen schnell eingespielt, als wäre es nie anders gewesen. Es ist erstaunlich, wie leicht man sich an neue Situationen gewöhnt, zumindest dann, wenn sie eine Verbesserung darstellen. Nur nachts quälen mich noch die Gewissensbisse und rauben mir den Schlaf, auch wenn ich mir immer wieder sage, dass all das nicht meine Schuld war. Ich habe nichts Falsches getan, und trotzdem fühlt es sich anders an.

Früher hatte ich in schlaflosen Nächten meinen Blog und all die mir, genauer betrachtet, vollkommen Fremden, die zu ihm gehörten. Dieser Weblog war bis vor Kurzem mein Alltag, ja, im Grunde mein ganzes Leben. Könnte sein, dass er eines der wenigen Dinge war, auf die ich je stolz gewesen bin. In dieser virtuellen Welt gab es weit mehr Menschen, mit denen ich mich verbunden fühlte, als im echten Leben. So traurig das klingt – aber die Seite war meine bevorzugte Realität.

Mir ist bewusst, dass in Zukunft alles tabu ist, was mit diesem Blog zusammenhängt. Womöglich hat die Polizei meine Wohnung durchstöbert und Wind von meinen Aktivitäten bekommen. Wenn ein Totgeglaubter Bilder oder Gedichte postet, ist das wohl eher ungewöhnlich. Man könnte hellhörig werden, und das darf unter keinen Umständen geschehen. Auch wenn ich die Menschen vermisse, denen ich auf diese Weise begegnet bin. All die, die in der normalen Welt ihren Platz genauso wenig finden konnten wie ich. Bei keinem einzigen der Freunde kann ich mich mehr melden, schlimmstenfalls haben sie sogar die Nachricht von meinem Tod erhalten. Doch ganz gleich wie, ich muss die Finger von dem Blog und meinem alten Leben lassen.

Zumal ich ziemlich eingespannt bin. Gustavs Berufsleben ist äußerst erfreulich, und offenbar, wenn man den Rückmeldungen aus der Firma glauben mag, mache ich meine Arbeit gut. Zum ersten Mal läuft alles mit enormer Leichtigkeit. Die brenzligen Situationen, vor denen ich solche Angst hatte, bleiben aus. Die Arbeit als Informatiker ist derart anonym und unpersönlich, dass es ein Leichtes ist, Menschen wahllos auszutauschen. Es gibt kaum echten Kontakt zu den Kollegen, die über ganz Deutschland verstreut sind. Gegebenenfalls gehen sie mir, beziehungsweise Kallie, auch lieber aus dem Weg – das kann ich nicht einschätzen. Grundsätzlich finde ich diese beliebige Eintauschbarkeit ernüchternd, doch in meinem besonderen Fall ist sie ein Segen. Pünktlich liefere ich zu den Terminen die Arbeitspakete ab, mehr interessiert die Firmen nicht. Im Gegenzug erhalte ich meinen Lohn. Eine nette Summe, wie mir Kallies Unterlagen verraten. Es zahlt sich also aus, schlagartig ein Diplom zu haben. Im Callcenter hatte ich weit mehr Ärger und Stress, sowohl mit den nörgelnden Kunden als auch mit den Kollegen. Für das alles gab es einen Lohn, mit dem man kaum über die Runden kam. Aber das hat mit meinem plötzlichen Tod ein Ende.

»Bald haben wir es geschafft«, sage ich zu Günther, der es sich auf der Couch bequem gemacht hat und bei meinen Worten aufmerksam die Ohren aufrichtet. »Noch eine halbe Stunde, dann habe ich die Sachen erledigt und es geht nach draußen.«

Als das Telefon klingelt, schrecken wir beide zusammen. Wir schauen wie erstarrt auf das Mobilteil, dessen Display uns in einem gefährlichen Blau entgegenstrahlt. Hier hat es in den vergangenen Tagen nicht ein einziges Mal geläutet. Vorsichtig nehme ich das Telefon in die Hand.

»Jana Potzlak«, lese ich Günther nervös vor. Als ob er mir weiterhelfen könnte. Den Namen kann ich nicht zuordnen, auch wenn er mir bekannt vorkommt.

Es riecht nach Ärger, das habe ich im Gefühl. Doch weiterläuten lassen, ist auch keine Lösung. Nicht ranzugehen, wäre möglicherweise noch fataler. Ich atme kurz durch, räuspere mich und drücke auf »Anruf annehmen«. Ob es privat oder beruflich ist, kann ich noch nicht einschätzen, und damit weiß ich auch nicht, ob mein neues Ich oder die Geschichte vom verreisten Gustav die richtige Wahl ist.

»Hallo?« Eine schlichte Begrüßung ist unverfänglich, schätze ich.

»Hallo, Herr Kallenborn. Hier ist Potzlak.« Es ist eine Frauenstimme, und es hört sich an, als müsste die Dame mir, oder vielmehr Gustav, bekannt sein.

»Ja?«, antworte ich zögerlich. Etwas Besseres fällt mir nicht ein. Ich brauche Anhaltspunkte. Nur ein paar Orientierungshilfen. Die Dame könnte eine von Gustavs Internetbekanntschaften sein. Mehrmals täglich sammelt sich Post von seinen verschiedenen Profilen an. Beim Erstkontakt schien er oftmals noch einen angenehmen Eindruck gemacht zu haben.

»Sie wissen vielleicht … Jana Potzlak aus Leipzig!«

»Hm«, gebe ich zurück. Nein, ich weiß leider gar nichts, und das macht mich nervös und die Dame auf der anderen Seite merkbar stutzig.

»Es geht um meine Masterarbeit, die Sie mit betreuen.«

»Ah ja, stimmt. Die Masterarbeit«, lüge ich erleichtert. »Wirklich, toll gemacht!«, tippe ich mutig ins Blaue hinein.

»Sie meinten in Ihrer Mail vor zwei Wochen, ich hätte da bei meiner Arbeit komplett … äh, na ja, versagt. Das schrieben Sie.«

»Im Ernst? Kann ich mir gar nicht vorstellen. Das haben Sie vielleicht falsch interpretiert.« Fieberhaft durchsuche ich meinen Postkasten. Potzlak. Potzlak Jana, Betreff: Masterarbeit. Das traf noch vor meiner Zeit als Gustav ein.

Sie spricht zwischenzeitlich weiter. Auffallend leise. »Das kann ich mir fast nicht vorstellen. Da gab es eigentlich nicht viel falsch zu verstehen. Sie waren ziemlich ungehalten deswegen, könnte man sagen, und aus diesem Grund habe ich alles noch mal komplett überarbeitet und es Ihnen erneut zugeschickt.«

»Ja?« Jetzt macht es bei mir klick. Tatsächlich ist vorgestern bei mir ein Dokument im Postkasten eingetroffen. Ich konnte es nicht zuordnen und habe es aus diesem Grund bis auf Weiteres links liegen lassen.

»Hatten Sie schon Zeit, es sich anzusehen?«

»Ja, aber nur überflogen«, schwindle ich erneut. Es wäre erleichternd, wenn das Gespräch schnell beendet wäre. Also lüge ich weiter. »Sah schon mal alles fabelhaft aus, was ich bisher gelesen habe.«

»Oh, im Ernst? Das wäre prima. Es ist nämlich so, dass ich dringend eine Rückmeldung für die Uni bräuchte. Das letzte Mal schrieben Sie, ich könnte es komplett vergessen. Das wäre alles nichts, so in der Art. Ich dachte, ich rufe Sie vielleicht mal an und wir könnten die Angelegenheit am Telefon klären.«

»Eine gute Idee. Wirklich sehr gut.«

Ich schwitze.

»Ich habe, wenn ich ehrlich bin, lange überlegt, ob ich anrufen soll. Aber da steckt so viel Arbeit drin und so viele Jahre Studium. Und eigentlich mache ich meine Arbeit auch gerne.« Wieder zögert sie. »Sie haben geschrieben, Informatik sei kein Job für ein Mädchen wie mich und ob ich nicht vielleicht eher ans Heiraten gedacht hätte, da ich auf den Fotos nicht ganz so übel ausschaue.« Jetzt ist die weiche Stimme fast unhörbar geworden.

»Ehrlich? Das kann wirklich nur ein Missverständnis sein«, antworte ich, wohl bewusst, dass sich das völlig schwachsinnig anhören muss. »Es tut mir sehr leid.« Ich überlege, wie ich das wieder gutmachen kann, ohne aufzufliegen. »Hören Sie, Frau Potzlak. Ich weiß, das ist ganz und gar keine Entschuldigung, aber ich hatte eine ziemlich schwierige Phase in den letzten Wochen. Eine Menge Stress, Arbeit und privat auch viel Ärger und … mein Hund ist gestorben«, sage ich in meiner Bedrängnis und könnte mich im gleichen Moment dafür ohrfeigen. Was für eine lächerliche Begründung war das denn? Günther blickt mich vorwurfsvoll an, während ich fortfahre. »Vielleicht habe ich das damals an Ihnen ausgelassen. Ganz bestimmt sogar! Das war …«

»Ich verstehe das schon«, unterbricht mich Jana Potzlak. »Vielleicht war meine Arbeit auch wirklich nicht so gut.«

»Nein, denken Sie das bloß nicht!«, falle ich ihr wiederum ins Wort. »Das ist Unsinn. Es hat einzig an mir gelegen und war in keinster Weise in Ordnung. Ich möchte Sie um Verzeihung bitten, falls ich meine Probleme an Ihnen ausgelassen habe.«

Auf der anderen Seite bleibt es einen Moment lang still. Eine Entschuldigung aus Gustavs Mund war eine Seltenheit. Hoffentlich kauft mir das Frau Potzlak ab, ich höre, dass sie Luft holt. Als sie antwortet, klingt ihre Stimme schlagartig lebendiger. Ich bin mir nicht sicher, aber ich glaube zu hören, dass sie ein erleichtertes Lächeln auf den Lippen hat. »Die Entschuldigung nehme ich gerne an. Dankeschön. Ich war, ehrlich gesagt, ziemlich verzweifelt«.

»Das brauchen Sie nicht. Machen Sie sich keine Gedanken, ich schaue mir den Rest Ihrer Arbeit gleich nachher an und melde mich heute noch bei Ihnen. Versprochen! Ist das in Ordnung für Sie?«

»Absolut in Ordnung – ich danke Ihnen.«

»Damit wäre dann sicher alles geklärt, Frau Potzlak.« Ich will zum Ende kommen.

»Ja, oder vielleicht doch nicht so ganz … irgendwie, ich weiß, es klingt sicher komisch. Keine Ahnung, was ich erwartet habe. Ehrlich gesagt«, wieder zögert sie, »wenn ich ganz offen bin, und ich weiß, das hört sich jetzt garantiert komisch an, kommt es mir fast so vor, als wären Sie jemand ganz anderer.«

Ich bleibe stumm, aber mir macht die Richtung, die dieses Gespräch nimmt, eine Höllenangst. Jana Potzlak allerdings fährt unbeirrt weiter fort. »Nach der Mail von Ihnen hätte ich nie gedacht, dass Sie so … entschuldigen Sie, dass ich das so sage, aber ich hätte nicht erwartet, dass Sie so sympathisch sind. Wissen Sie, wie ich das meine?«

»Vielleicht ist man nicht jeden Tag der Gleiche«, suche ich nach einer Begründung für etwas, das sich nicht wirklich vernünftig erklären lässt. »Bitte, nehmen Sie es mir nicht übel, aber ich muss dringend zu einem Termin. Ich melde mich später bei Ihnen.«

»Danke sehr und einen schönen Tag für Sie.«

»Den wünsche ich Ihnen auch.«

Wir legen auf.

»Ich nehme alles zurück, Günther.« Ich seufze und öffne umgehend die E-Mail. »Ich brauche noch ein klein wenig. Ich muss dringend etwas in Ordnung bringen.«

Die Mail von Frau Potzlak, die ich nun weit besser zuordnen kann, ist schnell gefunden. Ich öffne das dazugehörende Dokument. Die Arbeit der Studentin ist zugegeben nicht perfekt, ein paar kleinere Fehler, aber an sich gut durchdacht, gewissenhaft recherchiert und gespickt mit originellen Lösungen. Nachdem ich den Text durchgegangen bin, schaue ich mir den Mailverkehr zwischen Gustav und Frau Potzlak an.

Kallie empfahl Frau Potzlak nicht nur den Abbruch ihres Studiums, er bot ihr damals auch eine Art Deal an. Verdammt, denke ich, klar war es mir aufgefallen, dass Kallie mit Mädchen nicht immer zimperlich umging, aber das hier, das hätte ich ihm nie im Leben zugetraut. Ich bereue, jemals Zeit mit so einem Typen zugebracht zu haben, als ich die E-Mail lese. Frau Potzlaks Qualitäten lägen auf einer anderen Ebene, und Leipzig sei keine Weltreise, schrieb Gustav. Ein Satz gegen Ende ist besonders abscheulich. »Ich helfe

Dir und bin dein Bacherlor« Dahinter hat er ein schmierig grinsendes Smiley gesetzt.

Es ist beschämend, welche bodenlos dreiste und gleichzeitig selbstgerechte Art Gustav an den Tag legen konnte. Was er damit bei seinen Mitmenschen anrichtete, interessierte ihn offenbar nicht.

Ich suche nach dem von Gustav bereits bearbeiteten Bewertungsbogen und ändere alle Noten zu einer 15. »Eine tadellose Arbeit – geistvoll, scharfsinnig durchdacht und auf höchstem fachlichem Niveau. Ich wünsche für die berufliche Zukunft nur das Beste, Gustav Kallenborn« füge ich hinzu und schicke alles zusammen ab.

»Ach, du Schande! Heute schäme ich mich, den Namen Gustav Kallenborn zu tragen«, sage ich und sehe zu Günther, der schon seit ein paar Minuten ungeduldig neben mir auf und ab läuft.

Beim Namen *Gustav* legt Günther verwirrt die Ohren an und trabt in Richtung Flur. Von seinem alten Herrchen will er scheinbar lieber nichts mehr hören und ich ehrlich gesagt auch nicht – es ist allerhöchste Bach-Zeit.

Masterarbeit Jana Potzlak
Von: Gustav Kallenborn 22.08.2019 um 9.54 Uhr

Pdf: Master-Arb…

Moin Jana,
keine guten Nachrichten. kurz und knapp – das was Du mir da zugesandt hast, ist einfach Müll!
Anscheinend hast Du die simpelsten Grundlagen der Informatik schon nicht verstanden. Als Mädchen so techniksachen, das war ne blöde idee☹

Mein Tipp: Mach was anderes!!! Hab dich gegoogelt- Megafigur, Kompliment. bist ne echte hübsche Lady. Da bestehen ganz andere Möglichkeiten, Modell oder Klamottenladen oder heiraten. Kannste alles machen. Nur lass das mit der Informatik sausen, ist ein Job für echte Kerle;)

(Vorschlag zur Güte) Wenn du die Informatik-sache wegen Eltern und Freunde und so durchziehen willst (versteh ich ja), brauchste fraglos Unterstützung. Leipzig is keine Weltreise und mit meinem 3er bin ich ruckzuck vor Ort (von mir aus noch heutabend). Ich helfe Dir und bin dein Bacherlor ;)- mit meiner Topp-Erfahrung wuppen wir die Masterarbeit und danach zeigst du mir die Sonnenseiten des Lebens.
Überlegs dir und meld dich Süße,
der Kallie ☺

DEM ZUFALL AUF DIE SCHLICHE

Ich brauche etwas zum Festhalten, denke ich im Augenblick des Sturzes, obwohl ich doch wissen müsste, dass es kein Halten gibt.

Hanne Wallenstein

Eine ganze Woche ist die Geschichte nun her und nichts hat sich getan. Rein gar nichts. Keine neuen Erkenntnisse.

»Eher unwahrscheinlich, dass der Leichnam nach einer vollen Woche Suche noch gefunden wird. Wenn, dann wäre das laut Wolfgang weit mehr als ein großer Zufall«, sagte Gabriele eben zu mir am Telefon.

»Zufälle gibt es in der letzten Zeit doch mehr als genug«, entgegnete ich Gabriele, die mich gleich nach einem weiteren Anruf ihres Ex-Mannes über den unveränderten Stand der Dinge informierte.

Sie lachte. »Ja, da hast du gar nicht so unrecht, aber in dem Fall sieht es leider nicht danach aus. Wolfgang hat übrigens einen Blick in die Akte von Siegfrieds Vater, diesem Karl Brokatt, geworfen. Ich darf es dir eigentlich nicht sagen …« Sie zögerte.

»Aber? Mal ehrlich, Gabriele, wem sollte ich es weitererzählen?«

»Okay, du behältst es für dich. Das weiß ich. Also es gab Fotografien von dem Abend, an dem die Polizei Sohn und Mutter aus der Wohnung geholt hat. Siegfried war gerade 16 und … na ja, sagen wir es mal so, von einer Ohrfeige zu sprechen, war ziemlich untertrieben. Die zwei waren übel zugerichtet und mussten ärztlich behandelt werden. Beide blieben über Nacht im Krankenhaus, da sie keinen guten Eindruck machten, weder körperlich noch aufgrund ihrer psychischen Verfassung. Man wollte sie nicht nochmals dem Vater aussetzen. Trotzdem zog die Mutter die Anzeige nach ein paar Tagen zurück. Der Sohn hielt durch und blieb bei seiner Aussage. Wenigstens er.«

»Immerhin. Verdammt mutig in dem Alter.«

Bei der Vorstellung, dass Siegfried in jungen Jahren gegen seinen eigenen Vater aussagen musste und das womöglich gegen den Willen der Mutter durchzog, weil es eben trotzdem das Richtige war, hatte ich noch mehr Hochachtung vor dem Verstorbenen.

»Ja, da hast du recht. Kaum auszudenken, wie es in manchen Familien zugeht. Vielleicht kein Wunder, was da letztlich …« Gabriele brach ab und ich nickte, obwohl mir bewusst war, dass sie es nicht sehen konnte. »Hast du wieder in seinem Blog gelesen?«, wollte sie wissen.

»Hm«, erwiderte ich einsilbig. Natürlich wusste ich, worauf sie hinauswollte.

Und prompt reagierte Gabriele mit einem besorgten Aufstöhnen. »Mensch, Hanne. Du kannst es einfach nicht lassen, sei doch bitte vorsichtig.« Seit Gabriele meine Geschichte kennt und weiß, dass ich genauso wie sie bei Frau Tietze-Meiermann in Behandlung bin, ist sie konstant um mich besorgt. Mag sein, dass sie ein paar ihrer derzeit eher brachliegenden Mutterinstinkte auf mich projiziert. Genau genommen bin ich mir da sogar ziemlich sicher. Einerseits fühlt sich das seltsam angenehm an, in der Tat kannte ich dieses Gefühl des Behütetseins bisher so gut wie nicht.

Meine Eltern waren zuverlässig, ohne jede Frage, doch trotz ihres Bemühens waren beide eher reserviert und unterkühlt. Jetzt sogar, da die Probleme unübersehbar waren, schwieg man sich über das Thema Burn-out vollkommen aus. Keine Ahnung, was sie dachten. Wahrscheinlich, dass Unannehmlichkeiten, über die man nicht sprach, irgendwann wieder von selbst verschwinden. Oder womöglich war ihnen das alles viel zu unangenehm. Ich wusste es nicht, in jedem Fall fragten sie niemals nach. Sie redeten über Belangloses, Lappalien, nichts, was wichtig war oder ihrem Gemütszustand gefährlich werden könnte. Konsequent sprach man über alles, was mit persönlichen Problemen behaftet war, grundsätzlich nie. Ich erhielt meine »Grundversorgung«, wie früher als Kind. Regelmäßige Mahlzeiten, eine tadellose, pedantisch ordentliche Umgebung, die sich kaum veränderte, alles war nahezu steril. Eine heile Welt, die spätestens mit meiner Krankheit deutlich erkennbar keine war. Trotzdem hielt man krampfhaft daran fest. Es nützte nichts, deswegen enttäuscht zu sein, denn mehr war meinen Eltern, wie mir scheint, nicht möglich.

Gabrieles offene Art hingegen war ungewohnt, aber ich merkte, dass mir das half und ich mich in ihrer Nähe wohlfühlte. Zumindest solange sie es mit dem Bemuttern und besorgt sein nicht bis zum Äußersten trieb.

»Ich weiß nicht, ob das gesund für dich ist, im Blog eines Toten zu lesen.«

»Ach«, wiegelte ich ab, obwohl ich mir im Klaren war, dass Gabriele nicht unrecht hatte. Auf mich übte die Webseite eine enorme Anziehungskraft aus und in gleicher Weise ängstigte sie mich. Müsste ich ganz ehrlich sein, wozu mich glücklicherweise niemand zwang, dann hätte ich zugeben müssen, dass ich, wie verrückt das auch immer klang, in irgendeiner Weise Zuneigung für diesen mir völlig unbekannten Siegfried empfand. Es war so und ließ sich auch mit Vernunft nicht ändern. Ewig war mir schon kein Mann mehr im Kopf herumgeschwirrt, und jetzt gab es einen Toten, der mich am Abend nicht einschlafen ließ. Es war schwer genug, mir das vor mir selbst einzugestehen, und ich würde mich hüten, Gabriele oder Frau Tietze-Meiermann davon zu erzählen. Außerdem, wenn man das Thema Ehrlichkeit ganz genau nehmen würde, müsste auch Gabriele zugeben, dass ihr die gegenwärtigen Anrufe von ihrem Ex-Mann nicht so egal sind, wie sie mich gerne glauben machen möchte.

Damit waren wir womöglich beide nicht ausnahmslos ehrlich. Der einzige Unterschied war, dass ich mich über meine Überlegungen hinsichtlich Gabrieles Ex-Mann ausschwieg. Unter Umständen hatte ich schon einiges von meinen Eltern übernommen, solche persönlichen Dinge sprach ich ungern an.

Gabriele hingegen behielt ihre Erkenntnisse und Sorgen eher selten für sich. »Verlieb dich bloß nicht in einen Toten. Schau dich lieber in der realen Welt nach jemand Sympathischem um. Überall gibt es nette Menschen, vor allem alleinstehende Männer, die infrage kommen – vorausgesetzt, man lässt sie an sich heran!«

»Ja, Frau Tietze-Meiermann«, gab ich gespielt genervt zurück. »Bei meinem überglücklichen Händchen finde ich viel eher eine weitere Leiche als einen halbwegs brauchbaren Mann.«

Gabriele lachte.

»Da könntest du vielleicht sogar recht haben!«

Damit war das Thema zwischen uns fürs Erste beendet, auch wenn ich jetzt nach dem Anruf lange über die Worte meiner Freundin nachdenke.

Klar, es ist schon reichlich verrückt, permanent an jemanden zu denken, den man nicht kennt. Noch weitaus bizarrer ist es, wenn dieser jemand gar nicht mehr am Leben ist. Ich habe Siegfried Brokatt niemals kennengelernt und werde dies auch in Zukunft nicht mehr nachholen können. Gleichwohl, auch wenn es unsinnig ist, kann ich nicht anders, als an ihn zu denken. Dieser Mensch ist mir selbst als Toter weitaus näher als es viele Lebende sind. Eine Vielzahl von Menschen, die mir eng verbunden sind, habe ich ohnehin nicht. Genauer betrachtet nur Gabriele, der ich trotzdem zukünftig nichts mehr zum Thema Siegfried Brokatt und seinem Blog erzählen werde. Ich werde selbst auf mich achten und es nicht übertreiben.

Leider hat Gabriele heute keine Zeit. Ihre Tochter ist zu Hause, und auch wenn sie es nicht gerne zugibt, von diesen knapp bemessenen gemeinsamen Stunden will sie sich nicht eine Sekunde entgehen lassen. Obwohl sich Viktoria die meiste Zeit mit irgendwelchen Schulfreunden von früher trifft, die wenigen Momente, die für Gabriele verbleiben, will sie auskosten. Das finde ich sympathisch, auch wenn das gleichzeitig bedeutet, dass wir uns heute nicht sehen werden.

Da ich keine anderen Freunde habe, heißt es deshalb ebenfalls zu Hause bleiben oder mich allein nach draußen begeben. Das zweite ist keine meiner Lieblingsbeschäftigungen. Seit dem Burn-out ist dies sogar noch schwieriger für mich geworden. Doch die Aussicht, all die vielen Stunden an diesem schönen, nicht zu heißen Sommertag im Haus zu verbringen, schreckt mich heute mindestens genauso. Deshalb entschließe ich mich, für meine Verhältnisse ungewöhnlich spontan, einen Ausflug zu machen. Ich will irgendwohin, wo ich schon lange nicht mehr war. Dass die Wahl auf St. Wendel fällt, ist abermals ein Zufall – einer von vielen, die in so kurzer Zeit mein Leben durcheinanderwirbeln.

Eine Stunde später stehe ich vor der Eistheke in einer ziemlichen langen Reihe. Kinder, verliebte Paare, Rentner. An sich mag ich keine Schlangen. Warten macht mich nervös, und früher hätte ich vermutlich freiwillig verzichtet, aber heute halte ich durch. Vor ein paar Tagen hatte ich von der Eisdiele in der Zeitung gelesen, und nun war ich neugierig. Außergewöhnlich gut soll das Eis sein, allenfalls war die Schlange sogar ein Indiz dafür, und genau deshalb lohnte es sich vielleicht, sich geduldig zu zeigen. Wenn ich ehrlich bin, habe ich es sowieso nicht eilig. Also warte ich.

Nach fast einer Viertelstunde ist nur noch ein Mann mit Hund vor mir. Ich halte Abstand, sicherheitshalber, auch wenn der Vierbeiner kleinformatig ist und mehr als deutlich nur an der Eistheke interessiert zu sein scheint. Er trippelt nervös auf der Stelle, und als die Bedienung den Mann nach seinen Wünschen fragt, wird der Rhythmus noch flotter. Der Schwanz wedelt wie ein Metronom hin und her.

Den Hund immer im Blick, suche ich auf der mit Kreide beschriebenen Tafel nach einer passenden Sorte. Himbeere mit Basilikum, lese ich. Nun ja, das hört sich zwar interessant, aber für mich schwer vorstellbar lecker an. Meine Entscheidung fällt daher auf etwas Konventionelles. Walnuss, beschließe ich. Zuerst ist jedoch der Mann mit Baseballcap, Karohemd und Dreivierteljeans vor mir an der Reihe, dessen Geschmack in die gleiche Richtung geht. »Zwei Kugeln Walnuss für mich. Und für unseren Freund hier? Schokolade garantiert, oder?«

Der Mann, von dem ich bisher nur den Hinterkopf gesehen habe, beugt sich hinunter zu seinem Hund, fast so, als würde er mit einem Kind reden. Auch wenn der Winzling nicht antworten kann, ist zu sehen, dass er versteht, worum es sich handelt. Beim Wort »Schokolade« wackelt er fleißig mit seinem Schwanz und springt mit den Vorderbeinen aufgedreht in die Höhe.

»Schoko – das ist wohl eindeutig«, wendet sich der Mann wieder an die Verkäuferin hinter dem Fenster. »Zwei Kugeln. Bitte im Becher.«

Schlagartig bellt der Hund auf. Ich erschrecke fast zu Tode, flüchte einige Schritte zurück und remple dabei das Paar hinter mir an. »'tschuldigung«, nuschle ich und beinahe wäre mir deshalb entgangen, was der Mann vor mir in dieser Sekunde zu seinem Hund sagt.

»Nur die Ruhe, Günther!«, rügt er meiner Meinung nach den Dackel, der ganz und gar nicht plant, sich zu beruhigen. Nicht unwahrscheinlich, dass ich ihn falsch verstanden habe oder einfach nur vernehme, was die ganze Zeit in meinem Kopf herumspukt, sage ich mir. Ich rücke wieder näher an die beiden heran, und da höre ich es ganz genau. Es gibt keinen Zweifel mehr, als der Mann erneut zur Bedienung spricht: »Entschuldigung, könnten Sie bitte noch ein wenig Sahne für Günther dazu tun? Zum Schokobecher, bitte.«

Ich stehe fassungslos hinter den beiden und versuche, mir darüber klar zu werden, ob das, was ich vor ein paar Sekunden hörte, etwas zu bedeuten hat. Günther! Das kann nicht sein, rede ich mir ein. Trotzdem, in meinem Kopf rattert es los, und für einen Moment vergesse ich völlig, warum ich hier stehe. Ein Umstand, der weder von den hinter mir Wartenden noch von der müde wirkenden Bedienung an der Eistheke mit viel Toleranz aufgenommen wird.

»Wird's mal?«, höre ich eine Stimme von hinten. Automatisch rücke ich zu der nun freigewordenen Ausgabe auf.

»Und für Sie? Bitte? Sie müssen sich schon entscheiden, da warten eine Menge Leute«, sagt die Verkäuferin in einem barschen Ton.

»Entschuldigen Sie. Zweimal Walnuss bitte. Im Hörnchen.«

Ich warte auf meine Bestellung, während ich mich immer

wieder nach dem Mann umschaue, der eben vor mir gestanden hat. Zu Beginn habe ich ihn noch im Blick, er schlendert mit seinem Hund und einer Kameratasche um die Schulter die Gasse in Richtung Rathaus hinunter. Aber dann hat ihn die Menschenmenge geschluckt.

Während ich bezahle, recke ich weiter den Hals, greife mir mein Eis und entscheide, ohne lange zu überlegen, mich an die beiden dranzuhängen. Günther, das ist zugegeben kein seltener Name, aber für einen Hund irgendwie schon. Das kann etwas zu bedeuten haben oder purer Zufall sein. Was immer es ist, ich habe derzeit sowieso nichts anderes geplant und würde mich später ärgern, es nicht versucht zu haben. Deshalb entscheide ich, mir den Unbekannten mit Hund wenigstens einmal aus der Nähe anzuschauen. Nur kurz. Und nur, um sicher zu gehen.

Bisher habe ich den Mann lediglich von hinten gesehen und würde ihn nur an der Kleidung oder dem Hund in seiner Begleitung erkennen. Beim Umherblicken stelle ich fest, dass sich die Innenstadt in der letzten halben Stunde immens mit Besuchern gefüllt hat. Sonntagmittag und strahlendes Wetter, das lockt Familien, Jugendliche und auch Rentner in die Stadt und macht mir mein Vorhaben schwer. Wie es ausschaut, ist der Mann samt Hund in der Menge verschwunden. Weitaus zu schnell für meinen Geschmack, denn genau genommen können sie in der kurzen Zeit nicht weit gekommen sein – trotzdem sind sie wie vom Erdboden verschluckt.

So ein Mist, denke ich, als ich die mit Kopfsteinen gepflasterte Gasse hinuntergehe und mich von der Menge in Richtung Rathaus und Marktplatz drängen lasse. Das Eis halte ich weiterhin unberührt in der Hand. Sie können doch nicht weit sein, sage ich mir. Ich wende meinen Kopf, während ich im Strom der Passanten weiterlaufe. Vielleicht haben sie irgendwo kehrtgemacht?

Keine Ahnung, wie es passiert, aber ich bleibe mit meinem Absatz an einem der Pflastersteine hängen. Noch ganz mit der Suche beschäftigt, merke ich unversehens, dass sich mein Körper nicht mehr in der perfekten Lage befindet. Ich verliere das Gleichgewicht und komme ins Fallen. Warum man in solchen Situationen manchmal derart komische Dinge macht, kann ich mir selbst nicht erklären. Wie dem auch sei, ich halte das Eis, statt es einfach loszulassen, weiter fest in der Hand – so als würde mein Leben davon abhängen. Ich lasse nicht los, wenngleich mein gesamter Körper sich bereits in Richtung Erde aufmacht. Ich brauche etwas zum Festhalten, denke ich im Moment des Sturzes, obwohl ich doch wissen müsste, dass es kein Halten mehr gibt.

Und doch, völlig unverhofft gibt es jemanden, der meinen Fall auffängt, genau in dem Moment, in dem ich mich schon verloren glaubte und mein Kopf längst überzeugt ist, dass jede Gegenwehr zwecklos ist. In der Sekunde, in der er zugreift, in der seine Hand meinen Oberarm berührt, sehen wir uns in die Augen. Es ist womöglich viel weniger als eine Sekunde, und natürlich gäbe es in diesem Augenblick ganz andere Dinge, die mich beschäftigen müssten, denn ich stürze zu Boden. Doch wer kann steuern, was er denkt? Ganz gleichgültig, wie es sein müsste, es ist anders, als man erwarten könnte. Dass mich der Fremde auffängt, erscheint mir seltsamerweise gar nicht so unverhofft, vielmehr völlig selbstverständlich. Es ist wie in einem dieser viel zu seltenen Träume, in denen man die Ereignisse, die auf einen zustürmen, aus heiterem Himmel nach eigenen Wünschen steuern kann. Spätestens da erfasst man, dass man in einem Traum und nicht in der Wirklichkeit feststeckt. Ein Lenken nach eigenem Ermessen ist in unserer Welt nicht möglich, denn in der Realität laufen die Dinge voraussagbar ab, hier gelten physikalische Regeln. Es gibt Gesetze, nach denen das

Leben zu funktionieren hat, und die sind simpel: Wer fällt, der fällt – und meist sind es immer die Gleichen, die fallen!

Warum diese Regel mit einem Male nicht mehr gilt, kann ich mir nicht erklären und mir fehlt die Zeit, den merkwürdigen Umstand zu ergründen, denn innerhalb weniger Millisekunden stehe ich wieder kerzengerade. Auf meinen Beinen, weiterhin das Eis in der Hand, mitten auf dem Boden der Tatsachen – und in der Wirklichkeit ist mir der Mann, der mir eben noch seltsam vertraut erschien, vollkommen fremd.

»Alles in Ordnung?«, fragt er.

»Ja, danke.«

Sein Eis ist nur ein paar Zentimeter von meinen Füßen entfernt zu Boden gefallen. Der Hund übernimmt in Windeseile die Entsorgung. Meine Portion hat lediglich ihre Form und Konsistenz eingebüßt. An meiner Hand laufen klebrige Tropfen in Richtung Erde.

»Ist Ihnen schwindlig?«

»Nein. Es ist alles in Ordnung. Danke!«

»So hat es aber nicht ausgesehen. Vielleicht setzen Sie sich doch besser kurz mal hin.«

Sanft fasst mich der Unbekannte wieder am Ellenbogen und führt mich in Richtung der Treppe zum Alten Rathaus, wo ich, obwohl ich mehrfach beteure, das sei nicht nötig, Platz nehme. Der Mann im Karohemd nickt zufrieden, als er mich sitzen sieht, und stellt danach den Eisbecher mit Schoko und Sahne, den er noch immer in der linken Hand hält, auf eine der unteren Treppenstufen.

»Hier, Großer. Deine Portion«, sagt er.

Im Nu rückt der Dackel an. Das Walnusseis seines Herrchens ist bereits verdrückt, die Eiswaffel innerhalb kürzester Zeit auch. Das Hörnchen, das sich der Dackel bis zum Schluss aufgehoben hat, knackt, als es im Mund zerspringt. Danach macht sich der kleine Vierbeiner über seine eigene

Ration her. Zuerst das Beste – die Sahne. Rund um die Schnauze hinterlässt sie feine weiße Tropfen in den grauschwarzen Rauhaardackelhaaren. Trotz Sommersonne muss ich an Schnee denken.

»Und du bist der Günther?«, frage ich.

Der Hund hebt seine Schlabberschnute aus dem Becher und bellt kurz auf. Es ist eindeutig, das scheint sein Name zu sein, und obwohl ich mich ein wenig benommen fühle, will ich mir die Gelegenheit nicht entgehen lassen und hake bei seinem Herrchen nach. »Günther! Ein lustiger Name für einen Hund.«

»Woher wissen Sie, wie er heißt?« Der Mann schaut mich stutzig an, vielleicht sogar erschrocken. Die Mimik ist schwer zu deuten.

»Na, von eben. Ich stand an der Eisdiele hinter Ihnen.«

»Ach so.«

Für eine Weile sagt niemand etwas. Wir sehen dabei zu, wie innerhalb weniger Sekunden die beiden Kugeln Schokoeis verschwinden. Günther leckt restlos alles, was nach Eis oder Sahne schmecken könnte, aus dem Becher und vom nahen Umfeld.

»Entweder hat er einen sehr guten Appetit, oder Sie haben ihn schon seit Wochen nicht mehr gefüttert«, bemerke ich mit einem Schmunzeln.

Mein Retter verdreht in gespielter Verzweiflung die Augen. »Verhungert? Sie würden nicht glauben, was der Kleine heute schon alles verputzt hat.«

Bei dem, was ich bisher beobachten durfte, könnte das eine ganze Menge sein.

»Wo steckt er das alles hin?«, entgegne ich. »Unglaublich. Tut mir leid, dass Sie jetzt leer ausgegangen sind. Das ist meine Schuld. Ich werde Ihnen Ihr Eis ersetzen.«

»Ach Unsinn. Das brauchen Sie nicht. Wirklich nicht.«

Der Mann vor mir macht eine abwiegelnde Handbewegung. »Wahrscheinlich würde es sowieso wieder Günther wegspachteln.«

»Nicht unwahrscheinlich.« Die Vorstellung finde ich lustig. Wir lachen beide und schauen Günther amüsiert zu.

Schließlich ist der Hund fertig. Er schaut sicherheitshalber noch einmal in den Becher und leckt sich dann die Reste um die Schnauze mit der Zunge ab. Jetzt, da alles verputzt ist, blickt er mich misstrauisch von der Seite an. Offenbar ist er schüchtern.

Womöglich ist er es aber auch nicht. Plötzlich bellt er kräftig und für mich völlig unerwartet. Ich zucke zusammen, und dieses Mal, keine Ahnung warum gerade jetzt, dieses Mal löst sich mein Griff. Das Eis fällt auf die Sandsteintreppe. Die beiden Kugeln, die schon weich geworden sind, zuerst, danach gesellt sich das Hörnchen dazu.

Bevor ich überhaupt reagieren kann, ist der kleine Dackel zur Stelle. Gekonnt schnappt er sich das Hörnchen und beißt genüsslich zu. Kaum ist das erledigt, macht er sich über das Walnusseis her.

Ob das Eis außergewöhnlich gut ist, kann nun auch ich nicht mehr beurteilen. Würde man Günthers Appetit zu Rate ziehen, müsste es erstklassig sein. Ich schaue zu seinem Besitzer, der entschuldigend die Schultern hebt. »Ich könnte Ihnen vielleicht ein neues Eis kaufen?«

»Nein, ich glaube, das Thema Eis lassen wir für heute«, schlage ich vor. »Ich heiße übrigens Hanne.« Ich stehe auf und halte ihm meine Hand entgegen. »Was das Eis angeht, sind wir jetzt wohl quitt.«

»Gustav!«, stellt sich der Mann vor und drückt zaghaft meine Hand. »Hanne, das ist ein schöner Name«, fügt er scheu hinzu.

Danach folgt eine weitere Pause. Beide sind wir offenkundig nicht die Typen, die im Small Talk geübt sind. Das einfachste Gesprächsthema scheint Günther zu sein. »Na, wie es aussieht, ist der Nachtisch nun beendet«, sagt Gustav nach einigen unangenehm stummen Sekunden. Der Dackel hat auch die letzte Kugel entsorgt und läuft auf Gustav zu. Mit seinen Pfoten kratzt er an den Schuhen seines Herrchens.

»Günther ist fertig, wie es aussieht, und hat auch keine Geduld mehr. Geht es dir wieder besser?«, will Gustav wissen und schaut mich prüfend an.

Ich bejahe.

»Ich kann dich auch gerne zum Auto bringen oder dir ein Taxi besorgen, falls dir schwindlig ist?«

»Nein, alles prima! Danke trotzdem.«

Gustav sieht ein bisschen enttäuscht aus, vielleicht hätte es ihm sogar gefallen, mir in irgendeiner Weise weiterzuhelfen, stelle ich mit Verwunderung fest. So allerdings steht unweigerlich der Abschied bevor, falls niemandem von uns beiden noch etwas Kluges einfällt, wonach es derzeit nicht aussieht.

»Hm, nun ja, dann würde ich sagen, es war schön, dich kennengelernt zu haben, Hanne.« Abermals reicht mir Gustav die Hand, diesmal zum Abschied. »Ein ziemlicher Zufall – aber ein wirklich netter!«, setzt er hinzu.

»Stimmt«, antworte ich.

Dabei schauen wir einander für eine winzige Sekunde tief in die Augen, um gleich darauf, wie erwischt, unseren Blick verlegen abzuwenden. Trotz Verabschiedung macht niemand von uns beiden Anstalten zu gehen.

»Vielleicht sieht man sich mal wieder«, sage ich, damit das unangenehme Schweigen nicht ewig dauert. Ich weiß nicht genau, warum, vielleicht hat es damit zu tun, dass mir die Sache mit dem Hund seltsam vorkommt, aber es ist auch nicht ausgeschlossen, dass es einen anderen Grund gibt. Ich merke nur, dass ich keine Lust habe, so auseinanderzugehen.

Gustav scheint es ähnlich zu gehen. »Nun, vielleicht … verstehe mich nicht falsch, das meine ich ganz ohne Hintergedanken … aber vielleicht hast du Lust, uns noch zu begleiten? Wir wollten uns etwas die Beine vertreten.« Gustav stottert den Satz unbeholfen herunter und richtet seinen Blick dabei zu Boden, so wie jemand, der davon überzeugt ist, gerade etwas ziemlich Dummes angestellt zu haben. »Oder, na ja, vergiss es«, wirft er sofort darauf, ohne meine Antwort überhaupt abgewartet zu haben, ein. Günther drängt ungestüm um Gustavs Beine. »Du hast bestimmt keine Zeit oder Lust. Du hast sicher schon was anderes vor. Das verstehe ich. Ehrlich! War auch nur so eine Idee, mehr nicht. War irgendwie blöd von mir.«

»Nein«, antworte ich und während ich das sage, behalte ich Günther fest im Blick. Falls mich nicht alles täuscht, hätte er sein Herrchen lieber für sich allein, und wenn ich nicht wüsste, dass es völlig unmöglich ist, würde ich sagen, diese Dackelaugen starren mich düster und drohend an. Es ist mir bewusst, wie unsinnig das klingt – denn vor mir steht ein Dackel. Ein recht kleiner Vertreter seiner Rasse noch dazu. Das alles muss Einbildung sein, das Ergebnis meines Misstrauens und meiner Angst vor Hunden.

»Okay, nein.«

Während ich völlig mit dem Hund beschäftigt bin, macht Gustav Anstalten zu gehen. Mit einem Mal hat er es sehr eilig. »Schade, wenn du nicht mitkommst, aber alles prima. Wir zwei, also Günther und ich, wir machen uns dann jetzt mal auf den Weg.«

»Nein!«, sage ich verwirrt. »Ich meine, nein, ich habe nichts vor und habe Zeit. Ehrlich gesagt, wollte ich mir auch noch ein wenig die Beine vertreten.«

»Hast du doch eben schon fast ohne unsere Hilfe geschafft«, kontert Gustav. Er wirkt erleichtert. »Gehen wir in den kleinen Park am Spielplatz? Ich wollte ein paar Fotos von der Abendstimmung zwischen den Bäumen schießen, falls dich das nicht stört.« Dabei weist er auf seine Kameratasche, die er über die Schulter gehängt hat.

»Stört mich ganz und gar nicht, ich mag Sonnenuntergänge.« Genau genommen liebe ich sie sogar, füge ich in Gedanken hinzu.

»Fotos mit Sonnenuntergängen kann man eigentlich nie genug haben«, sagt Gustav gut gelaunt, und in dem Augenblick muss ich an Siegfried Brokatts Seite denken. Siegfried ging anscheinend fast jeden Abend auf die Jagd nach Sonnenuntergängen. Nicht nur an sonnigen Tagen. Es gab Bilder im Schnee, sogar im Regen. Aufnahmen, auf denen die Sonne kaum zu erahnen war. Trotzdem fand er sie, selbst wenn sie nur ganz schwach zwischen den Wolken hervorstrahlte. Diese Aufnahmen sind eindrucksvoll, denn Siegfried fing selbst an den grauesten Tagen die wenigen verbliebenen Sonnenstrahlen mit der Kamera ein.

Wir spazieren stumm nebeneinander her. Günther übernimmt die Führung und legt trotz des ausgiebigen Eisgenusses ein munteres Tempo vor. Ich befürchte, dass Gustav gleich das übliche unangenehme Hin-und-her-Gerede anstimmt. Was arbeitest du, wo kommst du her, Hobbys und all das? Die Fragen kann ich nicht ausstehen, insbesondere derzeit. Früher war die Ausbeute schon karg, aber heute ist noch weit weniger Berichtenswertes über mein Leben vorhanden. Ich könnte lügen, doch ich habe keine Lust mehr, andere in Bezug auf meinen Zustand anzuschwindeln.

Doch es kommt anders als erwartet, wie schon den ganzen Tag lang. Gustav fragt nichts in der Art. Er sagt einfach überhaupt nichts, und erstaunlicherweise erzeugt die Stille keine unangenehme Atmosphäre, wie man sie ansonsten in der Nähe von schweigenden Menschen empfindet.

Im Park fängt Gustav sofort an zu fotografieren. Günther weicht ihm keine Sekunde von der Seite. Ich setze mich auf eine Parkbank und sehe den beiden zu. Gustav ist schmal und ein Riese. Trotz seiner Größe wirkt er irgendwie zerbrechlich. Ein Mensch, der leicht zu übersehen ist, überlege ich. Blass und recht unscheinbar, auf den ersten Blick jedenfalls. Genauso ein Typ wie ich, denke ich. Ich würde ihn auf Mitte 30 schätzen, vielleicht auch Anfang 40. Als er fertig ist und die Sonne ihr Tagesgeschäft fast erledigt hat, setzt er sich neben mich und packt die Kamera zurück in die Tasche.

»Sorry, hat ein wenig gedauert. Heute Abend war die Sonne besonders schön«, entschuldigt er sich bei mir und schaut in die Weite.

»Kein Problem.« Das ließ mir Zeit, ein wenig nachzudenken, schließe ich in Gedanken an. Ich habe mir eine Reihe von Fragen zurechtgelegt und brenne darauf, die dazugehörigen Antworten von Gustav zu bekommen.

»War Günther eigentlich immer schon bei dir?« Die Frage sollte sich belanglos anhören, aber der skeptischen Miene meines Gegenübers nach zu urteilen, ist mir das nicht geglückt.

»Wie meinst du das?« Gustav sieht mich auf eine seltsame Weise an. Schlagartig ist er wie ausgewechselt.

»Na, einfach nur so? Hattest du ihn schon als Welpe oder erst später? Aus dem Tierheim oder von einem Züchter vielleicht?«

Gustav legt die Stirn in Falten. »Günther war schon ausgewachsen, als ich ihn bekam. Ich habe ihn von einem Freund.«

»Ach so.« Ich nicke beiläufig und warte nur kurz bis zu meiner nächsten Frage, denn ich kann es mir nicht verkneifen, weiter nachzubohren. »Komisch, dass er gar kein Halsband trägt, oder? Hast du keine Angst, dass er verloren geht?«

»Nein, Günther läuft nicht weg! Er mag einfach keine Halsbänder, und so groß, dass er anderen gefährlich werden könnte, ist er schließlich nicht.«

Der Ton ist schärfer geworden. Trotzdem bleibe ich hartnäckig dran. »Und der Name – Günther. Hast du ihm den gegeben?«

»Klar!«, antwortet Gustav und blickt mich skeptisch an. »Ist das ein Verhör?«, fragt er jäh, und trotz aller Entschiedenheit klingt in dieser Frage auch ein Hauch von Enttäuschung mit.

»Nein. Tut mir leid, wenn ich zu neugierig war«, rudere ich zurück. »Ich dachte einfach nur, Günther, das ist doch ein ungewöhnlicher Name für einen Hund. Findest du nicht? Oder kennst du einen Hund mit dem gleichen Namen?«

Gustav zuckt mit den Schultern. »Na wenn schon. Warum sollte das wichtig sein, ob es den Namen oft gibt? Mir gefiel der Name.«

Ich überlege, ob ich mich weiter vorwagen soll. Ich könnte nach der Fähre fragen. Ganz unverbindlich, denn dort habe ich das Halsband gefunden. Aber mit einem Blick in Gustavs Gesicht entscheide ich, nicht nachzuhaken. So wie es aussieht, sehe ich Gespenster. »Ach so«, antworte ich deshalb und bereue gleichzeitig, all diese Fragen gestellt zu haben. Was sollte Gustav mit der Leiche von Siegfried Brokatt zu tun haben? Brokatt lebte in einem anderen Winkel des Saarlandes und ist wahrscheinlich freiwillig ins Wasser gegangen. Da gibt es keinen Zusammenhang.

»Weißt du was?« Meine Stimme zittert, und es ärgert mich, dass ich das nicht im Griff habe. Wenn es persönlich wird, werde ich immer nervös. Das ist nicht meine Stärke. »Wenn ich ehrlich sein soll, bin ich ziemlich ungeschickt im Umgang mit anderen. Das war immer schon so. Tut mir leid. Die ganze Fragerei.«

»Schon gut«, sagt Gustav und ergänzt: »Das kenne ich. Wahrscheinlich bin ich, was das soziale Feingefühl betrifft, der mit den meisten Fettnäpfchen. Schade, dass man dafür keinen Preis gewinnen kann.«

»Dann wäre ich deine größte Konkurrentin.« Die Vorstellung gefällt mir. Ich grinse, und Gustav lächelt schief zurück. Eigentlich ist er, wenn er lacht, ganz und gar nicht unscheinbar, stelle ich fest, und weil ich spüre, dass mir die Röte ins Gesicht steigt, richte ich den Blick ganz schnell auf meine Schuhe.

»Ziemlich blöd von mir das eben«, sage ich leise. »Du hast mir vor ein paar Minuten in gewisser Weise das Leben gerettet, und jetzt löchere ich dich mit solchen unnützen Fragen.«

Gustav zieht herausfordernd die Augenbrauen in die Höhe. »Das Leben gerettet«, klar übertreibe ich, doch die Kehrtwende zu einer weitaus entspannteren Art der Verständigung gefällt Gustav anscheinend. »Offensichtlich bin ich der Held!«, spielt er mit.

»Offensichtlich!«

»Schau mal! Die Sonne gibt eine Zugabe«, sagt Gustav plötzlich, weist zum Himmel und kramt seine Kamera hervor. »Eine Sekunde. Bin gleich wieder da. Ich muss mir die Sonne mitnehmen!«

Ich schaue ihm kurz hinterher und richte dann ebenfalls meinen Blick Richtung Himmel. Die letzten Farben des Tages machen sich nach und nach davon, bis sie völlig verschwunden sind und die Landschaft in ein einheitliches Schwarz-Weiß tauchen. Es ist ein wohltuendes Spektakel, und seit Langem gelingt es mir, einfach nur dazusitzen, ohne nervös oder angespannt zu sein. Vielleicht meint Frau Tietze-Meiermann das, wenn sie von *genießen* spricht. Das, was mir trotz der vielen Entspannungsübungen fast nie gelingt, klappt jetzt mühelos. Vermutlich, weil ich ein wenig gelöster und erleichtert bin. Dass ich mutig war und mich traute, Gustav von meiner unbeholfenen Art zu erzählen, macht mich stolz. Wie schon damals bei Gabriele hatte es sich gelohnt. Aufrichtigkeit zahlt sich aus, stelle ich in Gedanken fest. Zumindest bei manchen Menschen.

Mein Verhältnis zu Hunden allerdings bleibt weiterhin angespannt, wobei das diesmal eher von Hundeseite ausgeht. Günther scheine ich nicht sympathisch zu sein, sofern ich die Zeichen korrekt deute. Er hat sich unmittelbar neben Gustavs Füßen postiert, und als ich zu ihm sehe, bleckt er die kleinen weißen Zähne. 100-prozentig! Und wenn mich nicht alles täuscht, hat er mich sogar einmal angeknurrt. Ziemlich leise, aber hörbar.

Als Gustav wieder zurückkommt und sich neben mich setzt, platziert sich Günther auf der Bank demonstrativ zwischen uns. Nochmals knurrt er, ganz sicher.

»Ich habe mir gerade etwas überlegt«, fange ich heiser an. »Da du bewiesenermaßen der Held bist und ich dir somit so einiges schulde«, rede ich weiter, »würde ich euch anbieten … na ja, ich würde dir und Günther vorschlagen, auch wenn das wahrscheinlich nicht ganz euer Geschmack ist, könnten wir vielleicht noch zu dieser Frittenbude in Tholey fahren?«

»Der *Pomm-Fritz*!«

Günther, der noch vor einer Sekunde die Zähne erneut gebleckt hat, schließt sein Mäulchen und schwingt aufgeregt seine struppige Rute.

»Ähm, ja – genau. Da war ich früher öfter mit meinem Opa. Gibt es den noch?«

»Ja, sein Sohn hat das Geschäft übernommen und erweitert. Es gibt jetzt eine kleine Terrasse mit Biergarnitur. Manchmal essen wir dort.« Beim letzten Satz wirft er Günther ein verschmitztes Lächeln zu.

»*Pomm-Fritz*«, wiederholt Gustav, und Günther gibt Laut.

Ich schrecke diesmal nur noch kurz auf. »Ah, Stammkunden, wie ich sehe.«

Statt zu antworten, spitzt Gustav vielsagend den Mund.

»Na, dann seid ihr offiziell eingeladen, falls Günther noch eine Portion verträgt und es dort überhaupt etwas Passendes für ihn gibt.«

Diesmal bellt Günther so laut, dass selbst das Pärchen auf der Bank neben uns erschrocken zusammenfährt. Als wir zurück zum Marktplatz gehen und uns trennen, um in unsere Autos zu steigen und uns gleich darauf wieder zu sehen, da habe ich es noch einmal: das seltsame Gefühl von der Saarschleife, bevor die Sache auf der Fähre passierte. Ich fühle mich aus heiterem Himmel gut und beschwingt, vielleicht noch mehr, als am letzten Sonntag mit Gabriele. Ich sitze lächelnd im Auto, singe die Refrains im Radio mit, während ich Gustav, der hinter mir herfährt, immer mal wieder heimlich im Rückspiegel beobachte.

Dieses merkwürdige Gefühl macht mich unbeholfen. Ich kenne diesen Gustav überhaupt nicht. Was weiß ich schon von ihm? Er könnte ein Verbrecher sein oder verheiratet und einzig auf der Suche nach einem Abenteuer. Das protzige Auto könnte gestohlen sein, zumal es gar nicht zu ihm passt, oder aber, er ist der Mörder von diesem Siegfried. Warum nicht? Was für eine Rolle der Hund dabei spielt, ist mir zwar völlig schleierhaft, aber das muss nichts heißen. Alles wäre denkbar.

Doch wenn ich ehrlich zu mir bin, weiß ich, dass Gustav nichts von alledem ist. Er ist nicht viel anders als ich, das spüre ich. Aber insbesondere, weil es sich so merkwürdig vertraut anfühlt, bekomme ich Angst. Ich bereue, die Einladung ausgesprochen zu haben, doch jetzt es gibt kein Zurück mehr.

Ein paar 100 Meter vor mir leuchtet das Schild vom *Pomm-Fritz* in der mittlerweile fast unsere ganze Welt umfassenden Dunkelheit auf. Ich suche mir einen Parkplatz und biege zur Seitenstraße ein. Als ich aussteige, um die Ecke gehe und in Gustavs Gesicht schaue, das vom Licht einer Straßenlaterne erhellt wird, habe ich so gut wie all meine Bedenken schon wieder vergessen.

EINE FÜGUNG DES SCHICKSALS

War es Schicksal, Zufall oder einfach nur Glück?
Siegfried Brokatt alias Gustav

Sie war, wie aus heiterem Himmel, mit einem Mal da. Als ich sie fallen sah, musste ich ihr helfen. Ich wusste nicht, ob ich es noch rechtzeitig schaffen würde, doch ich erwischte ihren Arm, und in dem Moment blickte sie mich an. Nur eine Millisekunde vielleicht, doch dieser winzige Augenblick warf mich aus der Bahn. Als sie wieder auf ihren Beinen stand und mich ansah, konnte ich es nicht begreifen. Das vertraute Gefühl, das ich vor wenigen Sekunden noch zwischen uns gespürt hatte, war weg. Jetzt stand vor mir eine völlig Fremde. Aber nicht allzu lange, wir sprachen miteinander. In dem Moment, als sie mich nach Günther fragte, kam es mir vor, als wolle das Schicksal mit mir spielen. Die Welt wollte sich rächen für den Streich, den ich ihr gespielt hatte. Ich war ausgebrochen aus dem Leben, das für mich ausersehen war, und wagte es, die Karten neu zu mischen.

Das ist doch ein Witz: Jahrelang gab es keine Frau, die mich ernstlich interessierte. Mal abgesehen davon, dass die Frauenwelt mich ohnehin kaum wahrnahm. Aber selbst wenn, nie hatte ich das Gefühl, dass es passte. Womöglich bin ich viel zu absonderlich, sagte ich mir, viel zu seltsam, als dass es jemanden geben dürfte, der in meine Welt gehört. Und jetzt, da mein Dasein ein komplettes Durcheinander ist, fällt diese Hanne in mein Leben ein.

Ich hätte sagen sollen, dass wir anderes vorhaben, einen Termin, eine Verabredung oder sonst etwas – keine Ahnung. Aber ich ging jedes Mal von Neuem einen Schritt weiter, selbst als Hanne mir die seltsamen Fragen stellte, ließ ich es nicht enden.

Ich sagte mir, dass ich nur ein wenig Zeit mit ihr verbringen wollte, auch wenn es sinnlos sei. Ich wusste, ich musste mich bald von ihr trennen und würde sie nie wieder sehen. Was anderes war zum gegenwärtigen Zeitpunkt nicht denkbar. Nicht in der Situation, in der ich mich derzeit befand. Wie könnte das je funktionieren? Ich darf zu niemandem Kontakt haben. Die Nachbarn halten mich für Thorben Schäfer, die neuen Arbeitskollegen für Gustav, und manchmal fällt es mir selbst schwer, überhaupt noch zu erkennen, wer ich bin.

Trotzdem: Ich wollte sie kennenlernen, nur kurz und nur ein wenig. Aber jetzt ist es an der Zeit, Abschied zu nehmen. Wir haben gemeinsam gegessen, und sie erzählte mir von ihrer Kindheit hier im Saarland. Hannes Humor ist ausgefallen, ich mag ihn. Manche würden womöglich sagen, sie sei unscheinbar, aber das ist sie nicht. Wenn sie lacht, wirkt sie immer ein wenig bitter. Melancholie durchmengt mit Heiterkeit. Es ist ein paradoxes, aber bestechendes Gemisch.

Egal wie, nun, in dieser Sekunde steht der Abschied an. Die Gelegenheit, die kleine Episode mit zugegeben reichlich Wehmut aber auch Vernunft und Unversehrtheit hinter sich zu bringen – hier müssen wir zwei einen Schlussstrich ziehen. Hanne reicht mir ihre Hand und verabschiedet sich.

»Das war ein schöner Nachmittag«, sagt Hanne und vielleicht treffe man sich mal irgendwann wieder. Zufällig.

Ich nicke.

Danach macht sie sich auf den Weg zu ihrem Auto. Ich schaue ihr kurz hinterher. Günther drängt und kratzt an meinen Schuhen.

»Ist ja gut«, sage ich und reiße mich ebenfalls los.

Mein Auto steht direkt an der Hauptstraße. Ich öffne die Beifahrertür, und Günther drängelt sich wie üblich schon hinein, bevor die Tür richtig offen ist. Er steht mit den Vorderpfoten auf der Armatur im 3er und bellt mir herausfordernd zu. Er scheint zu wittern, dass ich eine Dummheit machen könnte.

»Schon gut«, beruhige ich ihn, als ich neben ihm Platz nehme und mir den Gurt anlege. »Ich weiß, so ist es das Beste.«

Die Wahrscheinlichkeit, dass Hanne und ich uns wieder treffen, ist nicht groß. Wir haben keine Nummern ausgetauscht und nicht ein Fünkchen von uns preisgegeben – wir beide nicht. Kein Familienname und auch nicht die Spur eines Anhaltspunktes, wo wir wohnen. Unser Wissen voneinander ist so spärlich, dass wir uns nur schwer wiederfinden dürften, was gut und richtig ist. Über all diese doch eigentlich so unwichtigen Dinge haben wir beide nicht geredet, dabei haben wir fast unentwegt gesprochen. Ich kann kaum glauben, dass wir uns höchstens drei, vier Stunden kennen. Alle Einzelheiten und Belanglosigkeiten, die man sonst übereinander austauscht, gab es zwischen uns nicht. Ich weiß nicht, was sie beruflich macht, wo sie arbeitet. Nicht einmal, wie alt sie ist oder ob sie Familie hat.

Es ist besser so, rede ich mir ein und drehe den Schlüssel im Schloss, um den Motor anzulassen. Günther klebt mit dem Kopf fast an der Scheibe, während er darauf wartet, dass wir starten.

Doch ich kann nicht losfahren.

»Tut mir leid, Junge. Ich muss noch mal los«, entschuldige ich mich und ziehe den Schlüssel wieder aus dem Lenkradschloss. »Bin gleich wieder da.«

Nachdem ich ausgestiegen bin und um das Auto gehe, stimmt Günther sein Bellen an. Er kläfft, genau genommen, wie ein Irrer und kratzt dabei am Beifahrerfenster. Im Großen und Ganzen weiß ich, dass er richtig liegt. Ich bringe uns beide in Gefahr. Trotzdem, ich kann nicht anders. Wenn Hanne jetzt einfach so wegfährt, werde ich sie möglicherweise nie wieder sehen. Ich will nichts weiter, als noch einmal kurz mit ihr sprechen. Vielleicht wenigstens unsere Handynummern austauschen – was soll daran schlimm sein? Das ist unverfänglich, sage ich mir und weiß zugleich, dass es eine Lüge ist. Während ich in die Straße einbiege, wo sie geparkt hat, überlege ich mir, was ich Hanne sagen könnte, um sie nicht zu überrumpeln oder ihr zu nahezutreten. Doch mich erwartet eine böse Überraschung: Der Straßenrand ist leer. Hannes Auto ist fort.

Ich blicke mich um, nirgendwo ist ein Wagen zu sehen, die Straße liegt still dar. Es ist zu spät. Schicksal, rede ich mir ein, als ich zurückgehe. Es ist besser so.

Beklommen biege ich um die Straßenecke. Günther kläfft immer noch aus voller Kehle. Erst als ich näher zum Auto komme, sehe ich, dass jemand hinter uns geparkt hat. Wenn mich nicht alles täuscht, ist es Hannes kleiner blauer Wagen. Jemand steigt in dieser Sekunde aus und geht auf den BMW zu. Günther bekommt sich gar nicht mehr ein, er springt wie ein Verrückter auf den vorderen Sitzen auf und ab, aber das ist mir in dieser Sekunde einerlei. Ich muss grinsen, als ich Hannes Gesicht erkenne. Fast bin ich da. Hanne winkt mir zu. Sie ist vielleicht noch vier, fünf Meter vom 3er entfernt, als ich merke, dass er sich bewegt. Der Wagen macht sich selbstständig. Weiß Gott, wie das passieren konnte, womöglich hat Günther bei all dem Hin- und Herspringen die Handbremse gelöst oder ich habe beim Aussteigen versäumt, sie anzuziehen. Was immer der Grund ist, zählt derzeit nicht. Das Auto rollt auf Hanne zu, und sie bemerkt es nicht.

»Hanne!«, schreie ich.

Auf ihren Lippen zeichnet sich ein Lächeln ab. Sie schiebt ihre Brille, die sie anscheinend zum Autofahren trägt, auf den Kopf. Sie merkt nichts. Verdammt, Hanne, sieh nicht zu mir, schau zum Auto!

Ich laufe los. Vorbei am BMW, der allmählich Fahrt aufnimmt. Hannes Auto parkt ein paar Meter weiter unterhalb. Es ist keine starke Steigung, aber es reicht, um an Geschwindigkeit zuzulegen: Der Wagen wird sie einklemmen.

»Geh dort weg, pass auf!« Ich laufe.

In dieser Sekunde scheint auch Hanne zu verstehen. Doch statt sich in Sicherheit zu bringen, schreit sie: »Wir müssen ihn festhalten.« Hanne will sich gegen den Wagen stemmen. Welche Masse sich mit dem rollenden Fahrzeug auf sie zubewegt, scheint ihr nicht bewusst zu sein. Er wird sie zerquetschen.

»Loslassen!«, kreische ich, als ich neben ihr auftauche. »Du musst loslassen, Hanne!«

Ein zweites Mal an diesem Tag bekomme ich sie in letzter Sekunde am Arm zu fassen. Mit aller Kraft ziehe ich sie aus dem Zwischenraum zu mir auf die Straße. Wir fallen gemeinsam und landen auf dem Asphalt. Gottlob ist an diesem Sonntagabend kaum Verkehr. Noch während wir stürzen, höre ich das Scheppern. Der 3er kracht auf Hannes VW. Es knirscht und ich höre, dass etwas zersplittert. Zumindest kommt der Wagen nun zum Stehen.

»Geht es dir gut?«, frage ich Hanne sofort und strecke meine Hand nach ihr aus. »Komm, wir müssen uns beeilen, weg von der Straße.«

Als Hanne den Kopf anhebt, ist ein dunkler Streifen an ihrer Stirn zu erkennen. Sie blutet. Die Brille ist ihr herunter gefallen, Teile der zerbrochenen Gläser und das verbogene Gestell schimmern im Licht der Straßenlaterne.

Hanne richtet sich langsam auf. Ich bin schon auf den Beinen und helfe ihr. In meinem Kopf brummt es.

»Was ist mit Günther? War er noch im Wagen?«, fragt Hanne mit einem Mal, und jetzt erst merke ich, dass das Bellen verklungen ist.

Ich bejahe und hinke ungelenk um den BMW. Eines meiner Hosenbeine ist aufgerissen, am rechten Knie laufen warme Tropfen bis zu den Socken hinab.

»Günther!«, rufe ich und humple weiter.

Hoffentlich ist ihm nichts passiert – dieser verdammte Wagen!

EIN MÖRDERISCHER AUFPRALL

Sag auf Wiedersehen, mein lieber Siggi.

Günther

Bei allem, was recht ist, was ist in Siggi gefahren? De facto finde ich diese Hanne, wenn man vergleicht, was Gustav in den vergangenen Jahren an Mädchen vorzuweisen hatte, gar nicht mal so unausstehlich, denn immerhin beweist sie kulinarisches Feingefühl. Trotz allem ist sie ein Störfaktor in unserem Leben. Jetzt, da wir uns so wunderbar eingelebt haben und alles perfekt anmutet, ist das Letzte, was wir brauchen, eine Frau. Zumindest nichts Ernsthaftes. Ein Techtelmechtel würde ich Siggi durchaus gönnen – dies gesteht er mir mit Blick auf Else auch zu. Aber für eine kleine, harmlose Affäre sind weder Hanne noch mein neues Herrchen die Richtigen. Das muss Siggi leider akzeptieren, und falls nicht, ist es als Freund mein Job, dafür zu sorgen, dass er es auf dem schnellsten Weg einsieht. Im Endeffekt sind wir beide ein Team – wenn einer strauchelt, sieht es für den anderen mindestens genauso finster aus.

Die Zeit zwischen dem mörderischen Aufprall und dem Öffnen der Beifahrertür kommt mir vor wie eine Ewigkeit. Frag mich mal, was Siggi da treibt und weshalb es derart lange dauert. Als es dann endlich so weit ist und ich in seine besorgten Augen schaue, tut mir die Show, die jetzt folgt, fast ein wenig leid. Aber es muss sein – Siggi zuliebe. Um unser beider Willen winsele ich wie ein frischgeborenes Baby.

»Oh je«, sagt Siggi zur Nervensäge Hanne, deren Kopf hinter ihm auftaucht. »So hört er sich sonst nie an. Günther? Er muss elende Schmerzen haben.«

Ich gebe Gas, der Showeffekte wegen. Meinen Kopf lege ich traurig auf die Sportsitzpolster und klappe theatralisch die Augen zu. Von einer Sekunde zur nächsten gebe ich keinen Ton mehr von mir und halte die Luft an.

»Günther! Bleib wach!«, stammelt Siggi entsetzt. Er bekommt es mit der Angst zu tun, unverhohlen, seine Stimme vibriert. »Er wird doch nicht …?«

»Nein, mach dir keine Sorgen. So hart kann der Aufprall im Prinzip gar nicht gewesen sein«, stört die Ignorantin Hanne mein perfektes Schauspiel. Will die neben Siggi etwa Dauerstellung beziehen? Zu allem Elend hat sie eine extrem unerfreuliche Idee. »Vielleicht sollten wir zum Tierarzt?«

Ui, ui, ui, denke ich. Tierarzt Doktor Kreideweiß! Den mag ich nicht so arg. Also mache ich lieber wieder die Augen auf. Winzig kleine Schlitze, damit ich nichts verpasse und die Sache keinesfalls in die falsche Richtung abdriftet.

»Ach, ich weiß nicht. Vielleicht ist es auch einfach nur der Schrecken«, stimmt jetzt wieder Siggi an. »Du hast recht, Hanne. So schlimm kann es wirklich nicht sein. Vielleicht fahren wie erst einmal heim, und ich schaue zu Hause, wie es ihm geht.«

Glasklar möchte Siegfried nicht zum Tierarzt, denn aller Voraussicht nach wird man dort verwundert sein, wieso ich nicht Kallie im Schlepptau habe – mich kennt man schließlich dort. Deshalb hat Siggi mindestens genauso wenig Lust, dem Spinner von Kreideweiß zu begegnen. Zum Glück waren Gustav die Impfungen »dieses Ausbeuters« immer um Längen zu teuer, auch wenn er ein Auge auf eine der Tierarzthelferinnen geworfen hatte. Deshalb musste ich nur ab und an zum Entwurmen hin – mehr an Budget für den

Tierarzt war von Seiten Gustavs nicht drin. Aber das ist eine andere Geschichte. Ich muss mich konzentrieren, damit dies hier ein Ende findet.

»Wenn du meinst. Soll ich vielleicht mitkommen?«, fragt Hanne in dieser Sekunde. Die Wahnsinnsidee schadet ernsthaft meiner Gesundheit, überlege ich gequält. Und meinen äußerst strapazierten Nerven noch dazu. Bloß nicht, würde ich gerne sagen. Gnade!

Doch was ich will oder brauche, interessiert allem Anschein nach sowieso kaum jemanden. Es entsteht eine kurze Pause. Mein Herrchen überlegt. Er wird doch nicht ernsthaft auf diese verrückte Idee eingehen wollen? Bei uns zu Hause, das ist heikel. Um nicht zu sagen, der pure Wahnsinn. So sehr kann ihm die Schnepfe doch den Kopf gar nicht verdreht haben.

»Besser nicht, ich glaube, ich fahre lieber allein. Tut mir leid«, antwortet er.

Aha, urteile ich zufrieden. Endlich nimmt man Vernunft an.

»Ich glaube, Günther braucht jetzt einfach Ruhe. Und du vielleicht auch«, murmelt Siggi weiter.

Wie recht er hat – und damit das Güntherlein seine Ruhe bekommt, ist es nun allerhöchste Zeit, den Rückzug anzutreten. Sag auf Wiedersehen, mein lieber Siggi. Bitte!

Hanne jedoch ist mit allen Wassern gewaschen. So leicht gibt sie meinen Siggi nicht frei. »Na ja«, entgegnet sie und hört sich dabei nicht recht überzeugt an. Dabei hat sie in Wahrheit garantiert null Interesse an meinen Blessuren und ist einzig und allein darauf aus, sich meinen Siggi zu angeln. Und der lässt sich, man muss es ehrlich sagen, kinderleicht um den kleinen Finger wickeln.

»Du, ich muss dir etwas sagen«, bricht es plötzlich aus ihm heraus. Ich werde unruhig, wenn er diesen Wahnsinn weitertreibt, brauche ich tatsächlich gleich einen Arzt. So ein Dackelherz ist sehr empfindlich. Reichen ihm die Katastrophen für heute noch nicht?

»Also, ich möchte ehrlich zu dir sein, Hanne …«

Nein, alles, nur das nicht. Siggi, sei auf gar keinen Fall ehrlich, nicht im Entferntesten und in keiner Beziehung! Du willst ihr doch nicht die ganze Geschichte auftischen. Das glaubt uns niemand! Jetzt habe ich die Augen komplett geöffnet und das Winseln wieder angestimmt. Jaulen würde die Tonart womöglich noch besser beschreiben. Beide schauen mich an.

»Vielleicht ein anderes Mal, Gustav«, sagt Hanne. Nach Lage der Dinge scheint sie weit klüger zu sein als Siggi. Man muss nicht alles wissen, und manchmal ist Unwissenheit echtes Glück – zumindest in unserem verzwickten Fall.

»Ich glaube, es ist besser, wenn du Günther nach Hause bringst und dort erst einmal versorgst.«

»Ja, okay. Aber du musst auch ein Pflaster auf deine Stirn …«

Siggi weist auf Hannes Wunde am Kopf. Er steht immer noch unschlüssig da. Manno, Junge, das ist die Gelegenheit, um den Abflug zu machen, und du ziehst die Sache gerade unnötig in die Länge.

»Aber was ist mit dem Schaden an deinem Auto? Das müssen wir doch irgendwie regeln«, fängt Siggi plötzlich an, als gäbe es in dem Moment nichts Wichtigeres.

»Wahrscheinlich ist das nur eine kleine Beule, keine große Sache.« Hanne sieht das wie ich, eine Lappalie.

Siggi legt den Mund schief.

»Am besten ich gebe dir meine Nummer und wir kümmern uns die Tage darum. Ist das okay?«

»Ja, guter Plan. Das machen wir so.«

Meine Krallen fahren in den Beifahrersitz. Siggi ist derart

liebestoll, dass es mich nahezu in den Wahnsinn treibt. Ich winsle in einem herzzerreißend hellen Ton, den selbst ich kaum ertragen kann. Und was macht Siggi in der Sekunde?

Er ignoriert meine Schmerzen! Stattdessen öffnet er das Handschuhfach und sucht in Gustavs Unordnung nach Stift und Papier. Nachdem er eine Reihe von Partytickets, eine zerfledderte Blumenkette von der Hawaii-Fete in Saarbrücken, das alte Bordbuch des 3ers, zwei halbleere Packungen Tic Tac sowie diverse Kaugummipackungen herausgefischt hat, geraten ihm Gustavs Benzinquittungen und mehrere bunte Kondome Extra Large in die Hände. Erschrocken lässt er alles Richtung Fußraum plumpsen und dreht sich wieder zu Hanne um.

»Hab gerade nichts zum Schreiben da.«

Ob sie die delikaten Details gesehen hat, kann ich nicht beurteilen, denn ich bin weiterhin vollumfänglich mit Jaulen beschäftigt. Mir wird heute eindeutig zu wenig Aufmerksamkeit zuteil.

»Hast du vielleicht einen Stift in deinem Auto?«, fragt Siggi. So unglaublich es sich anhört, der Junge hat in diesem Moment meiner größten Not alle Zeit der Welt. Gemeinsam spaziert er mit Hanne hinüber zu ihrem Wagen. Mir schlägt er die Beifahrertür vor der Nase zu. Kaum zu fassen, sage ich mir, da lässt der Junge mich in diesem elenden Zustand, in den nur er mich gebracht hat, mutterseelenallein. Ich bin so fuchsteufelswild, dass ich glatt das Winseln vergesse.

Es dauert eine gefühlte Ewigkeit. Als Siggi wieder einsteigt, streichelt er mit Bedacht über meinen Kopf. »Alles klar, alter Junge?«, fragt er. Das Leuchten in seinen Augen entgeht mir nicht.

Garantiert tue ich ihm nicht den Gefallen, den Eindruck zu erwecken, als sei alles tipptopp. Nein! Mir geht es hundsmiserabel, ja genau, und das beweise ich ihm. Ich lege die traurigste Miene auf, die mir als Hund möglich ist, und das kostet mich kein bisschen Mühe. Ich bin enttäuscht. All meiner Illusionen beraubt – Siggi hat unsere gemeinsame Sache verraten. Soll er sich ruhig Sorgen machen, denn bisher hatte er den ganzen Tag nur Augen für diese Hanne.

Um nicht komplett aus der Haut zu fahren, sage ich mir, dass das Hanne-Melodram mit dem letzten alarmierenden Vorfall nun selbstredend ein Ende haben dürfte. Wenn der unmittelbare Einfluss dieser Circe nachlässt und Siggis Hormonpegel auf ein reguläres Maß zurückfährt, kommt auch er wieder zur Vernunft. Ganz klar! Siggi wird seinen Verstand einschalten und die Finger von dieser Hanne lassen.

»Sie hat mir ihre Nummer gegeben – kann man das glauben? Ich habe ihre Nummer!«, unterbricht Siggi meine Erwägungen. Er schüttelt wie von Sinnen den Kopf, während er den Motor anlässt. Das dusslige Dauergrinsen auf seinem Gesicht ist jenseits der Schmerzgrenze.

Wie kann man nur so naiv sein? Alles, was mir vorhin durch meine Gedanken geschwirrt ist, nehme ich wieder zurück! Weder von einem normalen Hormonspiegel noch von Verstand oder Vernunft kann die Rede sein.

Niedergeschmettert lege ich den Kopf auf das Sitzpolster des 3ers und lasse die Ohren hängen. Ich könnte heulen. Was unsere Zukunft angeht, sehe ich schwarz – ein einziges, erdrückend düsteres Schwarz. Aber auf einen kleinen, arglosen und stark verwundeten Hund wie mich hört offenbar niemand mehr.

STREUSELKUCHEN UND GUTER KAFFEE

Wenn ich mein Empfinden in Worte fassen müsste, würde ich sagen, es fühlt sich an wie heimkommen, aber von dem Gefühl sollte ich mich nicht täuschen lassen.

Wolfgang Forsberg

»Moment, da fehlt noch eine Gabel!«, erkennt Frau Stutz und eilt auf ihren kurzen Beinen ein weiteres Mal in die Küche.

»Tut mir leid, dass ich Sie noch einmal behelligen muss«, rufe ich ihr hinterher.

»Ach, das macht doch nichts. Ich helfe gern«, tönt die Stimme von Frau Stutz aus der Küche, die sich mit dem Getöse aus dem Besteckkasten vermischt, wo nach dem passenden Besteckteil gesucht wird.

Kaum ist das Frauchen verschwunden, hüpft die Hundedame auf die Couch, ganz nah zu mir. Der Geruch nach vor kurzer Zeit verzehrtem Dosenfutter flutet meine Nase, und ich höre das laute Hecheln hinter meinem Ohr. Die Hündin beobachtet mich. Eindeutig. Das sehe ich aus den Augenwinkeln. Ich allerdings vermeide es, mich zu ihr umzuwenden. Allgemein habe ich keine Angst vor Hunden, aber jetzt, da diese gigantisch große Hündin unmittelbar neben mir Platz genommen hat, spüre ich so etwas Ähnliches wie Respekt.

»Ach, schau an! Blümchen mag Sie«, folgert Frau Stutz, als sie mit der Gabel in der Hand wiederkehrt und mir ungefragt ein Stück Streuselkuchen auf den Teller schiebt.

»Nein danke«, sage ich noch.

Aber das korrigiert Frau Stutz mit der Aussage: »Ganz frisch gebacken heute Morgen, den müssen Sie probieren!«

»Dankeschön«, sage ich, nehme die Gabel zur Hand und koste gefügig. Frau Stutz und Blümchen verfolgen mit ihren Augen jede Bewegung.

»Großartig«, befinde ich. »Sehr gut!«

Frau Stutz nickt zufrieden. Erst jetzt nimmt sie mir gegenüber auf dem fast schon antiken beigefarbenen Couchsessel mit großformatigem Blumenmuster Platz. Das lässt mich an die Einrichtung meiner Großeltern denken. Es ist, als wäre in der kleinen Wohnung die Zeit für gut 20, wenn nicht sogar 30 Jahre stehengeblieben. Weiße Häkeldeckchen auf jeder freien Fläche, eine Stehlampe mit gedrechseltem Fuß und ledernem Lampenschirm mit Fransen, dicke Teppiche und eine ganze Reihe von Familienbildern an den Wänden, teilweise in Farbe, aber auch ältere in Schwarz-Weiß.

»Gemütlich haben Sie es hier!«, lobe ich, was die Seniorin mit einem erfreuten Lächeln entgegennimmt, und stecke daraufhin meine Gabel ein weiteres Mal in das Backwerk. Wie bei Streuselkuchen fast unvermeidbar, machen sich ein paar der Streusel selbstständig und kullern vom Teller in Richtung Berberteppich. Jetzt kommt Blümchens Einsatz. Besser als jeder Staubsauger, so ein Dobermann, urteile ich in Gedanken und werfe Frau Stutz einen entschuldigenden Blick zu.

»Nun, ich hätte da, wie gesagt, noch eine Frage an Sie …«, starte ich, nachdem ich höflich einen Schluck vom »guten Kaffee« genommen habe.

»Ja?«, entgegnet Frau Stutz. Sie schaut mich mit offenem Mund an. Wie es scheint, kann sie meine Frage kaum erwarten.

»Zur Sicherstellung der Leiche ist es leider, wie gesagt,

bisher noch nicht gekommen. Aber wir verfolgen derzeit alle denkbaren Spuren, um den Vorfall rekonstruieren und verstehen zu können. Kommt Ihnen vielleicht dieses Band bekannt vor? Scheint eine Hundeleine zu sein.« Ich greife in die Innentasche meiner Jacke, nehme mehrere Fotos hervor und lege sie der Reihe nach auf die weiße Tischdecke.

Frau Stutz nimmt ihre Lesebrille aus der Schürzentasche.

»Hmmm«, sagt die Frau und sieht zwischen den Fotos hin und her. »Soll Siggi diese Hundeleine bei sich gehabt haben? Das verstehe ich nicht.«

»Wir auch nicht. Einen Hund hatte er doch nicht?«

Frau Stutz schüttelt den Kopf. »Nein, nur ab und an Blümchen, wenn er mit ihr spazieren ging. Aber Blümchen würde so ein Band nicht passen. Was steht denn dort geschrieben?«, will sie wissen. »Das kann ich nicht lesen.«

»Günther.«

»Günther? Ne, ich kenne nur den Günther Jauch. Ist doch ein komischer Hundename«, überlegt Siggis ehemalige Nachbarin und lehnt sich wieder zurück in ihren Sessel. »Ach, und der Bruder von meinem Großvater hieß Günther«, räumt sie ein.

Ich schüttle den Kopf – höchst unwahrscheinlich, dass das mit Brokatt zu tun hat.

»Noch ein Stückchen vom Kuchen vielleicht?«, erkundigt sich Frau Stutz. Blümchen setzt sich aufrecht hin und stellt die Ohren senkrecht auf.

»Äh, nein danke. Er ist fantastisch, Ehrenwort, der beste Kuchen, den ich seit Langem gegessen habe. Aber ich darf leider nicht zu viel Zucker«, wehre ich ab und versuche, wieder zum Thema zurückzukommen. »Sie haben gar keine Idee, wie diese Hundeleine und Siegfried Brokatt zusammenpassen könnten?«

Die Dame presst die Lippen aufeinander und schaut zu Blümchen, als wäre von dort Hilfe zu erwarten. »Mag sein, dass es dem Hund gehörte. Dem kleinen von diesem haarsträubenden Kerl. Sie wissen schon … von dem habe ich Ihren Kolleginnen erzählt.«

»Kolleginnen?« Jetzt bin ich verwundert. Meine Kollegin heißt Antonia und ist nur eine Person. Sie war ganz sicher nicht hier, das wüsste ich. Wen meint Frau Stutz?

»Da waren doch die beiden netten Damen von letzter Woche. Dienstag! Oder vielleicht auch Mittwoch oder Donnerstag.« Frau Stutz überlegt und kommt zu keinem rechten Ergebnis. »Ich bin mir nicht mehr ganz sicher. Aber nett waren sie, auch wenn eine von ihnen furchtbare Angst vor Blümchen hatte. Verstehe ich gar nicht, wenn man bei der Polizei ist, dann arbeitet man doch mit Hunden. Wegen den Drogen. Hundestaffel, so heißt das – oder? Soll ich Ihnen vielleicht zwei Stück Kuchen zum Kaffee einpacken? Für Sie und Ihre Frau?«

»Ich bin nicht verheiratet – nicht mehr …«

»Ach«, sagt die Seniorin enttäuscht. Sie steht auf, nimmt die Kuchenplatte und macht sich auf in Richtung Küche. »Junggeselle! Auch das noch! Genau wie mein Chrissie. Was ist das heute nur für eine Welt!«, murmelt sie bekümmert. »Keine Bange, ich packe Ihnen was ein. Ich schneide Stücke, die können Sie einfrieren und sonntags auftauen, wenn Sie dann Lust auf frischen Kuchen haben.«

»Nein, wirklich! Das ist nett, aber danke«, bemerke ich, doch Frau Stutz hört mir schon gar nicht mehr zu. Neben mir plumpst es laut. Blümchen ist von der Couch gesprungen und trabt in Richtung Küche. Sicher hegt die Hündin Hoffnung, dass mit ein wenig Glück etwas für sie abfällt. Ich stehe ebenfalls auf und folge den beiden – das mit den Kolleginnen beschäftigt mich.

»War vielleicht jemand von der Presse hier?«

»Nein! Das waren Polizistinnen«, sagt Frau Stutz und schaufelt dabei ein Kuchenstück nach dem anderen auf einen Pappteller. »Essen Sie auch Käsekuchen? Das Rezept ist noch von meiner Oma.« Ohne eine Antwort abzuwarten, lädt Frau Stutz auch noch von dem Käsekuchen auf den Teller und greift zu einem zweiten, da das Fassungsvermögen des ersten schon längst überschritten ist.

»Käsekuchen, den isst mein Chrissie am allerliebsten. Und der Siggi auch. Früher. Er nahm sich ab und an ein Stück mit, wenn er mit Blümchen spazieren war.«

»Haben die Damen sich vorgestellt?«, frage ich, um mehr zum Thema angebliche Kolleginnen zu erfahren. Wer könnten diese beiden Frauen gewesen sein?

»Ja klar. Sie sagten, sie seien von der Polizei. Und die Damen kannten Sie. Herrn Forstberg, das sagte die Elegante mit den Locken. Todsicher.«

»Forsberg«, korrigiere ich und vermute langsam, dass Frau Stutz hier etwas durcheinanderbringt. Das ist keine Seltenheit, wenn ältere Menschen lange allein und mit wenig sozialen Kontakten leben. Da vermischt sich zuweilen die Realität mit Träumen oder manchmal sogar mit dem Fernsehprogramm.

»Haben Sie ihnen etwas erzählt?«, hake ich nach, um den Realitätsgehalt besser einschätzen zu können.

»Na klar. Haben sie Ihnen das nicht ausgerichtet? Ich habe den Polizistinnen von Siggis Freund erzählt. Sie sagten, das sei wichtig«, verrät die alte Dame stolz und hält kurz während des Kuchenschaufelns inne. »Und das mit dem kleinen Hund, der immer im lauten Wagen saß, das habe ich ihnen auch …«

Sie beißt sich auf die Lippen. »Vielleicht heißt der ja Günther?«, sagt sie und hält mir die Kuchengabel wie einen Zeigestock vor die Nase. Das Stückchen vom Käsekuchen, das eben noch daran klebte, macht sich geradewegs auf den Weg Richtung Boden. Kurz darauf hört man ein genüssliches Schmatzen. Blümchens Warten hat sich bezahlt gemacht.

»Ja, könnte gut sein, dass der Hund Günther hieß«, stelle ich fest, heilfroh, endlich einem neuen Anhaltspunkt auf die Spur gekommen zu sein. »Vielleicht setzen wir uns noch mal hin, und Sie erzählen mir dann bitte alles, was Sie von diesem Mann und dem Hund wissen.«

Auf der Heimfahrt blicke ich auf die beiden turmhoch gefüllten Teller mit Kuchen, die Frau Stutz mir mit Klarsichtfolie »reisefertig« gemacht hat. Die Frau hat es gut gemeint, auch wenn ich eigentlich als Polizist nichts annehmen darf. In diesem Fall wäre es mir unhöflich vorgekommen, und an sich hatte ich keine wirkliche Wahl. Womöglich ist Frau Stutz, wie so viele, zu häufig allein, überlege ich. Schwer abzuschätzen, wie die Geschichte mit meinen angeblichen Kolleginnen zustande gekommen ist. Die Seniorin ist Anfang oder Mitte 70. Auch wenn sie mir keineswegs verwirrt vorkam, oft können ältere Menschen das gut verbergen. Anders kann ich mir die Sache fast nicht erklären. Wer sollte auf die verrückte Idee kommen, nach St. Nikolaus zu fahren und sich als Kriminalbeamte auszugeben?

Das Vibrieren des Smartphones in meiner Jackentasche unterbricht meine Gedanken. »Gabriele« lese ich auf dem Display. Ich drücke auf Annehmen und aktiviere die Freisprechanlage.

»Hallo, schön, von dir zu hören, Gabriele!«

»Hallo, Wolfgang, wie geht es dir?«

»Alles gut soweit. Und du?«

»An sich ganz okay …« Sie zögert.

»Du rufst wegen Siegfried Brokatt an?«

»Ja, ehrlich gesagt schon«, gesteht Gabriele.

Ich fühle, dass mir das einen Stich gibt. In der Tat enttäuscht mich ihre Antwort ein bisschen, auch wenn mir der Grund für ihren Anruf schon hätte klar sein müssen. Wie konnte ich überhaupt mit etwas anderem rechnen?

»Tut mir leid«, fügt Gabriele hinzu, als ich nicht umgehend antworte. »Die Sache lässt mir keine Ruhe.«

»Die Bereitschaftstaucher und die Wasserschutzpolizei aus Dillingen haben noch nichts gefunden. Und …« Ich stocke, da ich mir unsicher bin, ob es angebracht ist, Gabriele Näheres zu berichten. Wenn sich meine Ex-Frau dermaßen in die Sache hineinsteigert, wäre Zurückhaltung ratsam.

»Und was?«, bohrt Gabriele nach.

»Nichts weiter.«

»Doch! Du wolltest noch irgendetwas sagen.«

Ich seufze. »Na gut, sie sprechen davon, die Suchaktion abzubrechen. Tut mir leid, aber, na ja, sie haben nicht mehr viel Hoffnung.«

»Oh!«

»Ja, wie gesagt der Mann …«, ich wähle bewusst nicht das Wort Leiche, »… dieser Brokatt könnte jetzt im Prinzip überall sein. Nicht auszuschließen, dass er sich irgendwo verfangen hat.«

»Das ist nicht schön«, sagt Gabriele enttäuscht. »Und sonst hast du nichts Neues erfahren?«

»Nicht viel, nur dass Brokatt wohl doch einen Freund hatte. Die Spurensicherung hat zudem auf der Fähre eine Hundeleine gefunden. Sie steckte allem Anschein nach in der Tasche des gelben Parkas, den deine Freundin aus dem Wasser gezogen hat. Der Freund von Siegfried hatte nach Aussage der Nachbarin einen Hund. Weshalb Brokatt die Leine bei sich hatte und ob das in Zusammenhang mit seinem Tod steht … schwer zu beurteilen. Im Moment sehe ich da noch keinen Zusammenhang. Übrigens waren zwei Frauen bei der Zeugin und haben sich nach Siegfried Brokatt erkundigt. Sie haben gesagt, sie seien Kolleginnen von mir.«

»Aha«, sagt Gabriele und hört sich mit einem Male gar nicht mehr so interessiert an. »Hat sich eigentlich Hendrik bei dir gemeldet?«

»Ja«, antworte ich, »du meinst wegen des Youngtimers? Den, den er in den Kleinanzeigen ausfindig gemacht hat? Klar komme ich mit, wenn er sich den ansieht. Sehr gern sogar! Übrigens, um nochmal auf die Sache mit Siegfried Brokatt zurückzukommen. Die zwei Frauen am Haus von Siegfried, das ist doch eine ziemlich verrückte Geschichte.«

»Ja, hört sich wirklich recht verrückt an.«, wiederholt Gabriele. »Du, tut mir leid, ich muss los. Ich wollte noch zum Bäcker, bevor er schließt.«

Ich werfe einen Blick auf meinen Beifahrersitz und überlege, ob ich es wagen soll. Warum eigentlich nicht, denke ich mir. »Hast du vielleicht Lust auf ein Stück Kuchen? Ich habe hier weit mehr, als ein Mensch, ohne einem Zuckerschock zu erliegen, verputzen kann.«

Gabriele lacht. Es hört sich gut an.

»Ich weiß nicht, ob das eine …«

»Ist schon klar. Du brauchst gar nichts zu sagen. Das verstehe ich. Vollkommen«, komme ich ihrem Nein zuvor. Wenn ich eines garantiert nicht will, dann Gabriele hinterherlaufen oder mich in irgendeiner Weise aufdrängen.

»Aber andererseits …« Gabriele scheint am anderen Ende der Leitung gar nicht so abgeneigt zu sein, stelle ich mit Verwunderung fest. »Nun, Viki ist heute Morgen früher von der Uni zurückgekommen – sie paukt schon den ganzen Tag für ihre ersten Klausuren und ist ziemlich durch den Wind. Bestimmt würde sie sich freuen, dich zu sehen, und vielleicht …«

»Ich würde mich auch freuen, sie zu sehen«, unterbreche ich Gabriele, die daraufhin verstummt. Eine Zeit lang sagt keiner ein Wort. Es ist bedrückend still geworden, und ich befürchte, Gabriele bereut bereits, zugesagt zu haben.

»Ist vielleicht doch keine so gute Idee?«, frage ich vage.

»Doch. Ehrlich gesagt, gefällt mir die Idee. Bis gleich also, Wolfgang«, erwidert Gabriele.

»Wunderbar! Dann bis gleich!«, gebe ich zurück und merke erst danach, dass Gabriele schon aufgelegt hat.

Zum ersten Mal seit viel zu vielen Jahren führt mich mein Heimweg von der Arbeit nicht in meine kleine Mietwohnung nach Merzig, wo ich immer den Eindruck habe, völlig fehl am Platz zu sein. Seit langer Zeit fahre ich wieder nach Besseringen, hinauf zum Schinderberg. Ich fahre dorthin, als wäre es das Normalste auf der Welt.

Doch es ist wichtig für mich, nicht zu vergessen, dass es genau das nicht ist, schärfe ich mir ein, als ich auf das mintgrüne Haus in der Sackgasse zusteuere. Ich fahre dorthin, wo Gabriele, die Kinder und ich fast 20 Jahre lang gar nicht mal so unglücklich, zumindest glaube ich das heute, gelebt haben.

Wenn ich mein Empfinden in Worte fassen müsste, würde ich sagen, es fühlt sich an wie heimkommen, aber von dem Gefühl sollte ich mich nicht täuschen lassen.

EIN WUNDER IST GESCHEHEN/TEIL 1

Was haben wir nur angestellt?

Siegfried Brokatt alias Gustav

Auch heute Morgen öffne ich wieder die regionale Tageszeitung, und wie jeden Morgen hoffe ich, in den Überschriften keinen Hinweis auf einen Leichenfund in der Saar zu entdecken.

Zugegeben, ich bin jetzt, da alles schon zwei Wochen her ist, nicht mehr ganz so angespannt. Kurz nach dem Vorfall lagen meine Nerven in der Früh derart blank, dass mir bereits der Atem stockte, wenn in einem der Texte nur das Wörtchen »Saar« zu lesen war. Doch peu à peu bin selbst ich überzeugt, dass Gras über die Sache wachsen wird. Gestern haben die Taucher ihre Arbeit eingestellt. »Man hat keine Hoffnung mehr, noch fündig zu werden«, stand in den Regionalnachrichten. Man glaubt es kaum, aber Kallie schien sich nicht mehr zeigen zu wollen, und damit tat er mir einen großen Dienst. Auch wenn es hart klingt, an seinem Tod wird sein Fund nichts mehr ändern können, mir allerdings brächte das eine Menge Ärger ein.

So jedenfalls blättere ich heute um Längen entspannter durch die Zeitung, während ich meinen Teebeutel im heißen Wasser auf und ab schwenke und Günther sich in der Küche über seinen Napf beugt und schmatzt. Ich versuche, nicht an Hanne zu denken, so wie ich es schon seit fast einer Woche jeden Morgen, jeden Mittag und jeden Abend versuche, ohne dass der Wunsch, sie anzurufen, sich legt. Es ist vernünftiger und besser für uns alle, sage ich mir wieder und wieder, fast wie ein Mantra. Ich versuche, mich abzulenken und ganz bewusst auf die Überschriften der Zeitung zu konzentrieren. Mit dem, was wir hier haben, sollte man zufrieden sein, man sollte vielleicht gar nicht mehr anstreben. Innerhalb weniger Tage hat alles eine solche Normalität angenommen, dass ich mir kaum vorstellen kann, jemals anders gelebt zu haben. Genau deshalb trifft mich diese Nachricht wie ein Blitz aus einem relativ heiter geglaubten Sommerhimmel.

»Das glaube ich nicht«, murmele ich, obwohl mich niemand hören kann.

Das, was dort zu lesen steht, ist ein Schock – was man in dem Blatt leichthin Wunder nennt, ist der Super-GAU.

»Ein kleines Wunder: Nach fast zwei Wochen fanden Bauarbeiter an der Saar die verloren geglaubte Leiche«, prangt auf der zweiten Seite als Überschrift.

Saarbrücker Morgenblatt **Ihr regionaler Partner**	Ausgabe 14.09.2019
Ein kleines Wunder **Nach fast zwei Wochen fanden Bauarbeiter an der Saar die verloren geglaubte Leiche** Zwei Wochen lang haben Polizeitaucher und Wasserschutzpolizei nach dem Toten gesucht, der am 1. September an einer Fähre vorbeigespült und nicht ergriffen werden konnte. Unter Hochdruck hat man das Gebiet bis zur Staustufe Mettlach abgesucht, ohne fündig zu werden.	**Reis satt – 24 Tonnen Reis verteilten sich auf der A8** Um kurz vor 10.00 Uhr nahm das Drama seinen Lauf: Höhe Anschlussstelle Dillingen kollidierten zwei LKW. Einer von ihnen war mit Reis geladen. So ergossen sich mehr als

Nun, nachdem man die Suche eingestellt hatte, wurden unerwartet Arbeiter in der Nähe der Staustufe auf einen im Wasser treibenden, leblosen Körper aufmerksam. Die Leiche wurde zur Obduktion nach Homburg gebracht. Hier erfolgen weitere Untersuchungen, obwohl jetzt schon klar sein dürfte, dass es sich bei der männlichen Leiche um den vermissten 40-jährigen St. Nikolauser handeln dürfte, dessen Papiere man in einem bereits zuvor geborgenen Parka fand. Hauptkommissarin Antonia Kuppertz wollte sich vor den Ergebnissen der Rechtsmedizin allerdings noch nicht festlegen: »Natürlich spricht vieles dafür, dass es sich um den vermissten Mann handelt, trotzdem muss nun erst einmal alles seinen regulären Lauf nehmen. Warten wir auf die Ergebnisse, die wir sicher Anfang der Woche vorliegen haben. Dann wissen wir mehr!« Das Saarbrücker Morgenblatt hält seine LeserInnen selbstverständlich auf dem Laufenden.

1000 Säcke Basmati-Reis auf einer Strecke von 250 Metern über die Autobahn und verwandelten die Fahrbahn innerhalb weniger Sekunden zu einer gefährlich glatten Strecke. Die A8 war für Stunden voll gesperrt. Die direkt nachfolgenden Autos und LKWs mussten unter Polizeibegleitung die Autobahn rückwärts wieder verlassen.

Twitter Marathon der saarländischen Polizei

Zwölf Stunden lang – von 12.00 Uhr an bis Mitternacht – kann man über den Twitter-Account »PolizeiSaarland« die Arbeit der saarländischen Polizei live mitverfolgen. Die Pressestelle des Landespolizeipräsidiums twittert hier Nachrichten zu den aktuellen Einsätzen. »Ziel ist es, Nachwuchs zu werben und Interesse zu wecken«, erklärt Hauptkommissar Wolfgang Forsberg dem Saarbrücker Morgenblatt. »Auf diese Weise machen wir junge Menschen auf die Fülle an spannenden Aufgaben im Polizeiberuf aufmerksam.«

Aufräumarbeiten am Herzweg

Ein zweites Mal ist auf dem beliebten Herzweg in Tholey an einer abschüssigen Stelle die Böschung abgerutscht. Derzeit richten die Gemeindearbeiter den Weg wieder her. Bis zum Abschluss der Arbeiten bittet die Gemeinde Besucher in diesem Bereich um besondere Vorsicht.

»Verdammter Mist«, rede ich weiter mit mir. Nicht sehr laut, wohl aber auch nicht sehr leise, denn Günther ist aufmerksam geworden und taucht mit neugierigem Blick im Wohnzimmer auf.

»So ein verdammter Mist«, wiederhole ich noch mal, gehe ins Büro und schalte den PC ein, in der Hoffnung, dort Näheres über die Sache zu erfahren. Auch hier findet man durchweg nur die gleichen Angaben. Arbeiter haben in der Saar bei Aufräumarbeiten kurz vor Feierabend eine männliche Leiche entdeckt. Das zuständige Kriminalamt in Saarbrücken wurde informiert. Der Leichnam werde derzeit in der Homburger Anatomie untersucht. Mehr nicht. Doch mehr braucht es gar nicht, um mich in vollkommene Panik zu versetzen.

Ich habe nicht die leiseste Ahnung, was jetzt passieren wird, aber ich bin mir sicher, man stellt innerhalb kürzester Zeit fest, dass es sich bei der Leiche nicht um meine Person handelt. Dafür reicht ein DNA-Test und ein Abgleich mit meinem Vater, schätze ich. Außerdem sah Kallie nicht unbedingt wie mein Zwillingsbruder aus. Man wird erkennen, dass es jemand anderer ist, und exakt diese Spur wird die Polizei unmittelbar zu mir führen. »Verdammter Mist!«, sage ich zum dritten Mal.

Ich spiele mit dem Gedanken, mich zu stellen. Doch auch das ist keine echte Lösung, denn selbst wenn ich beteuern sollte, am Tod Kallies vollkommen schuldlos zu sein, wer wird mir das, nach allem was seitdem geschehen ist, noch glauben wollen? Die Geschichte ist zu verrückt. Sie war es schon von Beginn an. All die Teile, die ich in den vergangenen beiden Wochen diesem Wahnsinn hinzugefügt habe, machen es nicht leichter. Wie soll ich erklären, dass ich hier in Kallies Wohnung lebe, sämtliche anstehenden Arbeiten in dessen Namen übernommen habe, ebenso wie

Gustavs Konto, die Kreditkarten? Sogar seinen Hund führe ich tagtäglich mehrmals Gassi. Das Ganze ist unerklärbar. Selbst mir, der ich mitten in diesem Irrsinn feststecke, fällt es schwer, das alles zu verstehen.

Nicht zuletzt rückt dies vielleicht die Geschichte mit dem Ketzler wieder in den Fokus. Nochmals ein reiner Zufall? Eine zweite Leiche in meinem direkten Umfeld – wie plausibel ist das denn?

Ich könnte flüchten, kommt mir in den Sinn. Ins Ausland. Raus aus Europa. Aber mein Gott, keine Ahnung, wie man eine Flucht plant. Und eigentlich will ich hier auch nicht weg, schon gar nicht, seit ich Hanne am Sonntag begegnet bin.

Die Erkenntnis, dass es kein Zurück mehr gibt, jagt mir eine Riesenangst ein. Betrachtet man all die verworrenen Umstände völlig nüchtern, so dürfte es das Klügste sein – und diese Einsicht finde ich recht ernüchternd – einfach abzuwarten.

»Was haben wir nur angestellt?«, frage ich Günther, der es sich im Körbchen neben mir bequem gemacht hat. Er hebt den Kopf und blinzelt verständnislos. Von »wir« kann natürlich nicht die Rede sein, korrigiere ich mich in Gedanken. Die Geschichte so durchzuziehen, war allein meine Entscheidung. Günther ist ein Dackel und ein treues Kerlchen, aber eben nur ein Hund. Was die ganze Angelegenheit angeht, kann mir niemand mehr beistehen.

»Komm, Junge, wir gehen nach draußen«, beschließe ich und drücke den Bildschirmknopf aus. »Ich muss das Handschuhfach vom 3er ausräumen.«

EIN WUNDER IST GESCHEHEN/TEIL 2

Sie haben unsere Leiche gefunden – nicht unsere, sondern die Leiche von Siegfried.

Hanne Wallenstein

»Hast du es schon gelesen?«

»Was genau?«, frage ich, verwundert darüber, dass sich Gabriele schon vor 8 Uhr bei mir meldet.

»Den Artikel im *Saarbrücker Morgenblatt*? Von heute Morgen? Man hat unsere Leiche gefunden – also ich meine nicht unsere, sondern die Leiche von Siegfried Brokatt.«

»Verstehe ich nicht. Du hast mir doch gestern noch geschrieben, dass die Taucher ihre Arbeit eingestellt haben.« Während ich das sage, sperre ich die Haustür auf und gehe zum Postkasten. Nichts da! Verdammt, denke ich. Wahrscheinlich liest mein Vater gerade das Morgenblatt am Küchentisch.

»Das waren keine Taucher«, berichtet mir Gabriele, »sondern Arbeiter. Es war vermutlich ein reiner Zufallsfund. Jedenfalls obduziert man derzeit den Leichnam. Mehr weiß ich auch nicht.«

»Aha«, sage ich und entscheide, am besten gleich im Internet auf die Suche nach Informationen zu gehen, statt meinem Vater seine Morgenzeitung abzuschwatzen.

»Kannst du mir ein Bild von dem Zeitungsausschnitt aufs Handy schicken?«

»Klar.«

»Danke!«

»Übrigens«, beginnt Gabriele, »ich muss dir noch was erzählen. Wolfgang hat mich vorgestern darauf angesprochen, dass zwei angebliche Kolleginnen in St. Nikolaus die Nachbarin von Brokatt befragt haben.«

»Oh. Das hört sich nicht gut an.«

»Nein, aber ich hoffe mal, durch den Fund der Leiche ist Wolfgang vielleicht jetzt von dem kleinen Vorfall in St. Nikolaus ablenkt.«

»Kann man nur hoffen! Heute ist Samstag, meinst du, er arbeitet heute überhaupt an dem Fall?«

»Im Moment wohl eher nicht. Er ist heute Morgen mit Hendrik zusammen. Sie wollten sich ein Auto anschauen. Ich würde vorschlagen, sobald ich irgendetwas höre, melde ich mich wieder bei dir.«

»Dank dir. Das ist lieb. Bis später dann!«

»Ja, bis nachher.«

EIN WUNDER IST GESCHEHEN/TEIL 3

Womöglich muss man sich als Eltern damit abfinden, seine Kinder ab einem gewissen Alter nicht mehr zu verstehen.
Wolfgang Forsberg

»Wie bist du denn an das Auto gekommen?«, erkundige ich mich. Ich frage in erster Linie, damit es später nicht wieder heißt, ich interessiere mich für nichts.

»Internet!«, antwortet Hendrik kurz und knapp. Schon die ganze Fahrt lang drückt er permanent auf dem Smartphone herum.

»Neue Freundin?«

»Nö … oder na ja, vielleicht so etwas Ähnliches«, sagt mein Sohn und schiebt sich seinen langen Pony hinter die Ohren. Während wir wieder still und stumm nebeneinandersitzen, beschäftigt mich die Frage, was laut Definition meines Sohnes »so etwas Ähnliches wie eine Freundin« sein dürfte. Ein Blick auf Hendrik, der ganz und gar vertieft ist in das, was auch immer er da macht, sagt mir, dass mein Sohn mir bei der Beantwortung dieser Frage keine Hilfe sein wird. Wahrscheinlich, und das ist womöglich völlig normal, muss man sich als Eltern damit abfinden, seine Kinder ab einem gewissen Alter nicht mehr zu verstehen.

»Wir sind gleich da«, kündige ich an, als wir das Straßenschild von Tholey passieren. »Weißt du, wo der Wagen genau steht?«

»Klar. Mehrfamilienhaus. Nicht schwer zu finden. Da vorne rechts!«

»Komisch, hier war ich erst vor Kurzem«, sage ich. Vom Beifahrersitz kommt keine Antwort. Hendrik tippt wieder.

»Ist es das da vorne?«, frage ich und deute auf das Mehrfamilienhaus, in dessen Vorgarten man vergangene Woche die Leiche des Rentners gefunden hat.

»Yes!«, antwortet Hendrik.

Zufälle gibt's, denke ich und lenke den Wagen an den Rand einer Wiese.

»Da steht das Prachtstück!«, kündigt mein Sohn an und schiebt sein Handy endlich in die Hosentasche. Er weist auf einen aufgemotzten 3er BMW. Ich gebe mir Mühe, mir nicht anmerken zu lassen, dass ich mir unter dem Begriff »toller Youngtimer« etwas anderes vorgestellt hatte. Gerne hätte ich schon während der Fahrt nachgehakt, aber dafür fehlte der Ansprechpartner.

»Ah«, sage ich. Mehr nicht.

»Was? Nicht gut?« Hendrik klingt gereizt.

»Doch, prima«, lüge ich und ringe mir eine beeindruckte Miene ab. Ich bin heilfroh über einen dieser seltenen Momente, in denen mich mein Sohn in sein Leben miteinbezieht. Seit der Scheidung ist das Verhältnis noch unpersönlicher geworden. Man sieht sich zu Feiertagen, Geburtstagen, und die Gespräche verlassen nur selten die sachliche Ebene. Womöglich war das Interesse an alten Autos das Einzige, was uns beide immer verband, und diesen letzten Anknüpfungspunkt möchte ich mir garantiert nicht durch übertriebene Ehrlichkeit kaputtmachen.

»Der sieht echt gut aus. Gepflegt, 1A – super«, füge ich deshalb hinzu, als wir um das Auto herumgehen. »Da hinten ist nur eine kleine Beule, an der Seite«, bemerke ich und zeige auf die eingedrückte Stelle. Hendrik bückt sich, um sich das genauer anzuschauen.

»Aber ansonsten tipptopp«, werfe ich ein, um nicht doch als Nörgler dazustehen.

»Stabil«, urteilt auch Hendrik. »Ich ruf den Typen mal an. Dann kann er dazukommen.«

Mein Sohn drückt wieder auf seinem Smartphone herum, und ich schlucke die Frage herunter, warum man nicht gleich bei dem Autobesitzer klingelt, da vibriert es in meiner Hosentasche.

»Forsberg«, melde ich mich. Antonia Kuppertz, meine Kollegin, ist am Apparat.

»Hallo, Wolfgang, kann ich dich kurz stören? Ich weiß, du hast frei, aber ich wollte das nicht ohne dich entscheiden. Es geht um die Leiche, die wir gestern Abend in Mettlach geborgen haben.«

»Ja, frag ruhig. Ich habe Zeit«, sage ich und bereue die Aussage sogleich. Hendrik, der mittlerweile sein Smartphone vom Ohr genommen hat, schaut mich vorwurfsvoll an. »Also ein klein wenig Zeit«, korrigiere ich und hebe meine Hand, um Hendrik anzudeuten, dass es lediglich einen winzigen Moment dauern wird.

»Nun, ich habe Karl Brokatt hier. Wir sind in Homburg in der Gerichtsmedizin. Herr Brokatt hat sich die Leiche gerade angesehen.«

»Ja und?«

»Na, er sagt, es ist nicht sein Sohn.«

»Ach, das kann doch nicht sein!«

»Er ist sich sicher. Er selbst sagt: absolut sicher!«

»Aber wie soll das gehen? Das muss Siegfried Brokatt sein!«, halte ich dagegen und bemerke, dass jemand neben mich getreten ist. Ich bin überrascht. Es ist der Mann von vergangener Woche, der Nachbar des verstorbenen Rentners. Er ist allem Anschein nach ebenfalls erstaunt, mich hier zu sehen.

»Hallo, ich komme gleich zu Ihnen«, sage ich und reiche dem Mann die Hand. Er sieht noch blasser aus als am Sonntag, fällt mir auf. Ein typischer Nerd, der nur selten ins Sonnenlicht tritt, urteile ich abgelenkt. Der kleine Dackel ist auch wieder mit dabei. »Der gehört aber eigentlich an die Leine«, sage ich, deute auf den Hund, was Hendrik genervt die Augen verdrehen lässt.

»Mein Papa, der Bulle«, bemerkt mein Sohn geradeheraus und zuckt mit den Achseln. »Wie teuer soll das Teil denn sein?«

Während Hendrik den Wagen begutachtet und die beiden sich über Einzelheiten austauschen, trete ich ein paar Schritte zurück, in Richtung meines Autos.

»'tschuldigung, Toni. Jetzt bin ich wieder ganz für dich da. Was schlägst du vor? Ein DNA-Test, oder? Ich weiß nicht, ob man diesem Karl Brokatt glauben kann.«

»Obwohl man doch annehmen dürfte, dass ein Vater seinen Sohn eindeutig erkennen kann«, gibt meine Kollegin zu bedenken. Sie hat ein anderes Vorgehen im Sinn, wenn mich nicht alles täuscht. »Aber von mir aus. Außerdem dachte ich …«, Toni zögert, »… außerdem dachte ich, vielleicht könnten wir auch die beiden Zeuginnen von der Fährfahrt und den Fährmann zur Identifizierung dazu …«

»Nein«, unterbreche ich Antonia entschieden.

»Aber deswegen melde ich mich ja. Da wäre auch Gabriele mit dabei, und nur so können wir sichergehen, dass …«

Ich lasse sie nicht ausreden. »Nein, auf keinen Fall! Das regeln wir anders. Jetzt kommt erst einmal der DNA-Test, und dann sehen wir weiter.«

»Na gut«, lenkt Antonia schließlich ein. »Dann machen

wir das so. Fürs Erste. Und wir zwei sehen uns Montag. Ein schönes Wochenende.«

Ich verabschiede mich ebenfalls und werfe einen Blick zu Hendrik, der sich fachmännisch mit einer Taschenlampe über den offenen Motorraum beugt und den Keilrippenriemen begutachtet. »War der in der Werkstatt oder hast du selbst daran gebastelt?«, will mein Sohn von dem Verkäufer wissen.

»Alles soweit klar?«, frage ich und trete näher. In meinem Kopf schwirrt es. Die Sache mit dem alten Brokatt und der Leiche, die nicht Siegfried sein soll, ebenso wie Antonias Idee, Gabriele zur Identifizierung zu bemühen, machen mir Kopfschmerzen. Hoffentlich hält sich Toni an die Abmachung.

»Du, Hendrik«, sage ich, ohne groß zu überlegen, »es gibt Probleme. Ich weiß, das ist jetzt ganz blöd. Aber ich müsste noch …«

»Ne, oder? Das ist jetzt doch echt nicht dein Ernst?«, kontert Hendrik sogleich scharf und schaut mich wohl zum ersten Mal für diesen Tag wirklich an. »Habe ich Ihnen schon vorgestellt: Das ist mein Vater, der Bulle, der nie für mich da ist!«, wendet sich mein Sohn an den Verkäufer und zeigt mit der ausgestreckten Hand in meine Richtung. »Würde es Sie da wundern, dass Ihre Mutter Reißaus genommen hat? Ich jedenfalls kann sie voll und ganz verstehen.«

Der Mann sagt kein Wort, er ist noch blasser geworden, obwohl mir das bis eben kaum möglich erschien. Die Angelegenheit ist ihm merklich unangenehm.

»Hendrik!«, fahre ich meinen Sohn an. Dieser abfällige Ton, der scheinbar ganz für mich allein reserviert ist, bringt mich jedes Mal von Neuem auf 180.

»Die Wahrheit ist halt manchmal echt unangenehm oder, Paps?«

»Es reicht, verdammt noch mal!«

»Mir reicht es schon lange!« Hendrik sieht mich bei diesem Satz in einer Weise an, die mich umgehend bereuen lässt, derart bissig reagiert zu haben.

»Ich will, dass du gehst! Die Sache hier bekomme ich auch gut ohne dich hin. Ich frag einen Freund oder Mum, ob sie mich abholen kann.«

»Nein, auf gar keinen Fall. Schau dir den Wagen in Ruhe an. Bis dahin warte ich noch«, rudere ich zurück. Fast kommt es mir vor, als würde ich ihn anbetteln.

Er verschränkt die Arme vor der Brust und schüttelt den Kopf. »Vergiss es. Dich brauche ich schon lange nicht mehr!«

Ich hebe genervt die Hände. Mit Hendriks dickköpfiger Art komme ich nicht zurecht. Ich nehme die Geldbörse heraus und halte ihm 50 Euro entgegen. »Hier! Bestell dir wenigstens ein Taxi!«

»Dein Geld brauche ich nicht«, zischt Hendrik. »Das kannste gerne behalten.« Nach diesen Worten beugt er sich demonstrativ erneut über den Motor. »Hatte er schon mal einen Unfall?«, wendet mein Sohn sich an den Verkäufer. Seine Stimme hat sich deutlich verändert. Ich habe in dieser Sekunde keine Chance mehr, an ihn heranzukommen oder das irgendwie wieder gutzumachen. Das spüre ich. Wer Hendrik kennt, weiß, dass keine Entschuldigung der Welt ihn derzeit besänftigen kann. Warum wir beide immer wieder derart zusammenrasseln, konnte ich mir noch nie erklären. Wenn man Hendrik und Gabriele zusammen sieht, würde man denken, der Junge ist ein anderer Mensch: hilfsbereit, freundlich und redselig. Bei mir ist er das genaue Gegenteil. Keine Ahnung, was zwischen uns schiefgelaufen ist. Mit Viki jedenfalls ist es weitaus unkomplizierter.

Wie auch immer, ich räume das Feld und möchte mich nun, nachdem so ziemlich alles danebengegangen ist, was danebengehen kann, wenigstens noch vom Eigentümer des Wagens verabschieden. Ich reiche ihm die Hand und zwinge mir ein Lächeln ab. »Tut mir leid, dass Sie das mitbekommen mussten. Dann fahre ich mal, Herr …?« Mir fällt der Name nicht ein.

Der Mann setzt an, mir zu antworten, doch genau in dieser Sekunde läutet mein Smartphone ein zweites Mal.

»Entschuldigung«, sage ich. »Könnte wichtig sein.«

»Es ist immer furchtbar wichtig«, erklärt Hendrik dem Besitzer des Autos.

Kurz hebe ich noch die Hand zum Abschied, was niemand registriert, und drücke dann auf »Annehmen«.

»Gabriele«, sage ich und gehe zu meinem Wagen. »An dich habe ich ehrlich gesagt gerade gedacht.«

SHE'S COSMIC!

»With the stars as her umbrella«, der Satz ist mir im Gedächtnis hängengeblieben.

Siegfried Brokatt alias Gustav

»Komisch, ich dachte, Sie hätten selbst am Auto geschraubt. Das ist doch schon der halbe Spaß bei so einem Youngtimer, aber so wie es ausschaut, ist alles in der Werkstatt passiert«, schlussfolgert der junge Forsberg enttäuscht, als er im Serviceheft blättert.

Dass die Restaurierung des 3ers in mühsamer Heimarbeit entstanden ist, war auch meine Annahme – zumindest bis eben. Kallie prahlte immer mit seinen beispiellos perfekten Restaurierungsarbeiten. »Alles feinste Handarbeit«, beteuerte er. Dabei konnte er, wenn man sich die Einträge der Werkstatt anschaut, womöglich noch nicht einmal selbst die Winterreifen aufziehen.

»Ging nicht anders. Neben der Arbeit war die Zeit immer zu knapp«, behaupte ich. Was soll ich sonst antworten? An und für sich verschwendet der Junge hier sowieso gerade seine Zeit. Auch wenn er mir mit der nicht ganz unproblematischen Vater-Sohn-Beziehung auf Anhieb sympathisch ist, weiß ich schon seit einer guten halben Stunde, dass ich ihm das Auto nicht verkaufen werde. Das Risiko, ein weiteres Mal auf seinen Vater zu treffen, der vermutlich exakt in dieser Sekunde die Ermittlungen gegen mich aufnimmt, kann ich beim besten Willen nicht eingehen. Ich muss den

3er auf andere Art loswerden. »Ich würde vorschlagen: Sie überlegen sich über das Wochenende, ob Sie das Auto möchten, und falls Sie Interesse haben, melden Sie sich bei mir«, biete ich dem jungen Mann an.

Der Plan scheint für ihn okay zu sein. Wir tauschen unsere Nummern aus.

»Aber bevor Sie den BMW an jemand anderen verkaufen, sagen Sie mir bitte vorher Bescheid. Versprochen?«, bittet mich Hendrik Forsberg, als wir uns verabschieden. Ich nicke und hasse mich selbst ein wenig dafür.

Seine Mutter ist gekommen, um ihn abzuholen. Sie parkt exakt dort, wo vorher der Wagen des Hauptkommissars stand. Als die beiden endlich davonfahren, bleibt mir Zeit, meine Gedanken zu ordnen. Ich habe nur einen Teil des Telefongesprächs mitbekommen. Aber wenn mich nicht alles täuscht, hat man meinen Vater zur Identifizierung hinzugebeten und er hat mich, was nicht weiter verwunderlich ist, nicht wiedererkannt.

»Verflucht, Günther. Es sieht nicht gut für uns aus«, rede ich leise vor mich hin, während ich den 3er absperre und Günther gut gelaunt neben mir herspringt. Er hat keine Ahnung, dass der ganze Spaß bald ein Ende haben wird, und ich kann ihn um diese Unwissenheit nur beneiden.

Als wir wieder in der Wohnung sind, macht es sich Günther auf meinem Schoß bequem. Ich weiß nicht, wie lange ich aus dem Fenster starre, aber über kurz oder lang habe ich das Gefühl, dass all diese Gedanken, die sich nicht einfangen lassen und immer wieder in Richtung Chaos wandern, mich völlig von der Rolle bringen. Ich brauche irgendetwas, das mich ablenkt.

Also mache ich das, was ich mir für lange Zeit selbst verboten habe. Ich besuche meinen Blog. Ich schaue mir die vielen Bilder an, die Einträge von Freunden, die ganzen

Erinnerungen der letzten Jahre. Es gibt sogar ein paar Aufnahmen von Günther und Blümchen, der Hundedame aus der Nachbarschaft. Das alles wieder zu sehen, ist ein komisches Gefühl.

»Mann, Günther, das war vor ein paar Wochen am Bostalsee. Kommt mir vor, als sei es schon ewig her«, sage ich niedergeschlagen.

Im selben Augenblick leuchtet im Postkasten eine Nachricht auf. Jemand hat einen Gästebucheintrag hinterlassen – in dieser Sekunde. Mir ist klar, dass ich die Finger davon lassen sollte. Es wäre angebracht, den PC genau jetzt auszuschalten und die Sache zu vergessen. Der Blog muss Vergangenheit bleiben. Aber keine Ahnung, was mich dazu treibt nachzusehen, womöglich der Gedanke, ich hätte sowieso nichts mehr zu verlieren. Jedenfalls klicke ich auf das Gästebuch und sehe, dass es ganz oben einen neuen Eintrag von heute gibt.

Cosmicgirl. Ich muss unweigerlich grinsen, der Name gefällt mir. Genauso wie das Lied, das es dazu gibt, auch wenn ich es schon Jahre nicht mehr gehört habe. »With the stars as her umbrella«, der Satz ist mir im Gedächtnis hängengeblieben. Der Gedanke, aus einer anderen Galaxie zu stammen, das war Ende der 90er eine wunderbar poetische Lösung, um den lebenslangen Zustand, mich nicht dazugehörig zu fühlen, optimistisch zu erfassen.

Ich lese gespannt weiter.

> Ich brauche etwas zum Festhalten –
> Gästebuch
> Hallo ihr Lieben!
> Hier ist Platz für all das, was ihr loswerden möchtet.
> Euer Siggi

Cosmicgirl schrieb am 14. September 2019 um 12.26 Uhr:

»An diesem vollkommenen Tage, wo alles reift und nicht nur die Traube braun wird, fiel mir eben ein Sonnenblick auf mein Leben: ich sah rückwärts, ich sah hinaus, ich sah nie so viel und so gute Dinge auf einmal.« (Friedrich Nietzsche)

Danke, Siegfried, für die Sonnenblicke und auch dafür, dass du mir etwas zum Festhalten gegeben hast!

A.M.T.M schrieb am 8. September 2019 um 16:17:
Verdammt Siggi, stimmt das, was ich in der Zeitung gelesen habe? Das kann nicht sein, sage ich mir immer wieder – das darf nicht sein! Ich werde dich vermissen!
Deine Anne-Marie

Keine Ahnung, wer diese Person ist, die den Eintrag vor ein paar Minuten eingestellt hat, aber die fünf, sechs Zeilen berühren mich und machen mir gleichzeitig Angst. Ich sehe zu Günther, der den Kopf auf meine Beine gelegt hat und vor sich hindöst. Ich weiß, es ist ein wenig verrückt, mit seinem Hund zu reden, aber ich habe das Bedürfnis, mit jemandem zu sprechen und mich zu rechtfertigen. Und da bleibt leider nur Günther. »'tschuldigung, Günther. Ich weiß, ich kann uns in die Bredouille bringen, aber ich werde Hanne anrufen. Du magst sie doch auch, oder?«

Günther hebt den Kopf und macht dabei den Eindruck, als ob er derzeit an nichts und niemandem besonders großes Interesse hätte.

»Ich mache es.« Während ich das sage, schaue ich mich nach dem Telefon um. »Jetzt oder nie!«, entscheide ich.

Auch wenn ich mir nach unserem gemeinsamen Sonntag fest vorgenommen habe, es nicht zu tun, werde ich sie anrufen, denn so, wie es aussieht, habe ich nichts mehr zu verlieren. Vielleicht bleiben mir nur noch ein paar Stunden oder im besten Fall ein paar Tage. Die Polizei wird der ganzen verrückten Sache auf die Schliche kommen. Warum also sollte ich Hanne, wenn all das unabänderlich ist, nicht wenigstens noch einmal wiedersehen dürfen?

Günther springt auf, als ich auf dem Smartphone herumdrücke. Er kratzt an der Tür, vermutlich muss er Gassi.

»Sekunde«, rufe ich ihm zu, »dauert nicht lang. Wir gehen gleich!« Erst muss ich das erledigen, sage ich mir. jetzt gleich, bevor mich der Mut verlässt. Ich habe den Zettel von Sonntag in der Hand, hole tief Luft und tippe die Nummer ein. Es läutet am anderen Ende.

ABSCHIED VON EINER HOFFNUNG – ES IST ENDGÜLTIG

Zugegeben, es ist nur eine Seite, ein Blog und keine Wirklichkeit – aber was, wenn man sich in dieser Art von Welt weit besser zurechtfindet?

Hanne Wallenstein

»… sobald ich irgendetwas höre, melde ich mich wieder bei dir.«, verspricht mir Gabriele.

»Dank dir. Das ist lieb. Bis später dann!«, entgegne ich und bin bemüht, mir von meiner Schwermut nichts anmerken zu lassen.

»Ja, bis nachher« Sie legt auf.

Er ist tot, sagte Gabriele. Als wäre es eine Selbstverständlichkeit, die nie außer Frage stand. Siegfried Brokatt ist tot. Diese Erkenntnis bringt mich aus der Fassung. Nein, es ist sogar noch mehr, sie jagt mir eine Mordsangst ein. Keine Ahnung, warum ich jemals dachte – oder besser gesagt, mir erlaubt habe zu denken –, dass er noch am Leben sei. Ich war es gewesen, die seine Leiche aus dem Wasser zog und dann doch letztendlich weiterziehen lassen musste. Wie kann man da denken, dass es anders sein könnte? Allem Anschein nach ist mir jeder Bezug zur Realität abhandengekommen.

Ich schiebe das Handy beiseite und gehe zu meinem alten Schreibtisch. Der Laptop ist an, der Lüfter rauscht sacht.

Eben war ich noch auf seiner Seite und habe mir einen der letzten Beiträge angesehen.

Einer der Sonnenuntergänge und eines meiner Lieblingszitate von Oscar Wilde: »Am Ende wird alles gut. Wenn es nicht gut wird, ist es noch nicht das Ende.«

In meinem Kopf tost es. Die letzten Tage habe ich die Tabletten, die mir die Ärztin aus der Klinik verschrieben hat, nicht mehr genommen. Sie geben mir das Gefühl, nicht wahrhaft am Leben zu sein. Schwer zu erklären, aber sie machen mich abwesend, und das ist auf Dauer noch weit schlimmer als die ständige Angst. Deshalb habe ich entschieden, ganz für mich allein, die Tabletten nicht mehr zu nehmen, und die letzten Tage bin ich gut damit zurechtgekommen. Den Ausflug mit Gabriele, das Zusammentreffen mit Gustav und der Unfall – all das bewältigte ich ohne die verdammten Pillen. Ich ertrug die Angst und die Gefühle, weil alles einen Sinn machte. Aber jetzt, in dieser Sekunde, kommt es mir vor, als sei das ein Riesenfehler gewesen. Das Grau fängt mich ein wie eine Nebelwand, die sich über alles legt und verweilt. Es ist beängstigend, und doch kann ich nichts tun, außer die grauen Momente durchzustehen und darauf zu hoffen, dass der Nebel weiterzieht.

Lange sitze ich da, schaue aus dem Fenster. Dann greife ich mir den Laptop und setze mich zurück aufs Bett. Es ist Zeit, Abschied zu nehmen.

»*An diesem vollkommenen Tage, wo alles reift und nicht nur die Traube braun wird, fiel mir eben ein Sonnenblick auf mein Leben: Ich sah rückwärts, ich sah hinaus, ich sah nie so viel und so gute Dinge auf einmal« (Friedrich Nietzsche)* Danke, Siegfried, für die Sonnenblicke und auch dafür, dass du mir etwas zum Festhalten gegeben hast!«, schreibe ich in das Gästebuch. Es kommt mir vor, als sei ich auf einem Begräbnis, und letztlich trifft das vielleicht auch zu. Ich sage

Lebwohl zu jemandem, den ich nie kannte und der mir trotz allem so nah ist wie kaum ein anderer Mensch in meinem Leben. Noch bevor ich es mir anders überlegen kann, drücke ich auf »Absenden«.

Möglich, dass ich einfach nur verrückt bin, völlig verschroben, sage ich mir, und der Gedanke macht mir Sorgen. Deshalb treffe ich eine Entscheidung: Das war das letzte Mal, dass ich Siegfried Brokatts Seite besucht habe. Das, was nie wirklich begonnen hat, ist endgültig vorbei, verspreche ich mir selbst und klappe den Bildschirm zu.

Ich lege mich auf mein Bett und schaue durch das Fenster wieder hinaus zum Himmel. Keinen blassen Schimmer, wie lange ich dort ausharre, doch irgendwann durchbricht der Klingelton meines Smartphones die Sekunden der Leere.

Ich schaue auf das Display – es ist Gustav.

IN DER MITTE VOM SAARLAND

Glück ist ein Mann, der auf dich wartet und Blumen mitbringt.

Anne-Marie Tietze-Meiermann

»Na gut. Trauen wir uns«, tippe ich in die Tastatur und setze ein erstauntes Smiley dazu.

»Wo sollen wir uns treffen?«, schreibt Christoph zurück.

Ich überlege. Unter allen Umständen an einem halbwegs belebten Ort. Das würde ich meinen Patienten definitiv raten, auch wenn sie immer wieder gerne beteuern, dass im Fall ihrer Internetbekanntschaften keine Bedenken bestehen dürften.

»Vielleicht in der Mitte«, entscheide ich. »Wie wäre es mit Illingen? Direkt an der Burg ist ein großer Parkplatz. Da kann man am Weiher vorbei durch den Park spazieren. Und gutes Eis gibt es in der Nähe auch.«

»Prima«, bekomme ich zur Antwort. »Um 2 Uhr an der Burg. Unter der Linde, my Lady?«

»Um zwei unter der Linde«, schreibe ich mit Daumen hoch und Grinse-Smiley.

Date4U **Deine Flirtplattform im Saarland**	Chat: Gänseblümchen

Deine Anfragen Chewie*51 Single-MZG-sucht Klausi-Mausi BauersuchtFrau Don Promillo24	Na gut. Trauen wir uns:-O !!! *Gänseblümchen* Und du bist dir ganz sicher? *Chewie*51* Ziemlich … ganz sicher ;). Und du? *Gänseblümchen* Ziemlich … sehr sicher! *Chewie*51* ☺☺☺ *Gänseblümchen* Wo sollen wir uns treffen? *Chewie*51* Vielleicht in der Mitte *Gänseblümchen* ? Mitte??? *Chewie*51* In der Mitte vom Saarland ☺ Wie wäre es mit Illingen? Direkt an der Burg ist ein großer Parkplatz. Da kann man am Weiher vorbei durch den Park spazieren. Und gutes Eis gibt es in der Nähe auch ;) *Gänseblümchen* Prima ☺ *Chewie*51* Um 2 Uhr an der Burg. Unter der Linde, my Lady? *Chewie*51* Um 2 unter der Linde 👍☺ *Gänseblümchen*

	...Sir Chewie ;). Ich hoffe übrigens, du bist nicht ganz so behaart wie dein Namensgeber? *Gänseblümchen* Ha! ;)Lass dich überraschen! *Chewie*51* **Date4U** **Wo die Liebe im Saarland hinfällt**

Doch kaum haben wir uns verabschiedet, sprinten die leidigen Zweifel wieder los. Hoffentlich machen wir das Richtige, denke ich. Seit acht Monaten schreiben wir uns schon, und niemals haben wir ein Treffen in Erwägung gezogen. Die Idee war immer irgendwie da, schätze ich, aber nie hat jemand von uns die Frage gestellt. Obwohl wir beide alleinstehend sind. Zumindest weiß ich das von mir, alles, was ich über Christoph erfahren habe, muss ich ihm einfach glauben.

Nicht einmal wie wir ausschauen, ob dunkelhaarig, blond oder vielleicht gleich komplett ohne Haare, haben wir uns mitgeteilt. Einen virtuellen Freund zu haben, der mein echtes Leben nicht stören kann, reichte mir völlig aus und alles wäre möglicherweise so geblieben, wäre nicht vergangene Woche die Sache mit dem Ketzler passiert. Seit dem entsetzlichen Fund im Garten, der mir nicht mehr aus dem Kopf will, hat sich vieles verändert. Die Auszeit, ganz ohne Patienten und Ablenkung, hat mich nachdenklich gemacht. Wie kann es sein, dass ich tagein und tagaus Menschen Ratschläge für ihr Leben gebe, sie dazu anhalte, manchmal sogar dränge, sich an Herausforderungen heranzuwagen und neue Wege zu gehen, und ich selbst habe kaum etwas wie ein Privatleben vorzuweisen? Genau genommen bin ich eine Mogelpackung, ein kompletter Schwindel, und womöglich wäre ich meine beste Dauerpatientin. Sogar meinen Doppelnamen habe ich behalten, nicht wie die meisten Frauen wegen ihrer Kinder, denn Familie habe ich nicht vorzuweisen. Ich wollte lediglich meinen Patienten gegenüber nicht durchblicken lassen, dass ich meine eigene Ehe ganz und gar nicht im Griff hatte. In jedem Fall hätte ich so einiges aufzuarbeiten und die Befolgung der eigenen Ratschläge mehr als nötig.

Nachdem die ganze Hektik am Sonntag vorbei war und ich den Sanitätern mehrfach beteuert hatte, dass man mich problemlos allein lassen könne, da ich vom Fach sei, saß ich ziemlich ratlos in der Wohnung. Ohne jede Frage gehörte der Ketzler nicht zu meinen Lieblingsnachbarn und war eine echte Nervensäge mit seinen ständigen Stänkereien, aber trotzdem, ein solches Ende verdient niemand. Der Schock saß mir in den Knochen und ich fragte mich, an wen ich – ich, die große Problemlöserin – mich mit meinen eigenen Zerwürfnissen wenden könnte. Da gab es niemanden – niemanden außer Christoph, einen, nüchtern betrachtet, mir völlig unbekannten Mann, mit dem ich mich seit acht Monaten jeden Abend per Chat austausche. Das ist mein komplettes Privatleben!

Aus dieser Gefühlslage heraus entschloss ich mich, das Thema »Treffen« anzusprechen. Erst kam uns beiden die Vorstellung seltsam, fast grotesk vor.

»Möglicherweise«, schrieb Christoph, »würde uns die Realität ziemlich überfahren, und dann wäre vielleicht alles aus.« Der Gedanke bereitete mir ungelogen auch die größten Sorgen. Was, wenn er in Wirklichkeit so gar nicht der Richtige war, und was, wenn er mich furchtbar fand? Er könnte trinken, rauchen, regelmäßig Drogen nehmen oder einen Bart haben, das absolute No-Go. Oder meine nicht tadellose Figur wäre ihm ein Dorn im Auge. Es gäbe vieles, was uns in der Realität stören könnte, und dann wäre alles vorbei. Nichts bliebe übrig.

Doch wie es so ist, kaum war der Gedanke geboren, ließ uns die Idee nicht mehr los. Immer wieder kam das Thema zur Sprache, fast zwei Wochen lang brüteten wir über das Für und Wider, und heute Morgen trafen wir den Entschluss: Es sollte sein, und am besten so schnell wie möglich, bevor einer von uns noch einen Rückzieher macht.

Drei Stunden bleiben bis zum Treffen, die ich zum Duschen, Kleidung Auswählen und wieder Verwerfen und Zurechtmachen nutze. Normalerweise trage ich nie Make-up auf, und meine Garderobe mag ich eher sportlich, aber die Zeit ist zu lang, um vernünftige Entscheidungen zu treffen und nicht der Versuchung zu erliegen, auf die eine oder andere Weise weit besser als normal aufzutreten.

Gegen 13.30 Uhr schaue ich in den Spiegel und bin mir selbst fremd. Aber für eine Rückveränderung ist es zu spät. Einzig absagen könnte ich noch. Dieser Gedanke scheint immer verlockender, je näher die Zeit an 14 Uhr heranrückt.

Es ist kaum zu glauben, vor gar nicht langer Zeit sagte ich zu einer meiner Patientinnen etwas in der Art wie: »Trauen Sie sich und zeigen Sie, dass Sie etwas an Ihrem Leben ändern wollen.« Und jetzt? Jetzt stehe ich hier im Flur, fertig angezogen und will selbst einen Rückzieher machen. Das ist mehr als bizarr.

Ich atme ein paar Mal tief durch und nehme im Anschluss daran den Schlüssel und meine Handtasche von der Ablage. Im Spiegel wünsche ich mir selbst viel Glück und schließe die Tür. Ein Gefühl des Unbehagens, so etwas wie eine böse Vorahnung, beschleicht mich auf dem Weg durch das Treppenhaus. Zu meinen Patienten würde ich in einem solchen Fall sagen: »Das ist einfach nur Angst, nicht mehr und nicht weniger. Ein Gefühl, das sich wieder von selbst davonmachen wird, wenn Sie ihm Raum lassen, da zu sein. Nichts, was man fürchten muss.« Mit diesen Gedanken öffne ich im Erdgeschoß angekommen, die Tür nach draußen.

»Frau Wallenstein, was machen Sie denn hier?«, höre ich mich mit einem Male sagen. Es ist surreal. Was will meine Patientin hier bei mir in Tholey? Sie gehört hier einfach nicht hin. Hoffentlich hat sie nicht vor, mich wegen meines Ausfalls privat aufzusuchen, überlege ich. Das kann ich aktuell, in diesem Moment, überhaupt nicht gebrauchen.

»Auch wenn es Ihnen schlecht gehen sollte – mich hier zu Hause zu besuchen entspricht leider nicht den …«, fange ich an, aber der Ausdruck in Frau Wallensteins Gesicht lässt mich innehalten. Offenbar ist die Frau vor mir mindestens genauso überrascht wie ich über diese Begegnung.

»Frau Tietze-Meiermann?«, sagt meine Dienstags- und Donnerstagspatientin. »Was für eine Überraschung!«

Ich stimme ihr zu.

»Sie sehen …« Frau Wallenstein legt den Kopf zur Seite und sucht nach den richtigen Worten. Ich befürchte, dass sie ehrlich sein und das meiner Stimmung nicht zuträglich sein könnte. »Sie sehen irgendwie anders aus.«

»Äh, danke«. Ich bin mir nicht sicher, ob das ein Kompliment ist.

»Ich wollte zu Herrn Kallenborn. Wohnen Sie auch hier?«

Ich nicke noch mal, ein wenig abwesend, denn ich versuche gerade, die neuen Informationen mit meinen Gedanken in eine sinnvolle Verbindung zu bringen: Frau Wallenstein und der schmierige Kallenborn? Das ist nicht ihr Ernst! Vor einem Jahr etwa hat mir der Knabe mit einem ätzenden Grinsen die Tür aufgehalten und im Vorbeigehen die Hand auf meinen Po gebuttert. Das gab eine Menge Geschrei und Ärger mit der Hausverwaltung, aber auf irgendeine Weise hat sich der Kallenborn herausgewunden. Und letztlich war mir der Aufwand für eine Anzeige zu groß.

Um so einen Typen sollte man als Frau zweifelsohne einen Riesenbogen machen. »Sie meinen wirklich den Gustav Kallenborn mit dem kleinen Günther?«, frage ich, um ganz sicherzugehen.

»Ja, genau!«

»Aha«, sage ich und versuche, mir die Bedenken nicht auf den ersten Blick anmerken zu lassen. Meine Patienten sollen ihre eigenen Entscheidungen treffen und bestenfalls aus ihren Fehlern lernen. Sogar wenn mir die Fehler überdimensional groß erscheinen. »Dann wünsche ich Ihnen einen schönen Nachmittag. Wir sehen uns Dienstag! Wie gehabt.«

»Ja, Ihnen auch ein schönes Wochenende«, sagt Frau Wallenstein, und ich komme nicht umhin festzustellen, dass auch sie irgendwie anders wirkt. Weit fröhlicher und unbeschwerter, worauf ich mir keinen wirklichen Reim machen kann. Ihr Bekannter, dieser Möchtegernaufreißer Kallenborn, der hier quasi wöchentlich mit einer neuen fragwürdigen Frauenbekanntschaft aufwartet, dürfte keinesfalls der Grund dafür sein. Das geht mir nicht in den Kopf. Zumal nie eine dieser Damen dem Typ Frau Wallensteins entsprach. »Passen Sie gut auf sich auf!«, rutscht mir über die Lippen, als wir beide unserer Wege gehen.

Frau Wallenstein dreht sich daraufhin ebenfalls noch einmal zu mir um und wirft mir einen fragenden Blick zu. Ich habe keine Zeit, ihr das zu erklären, entscheide ich. Das müssen wir schlimmstenfalls kommende Woche richten, denn jetzt kümmere ich mich um mein eigenes privates Chaos.

Das Smartphone vibriert in meiner Handtasche.

»Macht es dir etwas aus, wenn ich Blümchen mitbringe?«, fragt Christoph per WhatsApp.

Ich wundere mich ein wenig, dass er deswegen extra nachfragt, aber irgendwie auch süß von Chrissie.

»Meine Güte, was sollte ich gegen Blümchen haben?«, schreibe ich mit einem Schmunzeln im Gesicht. Das fängt schon mal gut an, entscheide ich und steige in den Wagen.

← Chats *Mein Chrissie*

Macht es dir etwas aus, wenn ich Blümchen mitbringe? 13.28

Meine Güte, was sollte ich gegen Blümchen haben? 13.31

Stimmt☺ eigentlich. Was solltest du gegen Blümchen haben;)… ich freu mich. 13.34

Und mach bloß keinen Rückzieher ;) 13.35

Ich? Käme mir nie in den Sinn ;) 13.46

Wo bist du ☹? Hier stehen bloß ein Rentner mit Stock und ein Bärtiger mit Riesenhund? 14.06

<u>Chrissie …???? Hallo?</u> →

WENN ES NICHT BROKATT IST, WER IST ES DANN?

Es ist doch nicht so, als würden sich die Leichen in der Saar stapeln.

Wolfgang Forsberg

»Toni, noch mal, ich traue Karl Brokatt nicht«, versuche ich, meiner Kollegin erneut meinen Standpunkt begreiflich zu machen. Ich stehe in Tonis Büro. Meine Kollegin sitzt vor ihrem Computer und mustert mich aufmerksam, ohne mir etwas zu entgegnen. Ich rede weiter. »Wir warten das Ergebnis des DNA-Tests ab. Einverstanden? Spätestens Montag wissen wir mehr. Dass wir die beiden Frauen und den Fährmann zur Identifikation bestellen, bevor das nicht geklärt ist, ist völlig inakzeptabel.«

Toni nickt, nicht hellauf begeistert.

»Außerdem, wenn der Tote in Homburg nicht Siegfried Brokatt ist, wer soll es sonst sein?« Ich blättere noch einmal durch die Untersuchungsergebnisse. Das spricht doch eine eindeutige Sprache. »Da passt alles einwandfrei zusammen. Das Todesdatum, das uns die Rechtsmedizin bestätigt hat, der Fundort unterhalb der Saarschleife und das geschätzte Alter des Toten.«

Meine Kollegin kneift die Augen zusammen, sagt aber kein Wort.

»Außerdem, es ist nicht gerade so, als würden sich die Toten in der Saar stapeln«, setze ich hinterher.

Toni verschränkt die Arme im Nacken. »Na ja, ich habe mal mit Langendorf vom Trupp der Polizeitaucher gesprochen. Seiner Meinung nach liegen in der Saar weit mehr Leichen, als man annehmen würde.«

»Und diese Personen sind alle zur gleichen Zeit gestorben und warten artig in der Nähe der Saarschleife, wo vorher eine Leiche verloren ging?«, fahre ich dazwischen. Das glaubt sie doch wohl selbst nicht.

»Und ein Vater erkennt seinen Sohn nicht mehr wieder, hört sich das für dich besser an?«, kontert meine Kollegin gar nicht mal so unberechtigt.

»Nein, zugegeben, das ist komisch. Wer weiß, vielleicht haben wir irgendetwas übersehen. Könnte doch sein, dass es der Vater ist, der für Siegfrieds Tod verantwortlich ist. Wäre durchaus denkbar, dass sie Streit hatten.«

»Daran habe ich auch schon gedacht, aber er hat ein Alibi«, enttäuscht mich Toni und hält mir eine weitere Akte entgegen, die sie von einem Stoß auf ihrem Schreibtisch genommen hat. »Hier! Alles bereits bestätigt von den Kollegen. Freitagabendstammtisch in Burbach. Karl Brokatt war danach derart angetrunken, dass ihn auf dem Heimweg eine Streife vom Bordstein aufgriff. Als er herumpöbelte und einen der Beamten als ›minderbemittelten Giftzwerg‹ bezeichnete, hat man ihn kurzerhand mitgenommen. Für ihn zu guter Letzt ein Glücksfall: Ein besseres Alibi als eine Nacht in der Ausnüchterungszelle – das gibt es praktisch nicht.«

»Da hast du recht.« Frustriert werfe ich einen Blick in das Protokoll, während Toni sich eine Tasse Kaffee nachschenkt. Was Brokatt später in der Wache angestellt hat, beweist nur das, was ich schon weiß: Der Kerl ist ein äußerst unangenehmer Typ. Großzügig ausgedrückt. Aber der Mörder seines eigenen Sohnes ist er trotzdem nicht.

»Wow. Kaum zu glauben«, stöhne ich nach Durchsicht der Akten und werfe den Packen Papier zurück zu den anderen auf Tonis Tisch. »Endlich haben wir die Leiche und trotzdem kommen wir kein Stück mit dem Fall voran.«

Toni seufzt und setzt sich wieder an den Schreibtisch.

»Vielleicht sollten wir, solange wir auf die Ergebnisse warten, noch mal die Spur mit dem Halsband weiterverfolgen? Die Tierärzte im nahen Umkreis kannten keinen Hund mit dem Namen Günther. Wir könnten die Suche ausweiten.«

»Gute Idee! Vielleicht reden wir auch mal mit Siegfrieds ehemaligen Dozenten aus Studienzeiten. Ist zwar schon Jahre her, aber wer weiß, möglicherweise kennt dort jemand den Freund mit dem auffälligen Wagen.« Alles ist besser, als Gabriele erneut den Anblick der Leiche zuzumuten, denke ich dabei. Die Aufnahmen, die mir Toni vom Fundort gezeigt hat, boten keinen erfreulichen Anblick. »Weißt du was, vergiss das freie Wochenende. Ich helfe dir!«, schlage ich meiner Kollegin vor und will die Jacke ablegen.

»Nein, auf gar keinen Fall. Das schaffe ich auch alleine. Du hast frei. Tut mir sowieso schon leid, dass ich dich anrufen musste.«

»War nicht weiter schlimm«, schwindle ich. Das mit Hendrik geht mir zwar schon die ganze Zeit nahe, aber das ist nicht Tonis Schuld. Ich bin unentschlossen, ob ich sie allein mit der Unmenge an Arbeit lassen kann.

»Jetzt geh schon, bevor ich es mir anders überlege«, fordert Toni mit wedelnder Handbewegung.

»Schon gut, schon gut. Bin schon fast weg«, erwidere ich und suche ein paar Unterlagen fürs Wochenende zusammen. »Bis Montag dann. Und, ähm, wenn du etwas Neues hörst, meldest du dich?«

»Klar, mache ich. Ich liebe es, dir das freie Wochenende zu versauen. Übrigens …«, Toni zögert. Sie überlegt scheinbar, ob sie sich das, was sie gerade sagen wollte, nicht doch lieber verkneifen soll.

»Übrigens was?«, wiederhole ich genervt. Wenn ich eines nicht ausstehen kann, dann sind es irgendwelche Andeutungen, die man letztlich doch lieber für sich behält.

Toni schaut konzentriert auf den Computerbildschirm und schiebt die Maus hin und her, während sie wie beiläufig weiterredet. »Übrigens ist es sympathisch, wie sehr du dich für Gabriele ins Zeug legst. Würde ich für Harald, den Idioten, nicht machen.«

»Na, das liegt vielleicht daran, dass Harald mit seinen Affären und Lügen unbestreitbar ein Riesenidiot ist«, kontere ich.

Toni antwortet nichts. Sie knetet ihre Hände und starrt angestrengt auf den Bildschirm. Vielleicht war ich ein bisschen zu forsch, die Trennung von ihrem Mann liegt gerade einmal ein paar Monate zurück.

»Das war blöd. Tut mir leid«, sage ich deshalb schnell. Normalerweise ist Antonia nicht zimperlich, aber da habe ich, ohne es zu wollen, einen wunden Punkt getroffen. Wie meine Kollegin, die eine der tüchtigsten Kommissare hier vor Ort ist, nichts von dem, was dieser Mistkerl hinter ihrem Rücken trieb, mitbekam, ist mir ein Rätsel. Die einzige Erklärung ist, dass sie es gar nicht sehen wollte.

»Außerdem haben Gabriele und ich Kinder«, räume ich ein, um das zuvor Gesagte abzumildern. »Mit Kindern bleibt dir wirklich nichts anderes übrig, als miteinander klarzukommen!«

Tonis Mundwinkel wandern nach oben zu einem unverschämt breiten, selbstgefälligen Lachen. Jetzt ist sie wieder obenauf. »Ganz klar, Wolfgang, du sagst es. Das muss es sein!«

DIE FRAU MUSS WEG

Ein treuer Hund allein reicht völlig zum Glücklichsein.
Günther

Was ist das für ein Wahnsinn?

»Ich weiß, ich kann uns in Schwierigkeiten bringen«, sagte Siggi und sprang kaum, dass die Worte verklungen sind, mitten hinein in den Schlamassel. Als ob wir nicht schon genug Ärger am Hals hätten, mit dem verdammten Kommissar, der an jeder Ecke aufkreuzt, rief Siggi vor rund zwei Stunden Hanne an und machte damit das Chaos komplett.

»Jetzt oder nie!«, tönte er, und ich blickte ihn beschwörend mit meinen Dackelaugen an. Mit allem, was ich habe, gebe ich zu verstehen: Ich bin eindeutig für *nie*!

Aber offenbar war die Frage rein rhetorischer Natur. Ernsthaft: Ich will weder ungerecht noch eigensüchtig erscheinen. Hanne ist, zugegeben, gar nicht mal die allerschlechteste Wahl. Zumindest ist sie weit aufgeweckter und umgänglicher als die Ladys, auf die Kallies Auge fiel, und noch dazu kennt sie *Pomm-Fritz*, was stark für sie spricht. Und trotzdem, selbst das alles zusammenaddiert, reicht doch kaum aus als Qualifikation für meinen Siggi. Mal rein hypothetisch, wenn man annehmen würde, mein Goldjunge bräuchte überhaupt eine zweite Partie, was nicht in Betracht kommt, denn der Bursche hat mich und damit genug zum Glücklichsein.

Aber augenscheinlich ist der Junge unersättlich. Wider jede Vernunft drückte er überstürzt auf dem Smartphone herum, und kaum war sie am Apparat, nahm er mich als faule Ausrede – eine miese Nummer.

»Ich glaube, Günther würde dich gerne wiedersehen«, log er unverfroren und setzte in einem Ton hinzu, den man selbst in einem Pilcher-Film als zu kitschig einmotten würde: »Und ich übrigens auch.«

Ja, und ich armer Kerl? Ich saß bei all dem daneben. Gegen meinen Willen. Kennt der Junge keine Gnade? Wie kann er es sich erlauben, mich für seine amourösen Wahnsinnstaten zu missbrauchen? Das hatte fast Kallie-Qualität.

Ich war enttäuscht und aller Illusionen beraubt. Aber nun gut, dachte ich mir und machte gute Miene zum bösen Spiel, wenn auch nur aus einem einzigen Grund. Die Sache würde schnellstmöglich ein Ende haben, ein unumkehrbares und zeitsparendes. Das könnte im Endeffekt nur gelingen, wenn wir uns auf ein letztes Treffen mit dieser Unglücksbotin einließen. Somit war es Siggi selbst, der Hanne ans Messer lieferte.

Bis zum Happy End muss ich zurzeit allerdings einiges über mich ergehen lassen. Nicht nur, dass sich Siggi duscht, rasiert und in Schale wirft, als wäre er zu einem Empfang bei der Queen geladen, auch mir wird das gleiche traurige Schicksal auferlegt. Dabei kann ich Wasser nicht ausstehen, und was gibt es Schlimmeres als Shampoo mit Kamillenduft? Aber eine Sache lässt mich durchhalten. Die aufkochende, brodelnde Wut, die noch weit größer ist als die gegenwärtigen Schaumwolken in der Badewanne, die meine Nase kitzeln, ist für das, was bald folgen wird, nicht die schlechteste Vorbereitung. Der derzeit weiter anwachsende Adrenalinüberschuss wird mir über jegliche moralischen Bedenken hinweghelfen.

Nach unendlichen Stunden des Föhnens und Bürstens klingelt es. Das ist wie eine Erlösung. Siggi lässt von mir ab und stürmt zur Tür. »Schön brav«, erinnert er mich noch einmal und hält mit erhobenem Zeigefinger kurz inne, bevor er die Türkette öffnet.

Er stellt sich auf die Zehenspitzen und schaut durch den Spion. »Sie ist es!«, murmelt er mit einer Verzückung, als würde dort vor unserer Haustür eine göttliche Erscheinung ihre Aufwartung machen.

Wenigstens, als sie in echt vor ihm steht, reißt er sich wieder am Riemen. »Hallo, Hanne, schön, dass du da bist.«

Dufte, denke ich, damit ist das mal erledigt. Los geht's!

Doch Siggis Planung sieht anders aus. Vor dem Ausflug hat er einen Empfang in unserem trauten Heim angesetzt.

»Willst du noch kurz hereinkommen?«, fragt der Wahnsinnige und lädt Hanne in unsere heiligen Hallen, die schon seit Ewigkeiten niemand mehr, außer uns beiden, betreten durfte. Dümmer geht's doch kaum! Auch wenn Siggi zuvor wie ein Irrer durch die Wohnung geflitzt ist, um alle Bilder – Kallie mit Familie, Kallie mit Auto, Kallie mit Diplom, Kallie in voller Bundeswehrmontur – von den Wänden zu reißen, bin ich mir nicht sicher, ob er bei der Spurenbeseitigung ganze Arbeit geleistet hat. Wenn Hanne uns zu früh auf die Schliche kommt, geht mein Plan nicht auf. Ich garantiere für nichts mehr, doch die heraufziehende Gefahr ist meinem Goldjungen scheinbar völlig schnuppe.

Ergo tritt Hanne ins Wohnzimmer und geht sogleich allein auf Stöbertour, während der ahnungslose Siggi in die Küche stürmt, um ihr einen Tee aufzugießen. Ich patrouilliere sicherheitshalber neben ihr, um im schlimmsten Fall beherzt eingreifen zu können. Wie auch immer dies aussehen könnte, eines ist klar, die Frau zu meiner Rechten ist nicht dumm. Das ist keine Conny, der man zwei als vier vormachen kann oder einen Tofugriller für eine echte Nürnberger Bratwurst. Hanne ist auf Draht.

Ohne Skrupel wandert sie im Wohnzimmer umher, schnüffelt hier und da und sieht sich schließlich die neuen Bilder an, die Siggi als Übergangslösung ausgedruckt und in die alten Bilderrahmen geschoben hat.

»Wow, toll«, sagt sie, als mein Herrchen mit einem Tablett mit Blumenvase, Blümchenservietten und allem Drum und Dran zurückkehrt. Sie weist dabei auf eines der Bilder. »Das ist doch gleich bei mir um die Ecke. Am Losheimer Stausee, oder?«

»Ja«, gibt Siggi zur Antwort, »vom Seegarten aus fotografiert. An dem Abend ging die Segelregatta zu Ende und die Dahlien am Hang haben geblüht.«

»Du scheinst Sonnenuntergänge zu mögen?«

Siggi nickt.

»Setz dich doch.« Er weist mit der Hand zu einem der unbequemen Vollplastikdesignerstühle, für die Kallie damals ein halbes Vermögen ausgegeben hat und ein gutes Jahr lang monatliche Raten zahlte. Voll der 1A-Gastgeber stellt Siggi Tassen, Zuckerdose und Milchkännchen sowie einen Teller mit meinen Lieblingskeksen auf den Tisch. Bevor er den Tee eingießt, schiebt er möglichst unauffällig die Motorsporthefte von Kallie, die sich auf dem Esszimmertisch stapeln, zur Seite.

»Für Autos interessierst du dich auch?«, fragt Hanne erstaunt. Wie schon befürchtet, merkt sie schnell, wenn etwas nicht zusammenpasst.

»Hmm, ja klar! Wer nicht?«, schwindelt Siggi, der kaum die gängigen Automarken auseinanderhalten kann. »Finde ich super spannend.«

Ich finde es überhaupt nicht spannend, der Junge redet sich um Kopf und Kragen. Ich laufe ein paar Mal um den Tisch und wimmere an der Tür. Wollten wir nicht zusammen einen Ausflug machen, Leute? Beste Zeit, um zu starten, würde ich sagen. Später könnte es regnen. Doch Siggi reagiert nicht auf mein Unterstützungsangebot. »Gleich, Günther, lass Hanne wenigstens noch austrinken«, ermahnt er mich und ich gebe vorerst auf. Dann soll er eben selbst schauen, wie er aus den Scherereien wieder herauskommt, denn Hanne legt in diesem Augenblick erst richtig los.

»Ich darf doch bestimmt ehrlich sein?«, will sie wissen.

Siggi, der ahnungslose Gutmensch, bejaht. »Klar. Wieso?«

»Na, es ist irgendwie komisch«, fängt Hanne zaghaft an zu sprechen, und ich merke schon, wie das Unheil anrollt. »Irgendwie passt das alles nicht so recht zusammen.«

Aha, sehr gut erkannt, muss ich ihr zugutehalten und werfe Siggi einen vorwurfsvollen Blick zu.

»Das Auto, die Wohnung, die Sonnenaufgänge … entweder hast du eine gespaltene Persönlichkeit«, redet Hanne mit einem entschuldigenden Lächeln auf den Lippen weiter, »oder aber …«

»Oder aber was?«, fragt Siggi vorsichtig.

»Oder aber, du hast dich in der letzten Zeit ziemlich verändert.«

Bingo, stelle ich in Gedanken fest. So könnte man den Vorgang grob in Worte fassen.

Was das Thema Worte angeht, kommt Siggi, der noch nie sehr forsch gewesen ist, nach Hannes Vorstoß unverkennbar an seine Grenzen. Er überbrückt die sprachlose Zeit mit einem hilflosen Lächeln. Wir, Hanne und ich, sehen ihn gespannt an. Hoffentlich macht er jetzt keinen Fehler, denke ich nur.

»Was machst du eigentlich so?«, fragt er plötzlich wie aus der Rakete geschossen und restlos aus dem Zusammenhang gerissen.

Hanne setzt sich aufrecht. Jetzt wirkt sie peinlich berührt. Mit leerem Blick rührt sie in ihrem Tee, und das, obwohl sie vorher keinerlei Zucker hineingetan hat. »Nun … ich bin an der Uni in Mainz. Am Lehrstuhl für Ethnologie. Also Völkerkunde«, ergänzt sie mit einem Schulterzucken.

»Dann sind jetzt bestimmt gerade Semesterferien?«

»Ja, sozusagen«, erwidert sie. Erst wirkt es so, als wollte sie etwas hinzusetzen, aber dann rührt sie doch weiter stumm in ihrem Tee.

Abermals Pause. Die beiden könnten sich zum Klub der Sprachlosen zusammenfinden.

»Na ja, trotzdem komisch, irgendwie passt die Wohnung nicht zu dir«, kehrt Hanne zu ihrem ursprünglichen Thema zurück.

»Findest du?«

Mehr fällt Siggi als Antwort nicht ein, und ich entscheide, dass nun die Zeit zum Handeln gekommen ist. Die Gnadenfrist von Hanne ist abgelaufen. Intervention!

Bellen und vor der Tür im Kreis laufen bringt stets alle in Schwung, denn das signalisiert: höchste Dringlichkeitsstufe. Wenn nicht bald etwas passiert, dann passiert es!

Und ja, die eindeutigen Signale bringen die beiden Schweigemönche in Bewegung. Siggi nimmt seinen Schlüssel, Hanne ihre Tasche und raus geht's.

»Sollen wir zum Bostalsee fahren?«, schlägt mein Herrchen vor, als er die Tür von außen abschließt.

Eine völlig unnötige Entscheidung, finde ich, soweit würde ich es ungern kommen lassen. Aber ein wenig Ablenkung vom eigentlichen Geschehen tut den beiden sicher gut und ist der Sache dienlich. Sollen sie sich beratschlagen, ich nutze den Zeitvorsprung, um voranzustürmen und die Lage zu peilen. In jedem Fall muss ich mit ein wenig Abstand dort unten einlaufen.

Während die zwei die Treppe hinuntergehen, Hanne hinten und Siggi, ganz Gentleman, davor, bringe ich mich in

Position. Selbstredend wäre es gegenwärtig von Vorteil, ein größerer Hund zu sein, sage ich mir, doch man muss mit den Mitteln arbeiten, die zur Verfügung stehen. Mit Präzision und Überraschungseffekt kann man viel egalisieren. Ich habe jedes Detail bedacht, und bisher läuft alles wie am Schnürchen. Siggi ist auf meiner Höhe und gleich schon an mir vorbei. Dann folgt Hanne. Sie macht alles richtig.

Ich bin brav, ganz brav. Genauso, wie es mir mein Herrchen heute 1000fach aufgetragen hat. Noch ein Meter ist ihr Bein von mir entfernt. Ich sitze auf der ersten Stufe nach dem Treppensatz, dort, wo die letzten zehn, zwölf Stufen hinabfallen. Das Wort *Fallen* finde ich in dem Zusammenhang besonders gut.

Diesmal wird mir Siggi nichts vorwerfen können. Ich mache nur das, was alle Menschen an einem Hund besonders mögen. Ich mache Männchen! Vielleicht bloß in einem äußerst ungünstigen Moment, denn den nächsten Schritt hat Hannes Gehirn gerade anders berechnet. Sie hebt den Fuß, und zum Neubestimmen bleibt in dem nun folgenden kurzen Moment keine Zeit mehr. Genau wie ich kalkuliert habe. Sie kommt ins Straucheln. Touché!

»Ich brauche etwas …«, schreit sie.

Diesmal hält dich keiner, denke ich. Es läuft alles nach Masterplan! Oder auch irgendwie nicht.

Hannes Fuß, der plötzlich ins Leere tritt, erwischt mich. Trifft mich voll unter meinem Dackelkinn. Wie einen Fußball kickt Hanne meinen kleinen Körper in die Höhe. Sie hat einen ungeheuren Tritt für eine Frau. Erst spüre ich nur einen Schlag an der Schnauze. Schmerzen. Darauf einen Luftzug, ich schwebe für eine Weile seltsam leicht und schwerelos, dann mit einem Mal steht die Welt für einen kurzen Moment Kopf. Das Einzige, was ich erkennen kann, ist, dass niemand ernsthaft stürzt. Wenn mich nicht alles täuscht, fällt

Hanne geradewegs in Siggis offene Arme. Dass niemand zu Fall kommt, ist trotzdem nicht ganz korrekt, denn diesmal erwischt es unvermittelt mich. In gnadenlosester Form.

»Nein!«, höre ich Siggi hinter mir schreien. »Oh, Gott! Günther!«

Vermutlich bereut er gegenwärtig zutiefst, dass er mich heute so hundsgemein behandelt hat. Seine Lügen, der Badewannenzwang, das Bürsten und auch die Kekse. Alles nur wegen dieser Hanne. All das bedauert er jetzt gewiss, mein Siggi, und ich bin mir nicht sicher, ob er es je wieder einrenken kann, denn soeben wird mir schwarz vor Augen. Wenn mich nicht alles täuscht, ist das das Ende. Gestorben im Dienste für seinen Herrn, fasse ich in Gedanken zusammen, und diese Gewissheit besänftigt mich.

Wie aus weiter Ferne höre ich Siggis Stimme: »Günther, nein, Günther!«

Etwas Warmes hüllt mich von unten ein. Es fühlt sich nach Geborgenheit an. Weine nicht, mein Siggi, alles ist gut, denke ich noch.

»Er blutet«, höre ich eine andere Stimme. Sie klingt weitaus sachlicher. »Wir müssen die Blutung stillen und dann sofort zum Arzt. Hier, nimm meinen Schal.«

Ich fühle Finger, die mich berühren.

»Ich kann das nicht!« Das muss wieder Siggi sein.

»Dann geh rüber. Lass mich das machen!«

Jemand packt mich. Ich merke, dass etwas mit mir passiert. Der Schmerz ist dumpf und klopfend.

»Verdammt viel Blut für so ein kleines Kerlchen. Wo ist euer Tierarzt? Hoffentlich hat er Wochenenddienst.«

»Das müsste Doktor Kreideweiß sein, gleich hier um die Ecke. Aber ich war da noch nie.«

»Wie, du warst da noch nie? Kann doch nicht sein.«

»Schwer zu erklären, aber …«

»Hier gibt es kein Aber. Dein Hund verblutet sonst.«

Lasst mich liegen, verfüge ich. Lasst mich einfach liegen. Ich opfere mich heldenhaft, nur um Siggis Geheimnis zu wahren.

Doch das Leben hat andere Pläne mit uns allen. Als ich wieder die Augen öffne, ruhe ich in Hannes Armen. Sie hat mich in ihren beigefarbenen Schal gewickelt und trägt mich wie ein Kind auf ihren Armen vorsichtig in die Praxis.

»Oje, ist das der Günther?«, sagt die Tierarzthelferin bei der Anmeldung erschrocken. »Sieht ja verflucht übel aus.«

»Ja, das muss schnell gehen«, stammelt Hanne mit einem Flehen in ihrer Stimme. »Bitte!«

Wenn diese beherzte Frau nicht wäre, hätte ich vermutlich schon längst meinen letzten Schnaufer getan.

»Günther, bloß nicht aufgeben«, flüstert sie mir zu. »Ganz ruhig.« Während Hanne einfach alles richtig macht, steht Siggi neben ihr in Schockstarre, kreidebleich, völlig unfähig, auch nur ein einziges Wort zu sagen.

»Ein Notfall«, ruft die Arzthelferin ihrer Kollegin, die in dieser Sekunde in den Flur kommt, zu.

»Warten Sie bitte kurz«, sagt die Blonde und öffnet eines der Behandlungszimmer, um hineinzuschauen. »Hier, hier können Sie rein! Ist der Kallenborn nicht mit dabei? Nicht, dass es schade wäre … aber ich frage nur rein wegen dem Günther.«

»Doch, klar ist er dabei!«, erwidert Hanne verständnislos, während sie sich vorbei in das Zimmer drängt. Gottlob fehlt es an Zeit für weitere Wortwechsel.

Hanne, diese Seele an Mensch, legt mich behutsam auf dem silberglänzenden Behandlungstisch ab. Nicht einmal kurz lässt sie mich dabei aus den Augen. Immerzu redet sie mit mir. »Nur nicht einschlafen, Günther, bleib wach. Es wird alles gut.«

Ohne sie würde ich das alles nicht durchstehen, mutmaße ich, während ich dort liege wie ein wehrloses Opfer auf der Schlachtbank. Doktor Kreideweiß, der in einem früheren Leben sicher einmal Metzger oder Scharfrichter war oder gleich beides, lässt nicht lange auf sich warten.

»Operation«, ordnet Kreideweiß an, nachdem er mich einer knappen Begutachtung unterzogen hat. Mir bleibt bei der Diagnose fast das Herz stehen. »Und zwar dalli, sonst geht er uns hops.«

Nach dem Satz und dem vielen Blut überall ist Siggi so gut wie ausgeknockt. Er lehnt sich mit kalkweißem Gesicht an die Wand und krallt sich mit den Fingern an einem Heizkörper fest.

»Oje, ein ganz zartes Pflänzchen«, urteilt der Kreideweiß knochentrocken. »Lea, bringen Sie den Mann raus und geben Sie ihm ein Glas Wasser. Jemanden, der aus den Latschen kippt, können wir hier gerade gar nicht brauchen.«

In derselben Sekunde zieht er die Monsterspritze auf, und ich wünsche mir, auch mit der Lea nach draußen zu dürfen. Keine Ahnung, was schlimmer ist. Dieser Doktor Kreideweiß oder gleich der Tod, rauscht mir durch den Kopf, als ich langsam aber unentrinnbar entschlafe.

Das Allerletzte, was meine Augen gewahr werden, ist Hanne. Hanne, die gute Seele. Leider habe ich das viel zu spät erkannt. Engelsgleich schwebt ihr Gesicht über mir. Meine Retterin streichelt mir zart über den Kopf, ihre untröstlichen Augen gefüllt mit Tränen. Wie konnte ich mich nur so in ihr täuschen. Diese Frau hat Charakter!

DAS LÜGEN MUSS EIN ENDE HABEN

Einfach ist das Leben meiner Erfahrung nach nur außerordentlich selten.

Hanne Wallenstein

Das alles ist meine Schuld, werfe ich mir vor, als der kleine Kerl vor mir liegt, fast wie tot. Die Binde, die man ihm nach der OP umgelegt hat, bedeckt beinah seinen ganzen kleinen Körper. Nur am Brustkorb seitlich zuckt es ganz leicht auf und ab. Sein Herz schlägt gleichmäßig im Takt, immerhin. Das beruhigt mich.

»Tut mir leid, Günther«, flüstere ich nah an seinem Ohr und streiche sacht über sein weiches Fell. Er riecht nach Kamille und Desinfektionsmittel. Seine Augen sind immer noch geschlossen.

»Ob er durchkommt, zeigen die nächsten 24 Stunden. Übel zugerichtet, das Hundchen«, sagte eben Doktor Kreideweiß trocken und verließ daraufhin das Zimmer.

Wäre ich nicht so abgelenkt gewesen von Siggis Fragen und meiner Lügerei, wäre es garantiert nie so weit gekommen, werfe ich mir in Gedanken vor. Klar, wer wünscht sich nicht manchmal, besser und makelloser dazustehen, gerade dann, wenn man seinen ganzen traurigen Werdegang vor anderen ausbreiten soll? Aber lohnt sich das, dafür zu lügen und sich in wirre Geschichten zu verstricken?

Die Tür hinter mir öffnet sich, ich wende mich kurz um. Es ist Gustav!

»Hallo! Alles wieder okay?«, erkundige ich mich im Flüsterton.

»Ja, alles klar. Und geht es ihm besser?« Siggi weist zu Günther.

Ich zucke ratlos mit den Schultern. Mir ist zum Heulen zumute, aber dafür habe ich keine Zeit. Ich muss etwas loswerden, am besten sofort, bevor ich es mir anders überlege.

»Gustav, wir müssen reden«, fange ich an.

»Ja, das sehe ich auch so!« Als er das sagt, sieht er nicht glücklich aus. »Diese ganzen Lügen müssen ein Ende haben.«

Was das angeht, kann ich ihm nur zustimmen. »Ich glaube, ich habe dir nicht so ganz die Wahrheit gesagt«, beginne ich und zögere. Keine Ahnung, wo ich anfangen soll. Gustav weiß so unglaublich wenig von mir. Ich hätte ihm gleich erzählen sollen, dass ich wieder bei meinen Eltern lebe und nicht mehr an der Uni tätig bin. Auch meine sinnlosen Verdächtigungen ihm gegenüber, hätte ich erwähnen müssen.

»Egal, was du mir sagen möchtest, ich bin mir sicher, das kommt nicht an das heran, was ich zu berichten habe«, beginnt Gustav. Er versucht sich an einem Lächeln, das mehr als kläglich aussieht. »Das, was ich dir jetzt erklären werde, klingt vermutlich ziemlich verrückt. Ich würde es dir nicht verübeln, wenn du mir nicht glaubst.« Nach einer kurzen Pause fügt er traurig hinzu. »Oder auf der Stelle gehst.«

Und dann beginnt er zu erzählen: Von Kallie, von seinen Eltern, vom Studium und von den ereignisreichen Stunden auf dem Schiff, von der Angst und der Verzweiflung, nachdem er seinen einzigen Freund verloren hat. Einen Menschen, den er, wenn er mich um meine Meinung bitten würde, nie hätte Freund nennen dürfen. Er offenbart mir, dass er nicht Gustav Kallenborn ist.

»Mein Name ist Siegfried Brokatt«, sagt er und wirft mir bei diesen Worten einen flüchtigen Blick zu. »Ich war immer schon ein Verlierer, tut mir leid«, beendet er seine Erklärungen und dreht sich von mir weg, um ans Fenster zu gehen und dort, ohne ein weiteres Wort zu verharren.

Ich schaue ihm nach. Ich müsste verwundert sein, sage ich mir. Doch tatsächlich bin ich nicht wirklich überrascht. Hier vor mir steht, und vielleicht habe ich das immer schon geahnt, der Mensch, den ich aus dem Fluss gezogen und wieder verloren habe. Aber genau genommen ist er es auch nicht, wirbelt es durch meine Gedanken. Gleichwohl suchte ich nach ihm und habe ihn gefunden. Das ist eine eigentümliche Geschichte. So merkwürdig, dass sie kaum zu glauben ist, und trotzdem bin ich mir sicher, alles, was Siggi mir vor einigen Sekunden gesagt hat, ist die Wahrheit.

»Das klingt vollkommen verrückt, ich weiß«, setzt Siegfried am Ende hinzu und kommt wieder auf mich zu. »Ich könnte gut verstehen, wenn du mir nicht glauben würdest und es dir lieber wäre, wenn …«

»Ich glaube dir«, falle ich ihm ins Wort, und wir beide schweigen.

Niemand kann womöglich besser verstehen, wie sehr man sich ein anderes Leben wünschen kann. Ich glaube nur nicht, dass es gut gehen wird, denke ich, während ich nach Siggis Hand greife und mit der anderen über Günthers Kopf streiche. Das wäre alles viel zu einfach – und einfach ist das Leben meiner Erfahrung nach nur außerordentlich selten.

ICH HAB WAS!

So viel Zufall kann es gar nicht geben!

Wolfgang Forsberg

»Wolfgang, ich habe fast nicht mehr daran geglaubt, aber ich hab was!«

»Was?«, frage ich Antonia, deren Stimme durch die Freisprechanlage brummt. Ich starte gerade mit dem Auto vom Parkplatz der Fachhochschule. »Den DNA-Test etwa?«

»Nein, der kommt erst am späten Nachmittag. Ich habe die Tierärzte abtelefoniert. Und als ich schon keine Hoffnung mehr hatte, meinte eine der Arzthelferinnen, einen Günther hätten sie gestern verletzt hereinbekommen. Er wäre eben abgeholt worden.«

»Aha? Und hast du den Namen des Besitzers herausgefunden?«

»Klar, wer, wenn nicht ich?«, witzelt Toni kess. »Gustav Kallenborn heißt der Besitzer.«

»Das kann doch wohl nicht sein!« Nicht schon wieder, geht mir durch den Kopf.

»Wieso?«

»Na, den Namen hat mir auch gerade der Professor an der Uni genannt. Der Mann soll ein Kommilitone von Siegfried Brokatt gewesen sein, mit dem er öfter zusammen lernte. Laut Professor kein sympathischer Typ, aber Siegfried sei eine Seele von Mensch gewesen und hätte sich weniger als andere daran gestört.«

»Na, das passt doch! Stellt sich nur die Frage, wie Gustav, Günther und Siegfried zusammenpassen.«

»Hmm«, sage ich und denke nach. Der Name Gustav Kallenborn kam mir eben schon so bekannt vor. Nur zuordnen konnte ich ihn nicht. »Wo wohnt der Goldjunge denn?«, frage ich.

»Tholey!«

»Was? Ne!«

»Doch, soll ich dir die Straße durchgeben?«

»Petrus-Borne-Straße?«

»Äh, ja, genau«, antwortet Toni verblüfft. »Woher weißt du das?«

»Tja, ein guter Kommissar weiß eben alles«, behaupte ich und ernte dafür ein verächtliches »Pfff«.

»Ich klingele auf der Heimfahrt noch mal durch. Danke, Toni. Und melde dich bitte sofort mit den DNA-Ergebnissen.«

»Alles klar, mein lieber Sherlock«, spottet Toni und legt auf.

Wenn das mal keine Spur ist, weiß ich es auch nicht. Schon wieder führt mein Weg nach Tholey und ich bin mehr als gespannt, was mich dort erwartet.

»Forsberg«, rufe ich in die Türsprechanlage. »Herr Kallenborn, hätten Sie mal eine Minute für mich?«

»Äh, ja. Natürlich. Kommen Sie hoch«, knistert es aus der Anlage, und der Türöffner summt.

»Danke.«, sage ich und sehe, dass der 3er immer noch auf dem Parkplatz steht. Auf meine wiederholten Anrufe hat Hendrik am Wochenende leider nicht mehr reagiert, aber wie es scheint, sind Herr Kallenborn und mein Sohn sich nicht einig geworden.

»Guten Tag, Sie erinnern sich sicher noch. Wolfgang

Forsberg, mein Name. Diesmal bin ich nicht wegen des Wagens und auch nicht wegen des Herrn Ketzler hier, sondern wegen einer ganz anderen Sache.«

»Zufälle gibt's«, behauptet mein Gegenüber zurückhaltend. Er kratzt sich am Ellenbogen und hat offenkundig nicht vor, mich hereinzubitten. Wie es aussieht, müssen wir die Angelegenheit im Hausflur klären.

»Nun, es geht um Ihren ehemaligen Studienfreund Siegfried Brokatt. Der Name kommt Ihnen bekannt vor?«

»Klar. Selbstverständlich, der Siggi ist ein Kumpel von mir. Kann mir allerdings nicht vorstellen, dass er etwas angestellt hat«, antwortet mir Herr Kallenborn.

»Nein, das kann er wahrscheinlich auch gar nicht mehr. So wie es aussieht …« Ich zögere mit voller Absicht, um zu beobachten, wie mein Gegenüber reagiert. »So wie es aussieht, spricht alles dafür, dass er verstorben ist. Selbstmord oder Mord, was das angeht, ermitteln wir derzeit.«

»Das kann nicht sein!« Der Mann an der Tür sieht mich beklommen an. Ich mustere ihn, keine Ahnung, ob es geheuchelt ist. Herr Kallenborn holt tief Luft und schüttelt den Kopf. »Das kann nicht sein. Nein, das kann ich mir nicht vorstellen. Warum sollte …?«

»Genau das fragen wir uns auch«, fahre ich forsch dazwischen. Irgendetwas an der Geschichte stimmt nicht. Das spüre ich. »Wir haben am Tatort ein Hundehalsband gefunden.« Noch einmal nehme ich die Fotos hervor, die ich vor ein paar Tagen Frau Stutz gezeigt habe. »Kommt das Halsband Ihnen vielleicht bekannt vor?«

Der Mann nimmt die Aufnahmen in die Hand. »Ja, klar. Das ist das Band von Günther, meinem Hund. Das suche ich schon seit Wochen.«

»Und wie kommt es dann zu Siegfried Brokatt?«

»Gute Frage. Ich habe nicht die leiseste Ahnung.« Kallenborn legt den Mund schief und überlegt. »Vielleicht hat Siggi es in seine Jacke gesteckt, als er mit Günther spazieren war. Das hat er öfter mal gemacht – mit Günther Gassi gehen. Mein Hund mag keine Halsbänder und Leinen sowieso nicht. Hatte Siggi den gelben Parka an?«

»Ja, wir haben eine gelbe Regenjacke gefunden.«

»Mist«, sagt Kallenborn. »Dann kann es nur Siggi gewesen sein.«

Wir stehen uns schweigend gegenüber. Die Sache kommt mir komisch vor, insbesondere der Umstand, dass ich ständig auf diesen Mann treffe.

»Und wo ist Ihr Hund – der Günther – jetzt?«

»Ähm, er liegt in seinem Körbchen und ruht sich aus. Ein kleiner dummer Unfall. Er ist zufällig die Treppe heruntergestürzt.«

»Seltsam viele Zufälle in Ihrem Dunstkreis«, stelle ich gleichmütig fest. Derzeit habe ich noch nichts Konkretes in der Hand. Aber die Gelegenheit, zu beobachten, wie mein Gegenüber auf diese Feststellung reagiert, nutze ich.

Gustav Kallenborn zuckt zusammen. Leicht, aber mir entgeht es nicht. Ich hake weiter nach: »Und wann hatten Sie das letzte Mal Kontakt zu Ihrem Freund?«

»Genau weiß ich das jetzt nicht, aber das kann nicht lange her sein. Vielleicht ein, zwei Wochen«, erwidert Kallenborn und kratzt sich mit der Hand am Hinterkopf. »Da müsste ich im Kalender nachsehen. Kann ich Ihnen das exakte Datum zusenden, wenn Sie mir Ihre Karte da lassen? Im Moment bin ich ziemlich durcheinander. Die Nachricht von Siggis Tod ist ein Schock …«

»Am besten, Sie kommen direkt aufs Revier. Ich hätte noch weitere Fragen.«

Mein Gesprächspartner wird blass. »Okay, wenn Sie meinen.«

Gerade bin ich damit beschäftigt, den Terminkalender auf meinem Smartphone zu öffnen, da vibriert das Ding in meiner Hand.

»Ja, Toni?«

»Die Ergebnisse sind da.«

»Oh, endlich. Und?«

»Sekunde«, bitte ich den Mann vor mir, wende mich ab und gehe ein paar Schritte im Treppenhaus zurück.

»Halt dich fest!«, legt mir Toni ans Herz. Sie genießt unverhohlen, es spannend zu machen. »Tatsächlich hat Karl Brokatt die Wahrheit gesagt. Bei der Leiche handelt es sich nicht um seinen Sohn. Wer immer dort in der rechtsmedizinischen Abteilung liegt: Es ist nicht Siegfried Brokatt! Eindeutig.«

Ich hole tief Luft und blicke zur Seite. Gustav Kallenborn steht im Türrahmen und sieht mich erwartungsvoll an.

»Moment, Toni«, sage ich und halte das Smartphone an meine Brust.

»Entschuldigen Sie, Herr Kallenborn. Es sind ganz neue Erkenntnisse hereingekommen. Ich melde mich die Tage bei Ihnen.«

Er nickt, und wir verabschieden uns kurz.

»Toni, dieser Fall treibt mich noch in den Wahnsinn«, sage ich auf dem Weg die Treppe hinunter. »Wer ist dieser Mann?«

DER ANRUF

Immer nur an zweiter Stelle zu stehen, von solchen Situationen hatte ich in meinem Leben mehr als genug.

Gabriele Forsberg

»Hat man dich auch angerufen?«

»Ja, gerade vor einer Viertelstunde«, sagt Hanne. Sie hört sich relativ gefasst an. »Eine Inaugenscheinnahme der Leiche sei nach einigen Unklarheiten leider unumgänglich«, sagte die Frau am Telefon. Antonia Kuppertz oder so. Ich schätze, Herr Mann von der Fähre ist auch vorgeladen. Ich könnte mir vorstellen, dass man sich in alle Richtungen absichern will.«

»Mein Gott, das tut mir leid, aber wenigstens gehen wir gemeinsam dorthin. Das beruhigt mich ein bisschen.«

»Mach dir keine Sorgen. Ich bleibe die ganze Zeit bei dir. Wir machen das zusammen«, verspricht mir Hanne. »Und dein Wolfgang ist schließlich auch dabei, schätze ich doch mal.«

»Er ist nicht *mein* Wolfgang«, wende ich ein. Zögerlich und nur mit halber Kraft, derzeit habe ich weit andere Probleme als die Frage, zu wem mein Ex-Mann gehört oder eben auch nicht.

Seit mehr als zwei Wochen taucht immer wieder das Bild vom Toten in meinem Kopf auf – der schreckliche Moment, in dem ich in sein Gesicht sah. Die stummen Augen und die seltsam glasige Haut. Das kann ich nicht vergessen, und selbst wenn es mir über den Tag gelingt, mich abzulenken, spätestens in der Nacht geistern die Bilder wieder durch meine Gedanken.

»Komisch, dass wir ihn identifizieren sollen«, wundert sich Hanne. »War sein Vater nicht schon dort?«

»Doch, schon«, antworte ich. »Ich weiß auch nicht, vielleicht hat ihn das Wasser so zugerichtet, dass er nur noch schwer zu erkennen ist, und sie wollen auf Nummer sicher gehen.«

Diese Begründung gefällt mir ganz und gar nicht.

»Können wir zusammen fahren?«, frage ich Hanne.

»Na klar, ich komm dich gegen 13 Uhr abholen. Und ich verspreche dir, ich passe auf dich auf. Ehrenwort!«

»Das ist lieb. Ich danke dir.«

»Kein Thema, Gabriele. Bis nachher.«

Kaum habe ich aufgelegt, sehe ich, dass das Telefon aufblinkt. Jemand hat versucht, mich anzurufen. Als ich durch die Liste scrolle, erkenne ich, dass es Wolfgang war. Ich bin mir nicht sicher, ob ich zurückrufen soll, denn schließlich hat er mir die Horrorgeschichte, die mir bald bevorsteht, eingebrockt, und auch das, was mir Hendrik vom gemeinsamen Termin mit seinem Vater wegen des Wagens berichtet hat, war nicht sehr erbaulich. Ehrlich gesagt bin ich gegenwärtig ziemlich schlecht auf meinen Ex-Mann zu sprechen. Noch während ich überlege, ob ich zurückrufen soll, versucht es Wolfgang ein weiteres Mal.

Also gut, denke ich, mal hören, was er mir zu sagen hat. »Forsberg«, melde ich mich.

»Endlich, Gabriele. Hat dich Toni angerufen?«

»Ja.« Meine Antwort ist knapp und bissig.

»Es tut mir leid, glaube mir, ich habe alles getan, um das zu verhindern.«

»Schon gut, Wolfgang. Ich weiß, du machst wie immer nur deine Arbeit. Alles nach Vorschrift.«

»Gabriele, das ist jetzt unfair. Was hätte ich denn tun sollen?«

»Vielleicht hätte deine Familie einmal vor deiner Arbeit stehen können, ein einziges Mal. Aber Gott sei Dank bin ich, genauer betrachtet, sowieso nicht mehr deine Familie. Was mache ich dir da noch einen Vorwurf?«, sage ich und im gleichen Moment tut es mir leid, diesen Satz bis zum Ende ausgesprochen zu haben.

Wenn ich jetzt zurückschaue, hat mich Wolfgangs klare Linie am Anfang unserer Ehe immer beeindruckt. Er war überkorrekt, wankte nie in seinen Entscheidungen, »pflichtbewusst« ist wohl das richtige Wort. Er versuchte immerzu, es allen recht zu machen. Ihm das vorzuwerfen, ist eigentlich nicht fair. Das ist mir bewusst, doch die Aussicht, in ein paar Stunden dem Toten ein weiteres Mal ins Gesicht blicken zu müssen, erscheint mir ebenfalls unfair.

»Wirklich, Gabriele, es tut mir leid und ich hätte es verhindert, wenn es irgendwie möglich gewesen wäre.«

»Weißt du was, Wolfgang«, gebe ich ihm zur Antwort, »was du machst oder eben nicht machst, ist, ehrlich gesagt, nicht mehr mein Problem. Ich muss mich fertig machen und lege jetzt auf!«

»Dann bis nachher. Ich werde auf jeden Fall dabei sein, das verspreche …« Den Satz höre ich nicht bis zum Ende. Ich drücke auf »Auflegen« und schiebe das Telefon zur Seite. Immer nur an Stelle zwei zu stehen und mich hinter Wolfgangs Arbeit einreihen zu müssen, von solchen Situationen hatte ich in meinem Leben mehr als genug.

ER IST ES!

Wie wäre es, wenn wir uns nicht an den Ablauf halten?
Hanne Wallenstein

»Ich will nicht, dass du für mich lügst! Das musst du nicht. Das fehlt noch, dass ich dich in die Sache mit hineinziehe.«

Mittlerweile bin ich der Meinung, ich hätte Siggi besser nicht angerufen. Aber ich musste ihm für heute Mittag absagen und dabei zwangsläufig eingestehen, dass wir einen Termin in der Rechtsmedizin in Homburg haben.

»Du darfst nicht lügen! Versprich mir das.« Siggi gab nicht auf.

»Das kann ich nicht«, entgegnete ich ihm.

»Verdammt, Hanne, sei vernünftig!« Er hörte sich verärgert an. »Ich kann und will das nicht von dir verlangen. Verstehst du das?«

»Ja, irgendwie schon. Aber ich muss jetzt los. Bis bald, Siggi.«

Ich legte einfach auf. Alles Diskutieren machte keinen Sinn, denn ich habe meine Entscheidung längst getroffen. Ich weiß, was ich sagen werde, wenn ich die Leiche von Gustav ein zweites Mal zu Gesicht bekomme. Ich werde lügen und zu Protokoll geben, dass es die falsche Person sei. Dass ich diesen Menschen noch nie in meinem Leben gesehen habe. »Wer immer dieser Tote ist«, werde ich sagen und nichts anderes, »es ist auf keinen Fall die Leiche, die ich vor mehr als zwei Wochen aus der Saar gezogen und wieder verloren habe.«

Siggi bleibt auf diese Weise weiter verschollen, und das Einzige, was die Polizei in der Hand hat, sind seine Papiere, ein Hundehalsband und die gelbe Jacke. Und das ist verdammt wenig, um den Fall aufzuklären. Niemand wird je erfahren, dass Siggi als Gustav weiterlebt. Ohne eine Leiche, die zuzuordnen ist, gibt es kein Verbrechen, und jegliche Spur zu Siggi ist ohne Bedeutung. Das ist die einzige, wenn auch verschwindend geringe Chance, Siggi zu retten, und egal, was er mir einzureden versuchte, ich werde nichts unversucht lassen, genau das zu tun.

Daran denke ich, als ich neben Gabriele im Gang sitze und ihre Hand halte. Seit nun schon zehn Minuten. Herr Mann sitzt auf dem Stuhl uns gegenüber und wippt mit den Füßen auf und ab. Auch er ist nervös und wäre wohl viel lieber auf seiner Fähre als hier, das ist klar erkennbar. Gleich soll es losgehen, hat man uns versprochen. Frau Kuppertz begrüßte uns bereits und wartete nur noch auf die Ankunft von Herrn Forsberg.

»Dann werden wir die leidige Sache schnell hinter uns bringen«, beteuert sie mit einem fürsorglichen Blick auf Gabriele.

Wolfgang Forsberg kommt durch den Flur auf uns zu, und auch er sieht aus, als hätte er schon bessere Tage erlebt. »Herr Mann, Frau Wallenstein, Gabriele«, begrüßt er uns mit einem Nicken und reicht uns die Hand. »Wie gesagt, es tut uns leid, Sie hierher bemühen zu müssen, aber die Umstände bieten uns leider keinen anderen Handlungsspielraum.« Bei diesen Worten richtet er seinen Blick auf Gabriele. »Folgen Sie mir bitte.«

Prompt kommt seine Kollegin Kuppertz aus einem der Zimmer mit einer Tasse Kaffee in der Hand. »Moment, ich komme mit.

»Nicht nötig, ich erledige das alleine«, sagt Wolfgang, während er uns mit der ausgestreckten Hand die Richtung weist. Sein Ton macht deutlich, dass er in diesem Punkt keineswegs diskutieren möchte.

»In Ordnung, ich schaue mir in der Zwischenzeit den Bericht von den Kollegen der Rechtsmedizin an«, antwortet Frau Kuppertz und verschwindet wieder in dem Raum, aus dem sie gekommen ist.

Auf dem Weg zur Rechtsmedizin sagt keiner von uns Vieren ein Wort. Erst als wir im Vorraum ankommen und uns Wolfgang den groben Ablauf erklärt, unterbricht ihn Gabriele unvermittelt. »Könnte ich vielleicht ein Glas Wasser haben?«, murmelt sie.

»Ich erledige das. Bin gleich wieder da«, verspricht Herr Mann und stürmt los zurück in den Flur, während Wolfgang und ich Gabriele helfen, sich mit dem Rücken zur Wand auf den Boden zu setzen.

»Atme ein paarmal tief durch«, sage ich, »dann geht es dir gleich wieder besser.« In ihrem Gesicht ist kaum mehr Farbe auszumachen. Das alles ist eine einzige Tortur. »Muss das wirklich sein?«, wende ich mich an Herrn Forsberg.

Er macht ebenfalls einen bekümmerten Eindruck, zuckt aber trotzdem nur mit den Schultern. »Ja, leider. Ich habe alles versucht.«

»Und wenn nur ich gehe?«, biete ich ihm an. »Was spricht dagegen?«

»Na, der Ablauf ist eigentlich so vorgesehen, dass alle dabei sind.«

»Und wie wäre es, wenn wir uns nicht an den Ablauf halten? Ich war diejenige, die den Toten hochgezogen hat. Wenn jemand ihn mit Sicherheit identifizieren kann, dann ich!«

»Da haben Sie wahrscheinlich recht.«

Wolfgang überlegt. Mittlerweile ist Herr Mann mit einer Flasche Mineralwasser aus dem Getränkeautomaten zurückgekehrt.

»Es gab nur einen Liter«, sagt er und stutzt, als er uns auf dem Boden vor Gabriele kniend sieht.

»Könnten Sie bitte bei Frau Forsberg bleiben«, wendet sich der Hauptkommissar an den überraschten Fährmann. »Es gibt eine kleine Planänderung.«

Von allen Möglichkeiten, die ich in den letzten Tagen in meinem Kopf durchgespielt habe, war diese nie dabei gewesen. Ich war auf alles vorbereitet – nur darauf nicht.

»Nun, was sagen Sie?«

Wir stehen vor der Leiche. Nur Kopf, Hals und Schultern sind zu sehen. Der Rest ist bedeckt. Den Geruch werde ich womöglich nie in meinem Leben vergessen.

Wolfgang sieht erwartungsvoll zu mir.

»Er ist es!«

Grünlich-blau schimmern das Gesicht und die aufgedunsene Haut, die Barthaare haben sich zum Teil gelöst, wahrscheinlich durch die lange Zeit im Wasser. So etwas habe ich noch niemals sehen müssen, es ist keinesfalls zu vergleichen mit dem Zustand der Leiche an der Fähre. Eine düstere Szene. Zumindest bleibt dieser Anblick nun Gabriele und dem Fährmann erspart, sage ich mir und wende mich ab.

»Das ist der Mann, der in der Saar getrieben ist.« Während ich das sage, gebe ich mir alle Mühe überzeugt zu klingen, dabei habe ich keine Ahnung, wer dieser Mann hier vor mir ist. Wie kann das sein, dass hier ein völlig Fremder liegt?

»Ganz sicher?« Herr Forsberg wirkt verwundert. Er hat, wie es aussieht, eine andere Antwort erwartet, und selbst mein geplanter Ablauf war bis vor ein paar Sekunden ein völlig anderer. Doch dieser Tote vor uns ist nicht Gustav Kallenborn, und die Möglichkeit hat bisher niemand von uns in Erwägung gezogen.

»Ja, ich bin mir sicher. Das ist der Mann, den ich auf der Fähre gesehen habe.«

»Und er trug den gelben Parka?«

»Muss er ja dann wohl«, erwidere ich. Das wäre doch logisch, füge ich in Gedanken dazu. In Wahrheit habe ich nicht die geringste Ahnung, wer der Mann auf dem Rollwagen ist, der in diesem Augenblick zurück in die Kühlung geschoben wird, nachdem man die Folie wieder über den kompletten Körper gedeckt hat.

»Kann ich nun bitte nach draußen?«, will ich wissen. Ich könnte ebenfalls ein Glas Wasser vertragen.

»Ja natürlich. Danke sehr!«

Ich wende mich zum Gehen. Herr Forsberg hat allerdings noch etwas auf dem Herzen: »Auf Wiedersehen und danke, dass Sie sich so gut um Gabriele kümmern. Das scheint ihr gutzutun.«

»Das mache ich gerne«, entgegne ich und denke, wenigstens das ist nicht geschwindelt.

Auf dem Weg zu den anderen versuche ich, meine Gedanken zu ordnen. Warum dieser Mann nicht Gustav Kallenborn ist, den ich auf den ersten Blick wiedererkennen würde, verstehe ich nicht. Es ist vollkommen verrückt: Die Polizei hat eine fremde Leiche geborgen, und warum auch immer der Mann gestorben ist, das könnte Siggis Rettung bedeuten. Kallies Leiche ist und bleibt verborgen.

»Hat er sehr schlimm ausgesehen?«

Wir sitzen im Wintergarten, und Gabriele hebt eine bunte Tasse mit Tee an den Mund, auf der der Spruch steht: »Glück ist, wenn die Desaster Mittagspause machen.«

»Ja schon. Aber ich will, wenn ich ehrlich bin, lieber nicht darüber reden.«

»Alles klar«, antwortet Gabriele und wendet ihren Kopf wieder in Richtung Garten.

»Schön habt ihr es hier«, stelle ich fest. Das Grundstück meiner Freundin ist ein Meer aus Blumen.

Aber auf dieses Thema geht sie nicht ein. »Wolfgang hätte es auch einfach verhindern können.«

»Ich glaube nicht, dass er das konnte. Außerdem hat er im Grunde genommen dafür gesorgt, dass du und Herr Mann nicht hinein musstet.«

»Aber du durftest dir das ansehen!«

»Ja. Aber mal ganz ehrlich, Gabriele. Wer ist schon perfekt?«

Meine Freundin dreht ihren Kopf weg und betrachtet ihre Fingernägel. Sie sagt nichts mehr.

»Na ja, außer natürlich du«, füge ich mit einem Schmunzeln hinzu und ernte dafür einen Knuff am Oberarm. »Mach das noch mal und ich geh zu deinem Wolfgang!«, warne ich Gabriele, die plötzlich wieder entspannter wirkt und sich einen weiteren Seitenrempler nicht verkneifen kann.

»*Du* bist perfekt!«, sagt sie mit einem Mal, und ich merke im gleichen Moment, dass mir die Hitze schon wieder in die Wangen steigt.

»Ach Unsinn«, wiegle ich ab und wende meinen Kopf in Richtung Garten. Ich hasse es. Ständig und schon bei der kleinsten Gelegenheit werde ich rot. »Ich bin garantiert nicht perfekt. Wenn du wüsstest«, sage ich leise und ein wenig bitter und nehme einen Schluck vom Tee.

Ich kann Gabriele nichts von all dem, was mich in den letzten Tagen beschäftigt, erzählen, und Gott sei Dank hakt sie auch nicht nach. Wenn jemand heute einen womöglich niemals wieder übertreffbaren Rekord im Unehrlichsein eingestellt hat, dann bin ich es und ich hoffe sehr, das Lügen hat sich wenigstens gelohnt.

MANCHE MENSCHEN KANN MAN NUR SCHWER VERMISSEN

Meist erwischt es die Falschen.

Wolfgang Forsberg

»Hast du kurz mal eine Sekunde für mich?«, fragt Toni, als ich zurück im Flur bin. Während der Identifikation des Toten hat sie im Büro von Chris, dem Leiter der Rechtsmedizin, auf mich gewartet.

»Ja klar, selbstverständlich«, sage ich.

Nachdem die drei gegangen sind, bin ich erst einmal nach draußen und habe mir eine Zigarette angezündet. Mir war es gleich, ob die Kollegen etwas davon mitbekommen. Mensch, was war das nur für ein Fall! Dieses Chaos schafft mich, und der verächtliche Blick von Gabriele, als wir uns verabschiedeten, will mir nicht aus dem Kopf. Vor ein paar Tagen, als ich mit dem Kuchen von Frau Stutz zu ihr kam und wir mit Viki zusammensaßen, war es für ein paar Stunden beinah wie früher, und jetzt sah sie mich nicht einmal mehr an.

»Hast du was gefunden?«, frage ich Toni, die an einem vollgepackten Schreibtisch sitzt, ihren Laptop offen vor sich. Ich lehne mich an die Schreibtischkante. Der letzte freie Winkel neben einem Wust von Papier, Ordnern und Dokumenten.

»Könnte sein. Bis vor ein paar Minuten hätte ich gesagt: ein Volltreffer. Aber seit mir Chris eben berichtet hat, dass es sich bei der Leiche offenbar nicht um Brokatt handelt …«

»Egal, erzähle es mir trotzdem.«

»Na gut. Wie es aussieht, ist dein Gustav Kallenborn, polizeilich betrachtet, kein völlig Unbekannter.«

»Ach?«

Das überrascht mich, wenn ich mir diesen Gustav in Erinnerung rufe. Mit Sicherheit war er bei meinem letzten Besuch nicht ganz ehrlich, aber wie ein Schwerverbrecher sieht er nicht unbedingt aus. Doch hiervon darf man sich als Polizist nicht täuschen lassen.

»Nachgewiesen hat man ihm bisher nichts, aber es gab wohl zwei Anzeigen. Beide von Frauen, und eine davon war sogar minderjährig. Er soll die Frauen sexuell bedrängt haben. Bei der ersten Anzeige tat Kallenborn alles als harmlos und übertrieben ab, und da Aussage gegen Aussage stand …«

»… wurden die Ermittlungen eingestellt«, beende ich für Toni den Satz.

»Exakt«, stimmt mir meine Kollegin zu und fährt fort: »Dann, vor einem Monat etwa, gab es eine zweite Anzeige wegen versuchter Vergewaltigung. Da liefen wieder Ermittlungen. Nach ein paar Tagen allerdings wurden die eingestellt, da die 17-Jährige die Anzeige zurückgezogen und alles als Überreaktion abgetan hat.«

»Vielleicht hat er ihr gedroht, wer weiß. Trotzdem komisch, ich kann mir das bei dem Kerl gar nicht so recht vorstellen. Das ist eher so ein Typ Softie, das passt nicht.«

»Wie auch immer«, fasst Toni weiter zusammen. »Unsere Leiche jedenfalls ist ganz sicher nicht Siegfried Brokatt. An der Fähre ist jemand anderer aufgetaucht. Das haben die Zeugen und auch der DNA-Test bestätigt, und genau diese Person ist nun in der Rechtsmedizin. Ob Siegfried tot ist, ist damit noch völlig offen.«

»Und wie passt das mit dem gelben Parka, den Papieren

von Siegfried Brokatt und dem Halsband von Kallenborns Hund zusammen?«

»Überhaupt nicht, ehrlich gesagt! Das ist mir alles ein Rätsel.« Toni schüttelt den Kopf und reicht mir die Akte zu Gustav Kallenborn, die sie von der Staatsanwaltschaft angefordert hat. »Hier, falls du mal reinschauen möchtest.«

»Von Wollen kann keine Rede sein«, erwidere ich und nehme den Ordner entgegen. Ich überfliege den Polizeibericht und lese die Zeugenaussagen der ersten Frau, die vermutlich von ihm bedrängt wurde und dabei in letzter Sekunde einer Vergewaltigung entging. Das neueste Opfer ist ein paar Monate jünger als Viki, stelle ich bei der Durchsicht fest. »Ich könnte die Wände hochgehen, wenn ich sehe, dass solche Typen immer wieder ungeschoren davonkommen. Zumal ich gar nicht wissen will, in wie vielen Fällen sich die Betroffenen gar nicht erst an die Polizei wenden.« Wütend werfe ich die Akte zu den anderen auf den Stapel vor mir. »Widerlich! Einfach widerlich.«

»Als Frau hat man es eben nicht immer einfach. Vor allem dann, wenn man auf solche Typen trifft.«

»Der Witz ist noch dazu, dass Kallenborn derart harmlos daherkommt. Ein schmächtiges, eingeschüchtertes Kerlchen, er sieht aus, als könne er keiner Fliege was zuleide tun. Ich sage so was ja wirklich selten, aber wenn so ein Bursche hier …«, dabei deute ich mit dem Zeigefinger auf die Unterlagen, »wenn so ein Bursche einfach spurlos verschwinden würde, ich glaube, ich würde keinen Finger krumm machen, um den wiederzufinden. Auch wenn das mein Job ist, das wäre mir egal.«

»Ja, aber du weißt, wie es ist. Normalerweise erwischt es eher die Falschen. Meist die armen Schlucker, die sowieso immer nur einstecken mussten wie dieser Siegfried … wenn er denn überhaupt tot ist.«

Ich nicke, damit hat Toni recht.

»Na gut, all das bringt uns keinen Schritt weiter. Warten wir auf das Ergebnis der Obduktion, das kann nicht mehr lange dauern, und in der Zwischenzeit sollten wir uns vielleicht daran machen zu prüfen, ob in den letzten Wochen jemand anderer als vermisst gemeldet wurde«, schlägt meine Kollegin vor. »Wenn unser Toter nicht Siegfried Brokatt ist, und danach sieht es aus, dann müsste es doch irgendeinen anderen Hinweis geben.«

»Das stimmt«, sage ich. »An die Arbeit! Packen wir zusammen und fahren zurück ins LKA.«

»Übrigens, noch was anderes«, hakt Toni nach, als ich aufstehe. Dabei rümpft sie die Nase. »Sag bloß, du hast wieder mit dem Rauchen angefangen?«

»Unsinn.«

Ich schaue Toni verständnislos an und schüttle den Kopf. Manchmal ist es verdammt lästig, eine Kriminalkommissarin als Kollegin zu haben.

DAS LEBEN IST EIN TRAUM

Es gibt sie doch – Engel.

Günther

In letzter Sekunde bin ich dem Tod von der Schippe gesprungen und wem ich dieses neue Leben, die Chance auf einen Neuanfang zu verdanken habe, wissen wir alle: Hanne.

Seitdem ich den Fängen des Metzgers Kreideweiß entronnen und endlich wieder zu Hause in den gewohnten vier Wänden bin, schreitet meine Genesung mit Riesenschritten voran. Das liegt vermutlich an der 1a Pflege, denn meine Retterin weicht mir nicht von der Seite. Mein Quartier ist die Couch. *Pilcher*, *Traumschiff* und um die Nachmittagszeit immer *Giraffe, Erdmännchen & Co*, dazwischen regelmäßige Mahlzeiten direkt am Krankenbett. Womöglich würde ich mich gar nicht zu sehr beeilen, gesund zu werden, wäre da nicht der Ärger mit den immer noch nicht beendeten Ermittlungen, der uns dreien unter den Nägeln brennt.

»Du hast dort gesagt, du erkennst den Mann wieder? Und dabei bist du dir ganz sicher, es war nicht Gustav?«

»Ja, etwas Besseres hätte uns quasi nicht passieren können«, erwidert Hanne. Während Siggi erneut in Selbstzweifel verfällt, bleibt meine Retterin sachlich und klar berechnend. Hanne hat das tadellos gemacht. Die Frau hat eben Charakter.

»Aber wie erklärt man sich, dass ich etwa zur gleichen Zeit verschwunden bin und der Tote meine Papiere bei sich hatte?«

»Keine Ahnung. Aber wer sagt, dass wir das erklären müssen?«, kontert meine Hanne.

»Bei dir alles klar, Güntherlein?«, erkundigt sie sich kurz darauf und streicht mir über das Fell.

Ja, alles tipptopp, urteile ich. Mit dieser Frau an unserer Seite kann nichts mehr schiefgehen.

»Ich weiß nicht, ob Forsberg einfach so aufgibt. Ich bleibe weiterhin ohne jede Erklärung spurlos verschwunden und dieser Tote hatte meine Papiere bei sich. Nicht unwahrscheinlich, dass er mich in den kommenden Tage noch ins Präsidium bestellt und dort in die Zange nimmt.«

»Tja«, sagt Hanne und wiegt den Kopf hin und her. Wahrscheinlich denkt sie das Gleiche wie ich: Unser Siggi, so nett er auch ist, ist das schwächste Glied in der Kette. Wenn dieser Hauptkommissar ihn weichkocht, würde ich meine Pfote nicht für ihn ins Feuer legen.

Hanne steht auf und geht, in Gedanken vertieft, zum Fenster. »Und wenn wir ihm die letzten Zweifel nehmen?«, fragt sie unvermittelt. »Wenn es keine Erklärung für dein plötzliches Verschwinden gibt, dann müssen wir eben die Antwort geben. Dann würde der gelbe Parka das letzte Rätsel bleiben. Aber das wäre verdammt wenig, um weitere Ermittlungen zu führen.«

Mein nervenschwaches Herrchen zuckt mit den Schultern. »An sich natürlich eine gute Idee. Aber wie soll das gehen?«

»Eigentlich ganz einfach«, versichert Hanne, und die beiden machen sich ans Werk. Als sie fertig sind, starten gerade die neuen Folgen vom *Traumschiff*. Die mit Sascha Hehn, als er unversehens nicht mehr Steward, sondern Kapitän ist. Merkwürdige Karriere, sage ich mir, als Hanne mit einem Mal neben mir sitzt. »Du, Günther, wir müssten für ein, zwei Stunden weg. In eine andere Ecke des Saarlandes. Nur etwas einwerfen. Wir sind bald wieder da.«

Ich hebe den Kopf, wimmere leise. Die beiden wollen mich im Ernst der grenzenlosen Einsamkeit aussetzen – in meinem Zustand?

»Auf dem Rückweg könnten wir kurz beim *Pomm-Fritz* anhalten und vielleicht eine Portion …«

Okay, okay! Ich bin überzeugt. Hanne braucht gar nicht auszureden. Ohne Zeitverzug läuft mir das Wasser im Mund zusammen und ich hechle voller Vorfreude.

Fahrt nur, ihr könnt auf mich zählen, gar kein Problem, signalisiere ich und lege danach meinen Kopf zufrieden auf der Couch ab. Ich bin wunschlos glücklich. Das Leben ist herrlich. Nur dass Beatrice das Schiff bald verlassen wird, macht mir ein bisschen Kopfschmerzen. Wer hätte denn gedacht, dass sie schon weit über 70 ist?

IRGENDWIE ALLES IN ORDNUNG

Ich habe ein gutes Gefühl.

Wolfgang Forsberg

»Hallo, Wolfgang.«

Ich habe meinen ganzen Mut zusammengenommen, um bei ihr anzurufen und jetzt, da sie sich meldet, bin ich verwundert. Zum einen, dass sie überhaupt abhebt, und zum anderen, dass ihre Stimme weit weniger verärgert klingt als befürchtet.

»Hallo?«

»Ähm, Entschuldigung Gabriele. Hier ist Wolfgang.«

»Ja, das habe ich auf dem Display schon gesehen.«

»Nun, ich wollte mich nur kurz bei dir melden, weil es Neuigkeiten gibt und weil ich dir noch mal sagen wollte, dass mir deine Vorladung in die Rechtsmedizin wirklich nicht gefallen hat. Wenn ich vielleicht nicht ganz so stur nach Vorschrift vorgegangen wäre …«

»Das hätte wahrscheinlich nicht zu dir gepasst«, wirft Gabriele überraschenderweise dazwischen.

»Vielleicht«, gestehe ich ein. »Aber dann wärst du jetzt vielleicht weit weniger schlecht auf mich zu sprechen, und das wäre mir wichtiger gewesen.« Das so offen zu sagen, fällt mir schwer. Ich schlucke, während auf der anderen Seite nichts zu hören ist. Aber warum sollte ich das nicht zugeben? Letztlich ist es nur die Wahrheit.

»Gabriele?«

»Ja, ich bin noch dran. Du hast gesagt, es gibt Neuigkeiten?«

»Ja, oje, einiges sogar«, entgegne ich, erleichtert darüber, nun wieder auf die fachliche Ebene wechseln zu dürfen. Auf dem Terrain bewege ich mich wesentlich sicherer. »Wirklich schlau werde ich aus der Sache einfach nicht, aber na ja, wie es aussieht, ist die Fähre damals nicht mit der Leiche von Siegfried Brokatt zusammengestoßen, auch wenn es die ganze Zeit danach ausgesehen hat. Der Tote stammt aus Merzig. Das ist jetzt erst ans Tageslicht gekommen, da sich tagelang die Post in seinem Briefkasten gesammelt hat und die Postbotin dies der Merziger Polizei meldete. Wahrscheinlich hat der Mann Selbstmord begangen. Er war schon jahrelang wegen psychischer Probleme in Behandlung. Es war wohl nicht der erste Versuch.«

»Aber wohl der erste, der gelungen ist«, ergänzt Gabriele traurig. »Herrje. Und ihn hat niemand vermisst?«

»Ähm. Nein, scheinbar nicht. In seiner Wohnung lag ein Abschiedsbrief.«

Gabriele seufzt.

»Ja, das alleine ist schon seltsam. Warum er die Kleidung von Siegfried Brokatt trug, ist uns nach wie vor ein Rätsel. Aber noch seltsamer ist, dass ein zweiter Abschiedsbrief aufgetaucht ist. Er lag im Briefkasten von Frau Stutz, der ehemaligen Nachbarin von Siegfried Brokatt. Offenbar hat die alte Dame ihn die ganze Zeit übersehen. Ihr Sohn hat ihn gefunden und ins Präsidium gebracht.«

»Was für eine Geschichte!«

»Ja, genau. Wie gesagt, irgendwas passt da trotzdem nicht zusammen. Aber egal wie, wir haben eine Leiche, einen Vermissten und zwei Abschiedsbriefe, die keinen Zweifel daran lassen, dass beide einen Selbstmord planten. Die Handschrift von Siegfried stammt eindeutig von ihm, das haben die Experten bestätigt. Und genau deshalb sind wir quasi mit dem Fall am Ende, denn an der Leiche aus der Saar konnten keine Spuren von Fremdeinwirkung gefunden werden. Der Mann ist ertrunken, so wie es aussieht, freiwillig und geplant.«

»Und wo kann dieser Brokatt sein?«

»Nun, wir haben keine Ahnung«, gebe ich zu. »Prinzipiell überall, in einem Waldstück, einer alten Hütte, oder er ist gar nicht tot und hat sich abgesetzt. Da gibt es Hunderte Möglichkeiten. Ich schätze mal, man wird ihn eines Tages durch reinen Zufall finden. Ohne Hinweis jedoch können wir quasi überall suchen.«

»Ich verstehe.«

»Was da genau vorgefallen ist, nehmen die beiden vermutlich mit ins Grab«, sage ich abschließend.

Wiederum ist es still zwischen uns, und mir wird bewusst, dass der Schlusspunkt dieses Falles mir zukünftig die Chance nehmen wird, Gabriele anzurufen und über mögliche Neuigkeiten zu informieren. Damit wäre es wieder wie vorher, wir sehen uns nur an den Geburtstagen von Viki und Hendrik, einzig den Kindern zuliebe.

»Danke für den Anruf«, sagt meine Ex-Frau schließlich.

»Habe ich gern gemacht. Dann pass gut auf dich auf!«

»Ja, ich gebe mir Mühe«, erwidert Gabriele. Man kann hören, dass sie dabei lächelt. »Übrigens …«, sie stockt.

»Was übrigens?«

»Übrigens habe ich eine Menge Mirabellen an den Bäumen dieses Jahr, und weil ich nicht recht wusste, wohin, habe ich Unmengen von Marmelade eingekocht und Kuchen gebacken. Keine Ahnung, wer das jemals alles essen soll.«

»Das geht garantiert weg. Ich liebe deinen Mirabellenkuchen«, wage ich zu sagen.

»Ja, das weiß ich.« Gabriele zögert. »Nun, wenn du nichts vorhast …«

»Ich habe nichts vor! Ich bin gerade auf Höhe Saarlouis und wollte in meine Wohnung. Habe gar nichts geplant für heute.«

»Na dann, wenn das so ist, dann kannst du gerne vorbeikommen. Ich bin sowieso gerade zu Hause.«

»Wenn du ja sowieso zu Hause bist …«, räume ich ziemlich fantasielos ein.

»Genau, warum auch nicht? Dann bis später, Wolfgang.« Gabriele hat es plötzlich eilig. Womöglich ist ihr die derzeitige Unterhaltung mindestens genauso peinlich wie mir.

»Ja, bis gleich. Es dauert noch ein paar Minuten, hier staut es sich im Moment. Vielleicht ein Unfall«, flunkere ich und setze den Blinker.

In Saarlouis gibt es diesen Blumenladen, in dem wir früher öfter gemeinsam eingekauft haben. Vielleicht nicht wirklich sehr oft, aber ich weiß noch, dass Gabriele ihn sehr mag. Womöglich ist es total altmodisch, Blumen mitzubringen, oder extrem deplatziert in der jetzigen Situation, und Gabriele kommt sich völlig überfahren vor, überlege ich, als ich mit dem Riesenstrauß Sommerblumen an der Kasse stehe.

»Ah, da werden Sie bestimmt jemanden sehr glücklich machen«, sagt die Verkäuferin, als sie mir das Restgeld hinhält.

»Meinen Sie?«, frage ich skeptisch.

Sie lacht und reicht mir den hübsch verpackten Strauß über die Theke.

»Aber ganz sicher. Da habe ich ein gutes Gefühl!«

St. Nikolaus, 30. September 2019

Liebe Frau Stutz,
schade, dass nicht alle Menschen wie Sie sein können. Und schade, dass ich Ihnen nicht mehr persönlich Lebewohl sagen kann. Mein Leben hier ist bald zu Ende – es geht nicht anders. Ich werde alles verlassen, alles verschenken und für immer untertauchen. Ich bereite meinem Leben ein Ende. Machen Sie sich bitte keine Sorgen um mich, wo ich nun bin, geht es mir weit besser.
Meine Eigentumswohnung und das Geld, das ich in der alten Kaffeedose (Küche/zweiter Schrank links) versteckt habe, soll Ihnen allein gehören. Machen Sie damit, was Sie wollen. Sie haben mir immer von Ihrer einzigen Urlaubsreise mit Chrissie und Ihrem Hans zum Bodensee erzählt. Das Geld dürfte für einen Urlaub reichen. Nehmen Sie Blümchen und Chrissie und vielleicht sogar Inge mit – das würde ich mir zum Abschied wünschen!

Bleiben Sie noch viele Jahre gesund und versuchen Sie, glücklich zu sein – für alles andere ist das Leben einfach nicht gemacht,
Ihr Siegfried Brokatt

IMMER FÜR EINE ÜBERRASCHUNG GUT

Es gibt keinen Grund mehr, sich zu verstecken.
Hanne Wallenstein

»Komm schon, es ist ein wunderbarer Herbsttag«, sage ich zu Siggi, der sich mit Günther auf der Couch vergraben hat. Für mich gibt es weit und breit nichts Schlimmeres, als den ganzen Tag lang nur herumzusitzen und nichts zu tun.

»Los, die Sonne scheint, und laut Kreideweiß tut Günther ein bisschen Bewegung gut, und allmählich ist auch Gras über die Sache gewachsen. Gabriele hat mir vor ein paar Tagen bestätigt, dass die Untersuchungen abgeschlossen sind – es gibt keinen Grund mehr, sich im Haus zu verstecken.«

Siggi schnauft und schiebt seinen Laptop auf den Wohnzimmertisch, während Günther nur müde den Kopf hebt. Maximal zwei Zentimeter über Liegeflächenhöhe.

»Wir gehen einfach irgendwohin, wo uns niemand kennt. Du bist aus St. Nikolaus und ich aus Losheim. Fahren wir nach …«, ich überlege, »… fahren wir nach St. Wendel, da gibt es niemanden, der sich für uns interessieren wird – mit Sicherheit.«

»Von mir aus«, gibt Siggi klein bei. »Vielleicht die Strecke um den Golfpark. Ich nehme die Kamera mit.«

»Mir ist alles recht. Hauptsache, wir verlassen mal für eine Stunde diese vier Wände!«, sage ich und hebe Günther von der Couch. Umgehend macht er Anstalten, wieder hinauf zu hüpfen – »He, Günther!«, ich blicke ihn streng an, »vergiss es!«

»Unglaublich, du hast sogar deinen Hund zu einem Nerd erzogen«, rufe ich in Richtung Bad, wo sich Siggi fertig macht. »Ein bisschen Bewegung wird euch guttun«, verspreche ich Günther, der antriebslos in Richtung Küche trottet.

Er wird enttäuscht sein, befürchte ich. Der neue Diätplan von Doktor Kreideweiß ist vermutlich nicht nach Günthers Geschmack, aber irgendwann musste mit Lyoner und Currywurst Schluss sein.

»Ich glaube, für Günther wird das heute ein harter Tag«, kündige ich Siggi an, als er aus dem Bad zurückkommt und seine Turnschuhe anzieht.

In der Sekunde konnte ich nicht wissen, wie hart es noch für uns alle drei an diesem Tag werden sollte.

SHOWDOWN

Für einfache Entscheidungen ist das Leben möglicherweise viel zu kompliziert.

Wolfgang Forsberg

»Bin ich dir etwa peinlich?«, will ich wissen.

»Ach Quatsch, das ist es nicht. Ich habe nur keine Lust auf lange Erklärungen. Du etwa, bei deinen Kollegen? Antonia wird das sicher bis aufs Letzte auskosten. Außerdem, irgendwie ist es doch ganz spannend so. Nicht einmal Viki hat etwas mitbekommen.« Gabriele schmunzelt. Sie sitzt im Wintergarten auf dem kleinen Sofa neben mir und hat ihren Kopf an meine Schulter gelehnt.

»Ich bin mir sicher, Toni hat es garantiert schon herausgefunden«, prophezeie ich. »Trotzdem, fahren wir doch heute einfach irgendwohin, wo uns niemand kennt. Weit weg. Heute ist so ein wunderbarer Tag, und ich habe keine Lust, mich mit dir zu verstecken.«

»Und was schlägst du vor?« Gabriele führt ihre Tasse an den Mund und nimmt einen Schluck. »Glück steht mir gut, würde ich mal behaupten wollen!«, prangt darauf mit großen orangefarbenen Buchstaben inmitten einer lachenden Sonne. »Weiß nicht so genau«, antworte ich und überlege kurz. »Wie wäre es mit St. Wendel? Da war ich schon eine halbe Ewigkeit nicht mehr. Damals auf dem Weihnachtsmarkt waren die Kinder noch klein. Viki war vielleicht gerade einmal fünf.«

»Ja, stimmt. Und Hendrik hatte furchtbare Angst vor dem

Weihnachtsmann. Du hast recht, höchst unwahrscheinlich, dass wir da jemanden treffen. Ich bin dabei!«

»Finde ich gut, dass du dabei bist«, sage ich augenzwinkernd und nehme ihre Hand.

»Hast du Lust, noch etwas zu trinken?«, frage ich Gabriele, nachdem wir die Runde um den Golfplatz gewandert sind, und zeige auf die Terrasse des Golfplatzrestaurants.

»Ja, warum nicht?«

Als wir näher kommen, läuft mir ein kleiner Dackel fast zwischen die Beine. Er trägt einen alten, für seine Größe deutlich überdimensionierten Tennisball in der Schnauze. Wie eine Trophäe bringt er das leuchtend gelbe Ding zu einer knienden Frau, die ihn begeistert lobt und ihm etwas aus ihrer Jackentasche zusteckt.

»Nur eine Kleinigkeit, Günther. Nur ausnahmsweise!«, vernehme ich aus der Entfernung. Die Frau richtet sich wieder auf, um den Ball erneut zu werfen. Der Hund springt begeistert bellend um sie herum in die Höhe.

Mir kommt die Frau bekannt vor. Gabriele jedoch scheint sofort zu wissen, wer es ist. »Hanne!« Gabrieles Stimme klingt halb begeistert, halb erwischt. Unverzüglich lässt sie meine Hand los.

Jetzt erkenne ich Frau Wallenstein ebenfalls – es ist tatsächlich die Person, die den Toten aus der Saar gefischt hat, und sie scheint nicht weniger überrascht zu sein als wir, uns hier zu treffen.

»Gabriele?« Hanne Wallenstein ist nicht nur überrascht, sie wirkt sogar erschrocken und ein bisschen nervös, stelle ich fest. Wir gehen weiter auf sie zu.

»Was macht ihr denn hier?« In dem Moment, in dem sie das sagt, tritt von hinten ein Mann zu ihr, eine kleine Flasche Mineralwasser in den Händen.

»Hier bitteschön, Hanne.«

»Danke.«

Die zweite Person erkenne ich auf den ersten Blick. Frau Wallenstein wirkt befangen, wie sie da steht, den gelben Tennisball in der einen Hand, die Flasche Mineralwasser in der anderen. Der Typ neben ihr schaut verlegen zu Boden, nachdem auch er erkannt hat, wer da gerade vor ihm steht.

»Ne, oder! Sie wird doch nicht mit diesem Dreckstypen …,«, rutscht mir heraus, und Gabriele blitzt mich wütend an. Mir ist egal, ob dieser Kallenborn das möglicherweise hören kann oder nicht. Gabriele, die weit weniger über den Begleiter ihrer Freundin weiß, ist es allerdings nicht einerlei. »Wolfgang!«, sagt sie streng und tritt näher an die beiden heran.

»Das ist mal eine Überraschung, was machst du denn hier, Hanne?«, will sie wissen und gibt ihrer überraschten Freundin einen Kuss auf die Wange. »Schön, dich zu sehen. Wolfgang kennst du ja noch?«, versucht sie, die Situation möglichst souverän zu meistern, und weist auf mich.

»Schön, Sie wiederzusehen, Frau Wallenstein«, sage ich und reiche Hanne die Hand. Ihrem Begleiter werfe ich dabei einen grimmigen Blick zu. Keine Ahnung, wie sich dieser Bursche an die Freundin meiner Frau herangemacht hat. Gabriele hat mir einiges von Hanne erzählt, und für mich ist unerklärlich, warum sich eine so kluge Frau auf einen solchen Kerl einlässt.

»Ach, der Herr Kallenborn. Schon wieder«, begrüße ich auch ihren zwielichtigen Begleiter mit einem kräftigen Händedruck.

»Zufälle gibt es!« Gustav Kallenborn sieht nicht glücklich aus. Vermutlich würde er es vorziehen, sich möglichst schnell wieder aus dieser Situation zu befreien.

Doch den Gefallen tue ich ihm nicht. Ich bin privat hier, und die Übergriffe, die er sich bei den Frauen erlaubt hat, nehme ich persönlich. Ich werde garantiert nicht dabei zusehen, wie die beste Freundin meiner Frau zum nächsten Opfer wird. »An Zufälle glaube ich nicht«, gebe ich scharf zurück, wofür ich einen weiteren strengen Blick von Gabriele ernte. »Wir wollten gerade etwas trinken«, äußere ich betont freundlich. »Wäre doch wunderbar, wenn ihr euch zu uns gesellt. Eine schöne Gelegenheit, sich besser kennenzulernen, würde ich sagen.« Ich warte gar nicht auf eine Antwort, um dem Burschen keine Chance für eine Ausflucht zu geben. »Prima, da vorne ist etwas frei«, sage ich stattdessen und weise mit der Hand auf einen in dieser Sekunde frei gewordenen Tisch.

Gustav Kallenborn zwingt sich ein halbherziges Lächeln ab und folgt mit seiner Begleitung meiner Aufforderung. Viel anderes bleibt ihm nicht übrig. Während Gabriele und Hanne sich munter unterhalten, sitzen wir beiden Männer uns wortkarg gegenüber. Kallenborn schaut in die Ferne zu ein paar Spielern, und ich bin mir sicher, er spürt meinen Blick.

»Was arbeiten Sie eigentlich so?«, frage ich ohne großes Vorabgeplänkel.

»Ich bin selbstständig. Im IT-Bereich. Für verschiedene Firmen.«

»Ah, sehr praktisch!«

»Ja, schon. Ist ganz angenehm, sein eigener Chef zu sein.« Gustavs Stimme klingt belegt. Während er spricht, wedelt er fahrig mit den Händen. Abermals habe ich das Gefühl, dass hier ein Typ Mann vor mir sitzt, der ganz und gar nicht der Beschreibung im Polizeibericht entspricht. Er muss seine Rolle verdammt gut spielen, anders ist das nicht zu erklären, und womöglich ist genau das seine Masche: ein hilflos wirkender, scheuer Mann – fast ist man versucht, Jungchen zu sagen – der den Eindruck erweckt, er könne keinem etwas zuleide tun. Nicht auszuschließen, dass das zum einen bei Frauen bestens ankommt und sie zum anderen unvorsichtig werden lässt. Auf die Tour würde niemand erwarten, mit einem Mal derart bedrängt zu werden.

»Das mit dem praktisch, meinte ich anders. So ein Job, den ganzen Tag am Computer, das ist doch sicher nützlich, um Frauen kennenzulernen. Oder etwa nicht?

»Wolfgang, das reicht jetzt!« Gabriele fährt wütend dazwischen. »Auch wenn es dir schwer fällt abzuschalten, das hier ist keine Befragung, sondern nur ein Treffen mit Freunden.«

Ich nicke und denke nur: Freunde! Das kann nicht ihr Ernst sein, mit einem solchen Kerl würde ich nie im Leben befreundet sein wollen. Doch da ich es mir nicht mit Gabriele verscherzen möchte und auch ihre Freundin Hanne befremdet wirkt, entscheide ich, Kallenborn erst einmal in Ruhe zu lassen. Soll er nur eine Weile im eigenen Saft schmoren. Er rutscht nervös auf seinem Stuhl hin und her und weicht meinen Blicken aus – es ist mehr als deutlich: Meine Anwesenheit scheint ihm extrem unangenehm zu sein.

»Wisst ihr was, wir essen etwas zusammen«, schlage ich mit einem Mal vor. Die Vorstellung, exakt diesen Zustand weiter auszudehnen, gefällt mir. So wie ich das sehe, hat Gustav Kallenborn ebenfalls wenig Mitleid mit seinen weiblichen Opfern gezeigt. »Ihr seid unsere Gäste«, verkünde ich großzügig.

Selten sah ich derart wenig Begeisterung bei Eingeladenen, stelle ich mit Genugtuung fest. Gegenwärtig habe ich den Kerl an der Angel und genieße es, ihn zappeln zu lassen. Erst als wir alle bestellt haben, riskiere ich einen weiteren, mit Rücksicht auf Gabriele diesmal behutsamen Vorstoß.

»Woher kennen Sie eigentlich Frau Wallenstein?«

Hanne und ihr Begleiter schauen sich fragend an. Kallenborn schiebt die Schultern hoch.

»Das kann doch nicht so schwer sein. Man weiß doch, wo man sich kennengelernt hat«, kommt mir Gabriele amüsiert zu Hilfe.

»War einfach ein Zufall«, gibt Hanne zur Antwort.

»Ein Zufall. Schon wieder!«, sage ich spitz und dann entscheide ich, dass es an der Zeit ist, dass Frau Wallenstein die ganze Wahrheit erfährt. Auch wenn es im ersten Moment für sie hart sein wird, all die Details über ihren Begleiter zu erfahren, und Gabriele mir das mit Sicherheit erst einmal übel nimmt, mir bleibt gar nichts anderes übrig. Gabriele hat mir von Hanne erzählt. Ein wenig – und so weiß ich, dass sie ebenfalls Tietze-Meiermann besucht und aller Wahrscheinlichkeit nach psychisch derzeit ohnehin nicht sehr stabil ist. Soll ich diese Frau etwa dem Mistkerl als nächstes Opfer ans Messer liefern? Garantiert nicht! »War das mit den anderen Frauen auch so ein Zufall? Ich meine die Damen, die sich an die Polizei gewandt haben? Beispielsweise die Minderjährige? Oder die Frau, die Sie fast vergewaltigt haben, hätte sie es nicht geschafft, sich noch aus Ihrem feinen BMW heraus zu retten. War das einfach alles immer nur Zufall?«

Ich muss laut gewesen sein. Sehr laut. Einige Gäste an den anderen Tischen haben sich zu uns umgedreht. Gabriele sitzt wie versteinert da. Ebenso Frau Wallenstein, die die Wahrheit offensichtlich weit mehr erschüttert, als ich erwartet hätte. Kallenborn selbst starrt fassungslos und stumm auf den Kartenständer auf dem Tisch. Komisch, wie ihn seine eigene Realität derart treffen kann, ist für mich rätselhaft. Mag sein, dass er nur ein guter Schauspieler ist, oder aber, was keine Seltenheit ist, er ist sich als Täter der Schwere seiner Delikte gar nicht bewusst.

»War das ein bisschen zu viel Wahrheit für Ihren Geschmack?«, versuche ich, Kallenborn weiter zu provozieren.

»Herr Forsberg, ich weiß nicht, welche Meinung Sie von mir haben, aber das alles muss …«

Ich lasse den Kerl nicht aussprechen. Was nun kommt, kenne ich längst. Ausflüchte und fadenscheinige Entschuldigungen. Die Akte war unmissverständlich. »Versuchen Sie gar nicht erst, mir all die Geschichten als Zufall zu verkaufen.«

»Zufall! Das ist das richtige Stichwort«, sagt plötzlich und unerwartet ein Mann vom Nebentisch, steht auf und kommt auf uns zu. »Ich denke die ganze Zeit schon, den Typ kennst du doch! Unglaublich, wie sehr du dich verändert hast.«

Ein Mann, etwa 40, Typ Manager mit Anzug und Krawatte, geht geradewegs auf Gustav Kallenborn zu und reicht seinem überraschten Gegenüber die Hand. »Siggi! Das ist ja ein Ding! Der Siggi Brokatt. Du siehst aber verdammt gut aus.« Dabei legt der Managertyp erstaunt den Kopf zur Seite. »So ganz anders als früher während des Studiums. Echt beeindruckend, Junge.«

Der Mann redet weiter und weiter und nimmt gar nicht wahr, dass niemand von uns reagiert. Er rückt in die Ferne, weit weg, er gehört nicht zu unserer Welt, die in dieser Sekunde in ein langes Schweigen fällt.

Wir vier, die wir unsere Rollen gespielt haben in diesem seltsamen Schauspiel, das ich endlich zu verstehen beginne, finden keine Worte. Die Welt verliert für einen kurzen Moment ihren Halt.

Mein Kopf braucht Zeit, um erst einmal auf null herunterzufahren und sich neu zu sortieren, so wie ein Computer, den man nach Problemen von vorne startet. Alles strukturiert sich aufs Neue, Informationen rücken beiseite, andere gewinnen an Bedeutung, verschwinden in neuen Ordnern, und erst dann, endlich, ergibt sich ein Bild. Vieles verstehe ich noch immer nicht, aber ich begreife, warum ich nie zu einer Lösung gekommen bin, warum ich immerfort das Gefühl hatte, dass hier etwas nicht zusammenpasst. Es bleibt mir ein Rätsel, wie, wann und warum Hanne und Siggi zusammengefunden haben. Das ist eines der Puzzleteile, das mir derzeit noch fehlt.

Ich richte meinen Blick auf die beiden. Hanne hat Siegfrieds Hand genommen und sieht ihn besorgt an. Sie sind wie zwei Heimatlose, denke ich. Mir kommen Karl Brokatt und die Kollegen mit ihren üblen Sprüchen in den Sinn. Mir fällt ein, was der Dozent mir von Siegfried Brokatt erzählt hat – und auch das, was er von Gustav Kallenborn sagte. Ich denke an den Blog, an die Bilder und an all das, was mir Gabriele von Hanne berichtet hat. Mir gegenüber sitzen zwei Menschen, die lange Zeit wie verloren schienen. Doch auf welche Weise es ihnen auch immer gelungen ist, sie haben aneinander so etwas wie ein Zuhause gefunden. Ohne Frage sind Hanne und Siggi seltsame Typen, die womöglich nie wirklich in diese Welt gepasst haben. Für lange Zeit waren sie ebenso verloren, wie ich es ohne Gabriele war. Ohne ihre seltsame Geschichte, die weit verrückter ist als all die vielen anderen, die ich schon erlebt habe, wäre ich mit großer Sicherheit heute ebenso einsam, wie sie es waren – der Zusammenhang wird mir in diesen Sekunden bewusst.

Es ist eindeutig: Wären sie beide nicht gewesen, dann hätte es vermutlich auch für mich keine zweite Chance gegeben.

»Was richtig ist und für sein Leben passt, kann doch niemand anderer als man selbst entscheiden«, sagte Gabriele gestern zu mir, als ich sie fragte, was womöglich ihre Therapeutin sagen würde, wenn sie wüsste, dass wir beide wieder zusammen sind. »Ich habe keine Lust mehr auf Teetassenweisheiten oder auf jemanden, der mir sagt, was mich glücklich macht. Ich bin mir mittlerweile ziemlich sicher: Das Leben ist für Pauschallösungen eindeutig zu kompliziert.«

Ich habe nicht die geringste Ahnung, was mit Gustav Kallenborn geschehen ist und welche Gründe dazu geführt haben, dass dieser Siggi nun sein Leben weiterführt. Es muss ein Zufall gewesen sein, schätze ich, eine Aufmerksamkeit des Schicksals, die der Junge ergriffen hat, um sein Leben in eine andere Bahn zu lenken.

Und jetzt scheint die Reihe an mir zu sein. Ich soll ein letztes Mal in dieser Geschichte Schicksal spielen und entscheiden, wie es ab hier weitergeht. Warum gerade ich?

Es ist grotesk, vor ein paar Wochen wäre mir der Entschluss leicht gefallen, aber seit den Vorkommnissen auf der Fähre hat sich so unglaublich viel verändert. Heute bin ich mir nicht mehr sicher, ob richtig oder falsch so leicht zu bestimmen ist: Für einfache Entscheidungen ist das Leben tatsächlich zu kompliziert.

Da hat Gabriele recht, und so habe ich diesmal nicht die leiseste Ahnung, was jetzt in dieser Sekunde, in der mich alle anstarren und auf meine Reaktion warten, das Richtige wäre – vielleicht liegt es daran, dass ich die Entscheidung gar nicht treffen möchte.

Ich will nicht Schicksal spielen.

»Wollten wir nicht eben etwas zum Trinken bestellen?«, frage ich in die Runde und hebe den Finger in Richtung Kellner.

Saarbrücker Morgenblatt
Ihr regionaler Partner

Ausgabe 24.09.2019

Schon wieder ein Zwischenfall an der Saar

Das beliebte Ausflugsschiff »Queen Anne« aufgrund technischer Probleme am Sonntag außer Betrieb

Eigentlich sollte es ein entspannter Ausflug werden für die Landfrauen aus dem Warndt. »Es war unsere diesjährige Abschlussfahrt. Gerade gab es auf Deck Kaffee und Kuchen, die Stimmung war wunderbar und dann plötzlich knirschte es und vom Schiffsmotor war nichts mehr zu hören«, berichtet die Rentnerin Ursel Zwetsch aus St. Nikolaus. »Als wir über die Reling blickten, sahen wir im Wasser etwas schwer Definierbares. Wie Geschnetzeltes sah es aus. Ich würde fast darauf tippen, dass ein Riesenhecht in die Schiffsschraube geraten war.«

Wie spätere Untersuchungen am Schiffspropeller zeigten, handelte es sich allerdings nicht um ein Tier, sondern kurioserweise um eine Edel-Jeans der Marke Lorenzo Camani. Frau Kranz, die Kapitänin des Ausflugschiffs berichtet zum weiteren Verlauf folgendes: »Während die Queen Anne bereits die Schleuse passiert hatte und sich auf dem Weg zur Saarschleife befand, verhakte sich eine Hose in der Schiffsschraube und brachte die Ausflugsfahrt zum Erlahmen. Zum Glück ist es den herbeigerufenen Tauchern nach fast drei Stunden Wartezeit gelungen, den Schiffspro-

Der Tote aus der Saar wurde identifiziert

Polizei seit Wochen auf der falschen Spur

Lange vermutete die Polizei, dass es sich beim dem Leichenfund an der Saar Anfang September um einen 40-jährigen St. Nikolauser handelte. Nun stellt sich nach Bergung der Leiche heraus, dass der Tote aus Merzig stammte. Der 44-Jährige war schon seit vielen Jahren wegen psychischer Probleme und Alkoholsucht in Behandlung. Da der Mann schon einmal einen Suizidversuch unternommen hat, liegt Selbstmord als Todesursache nah, auch da ein Abschiedsbrief in seiner Wohnung gefunden wurde. Die Kripo ermittelt derzeit die genauen Umstände. Das Verbleiben des immer noch vermissten Mannes aus St. Nikolaus ist derzeit noch ungeklärt.

peller wieder in Gang zu setzen.« Trotz Verzögerung war die Gruppe der Landfrauen immer noch guter Laune. »Das Warten war nicht so schlimm. Da haben wir eben zwei Stücke Kuchen mehr gegessen«, sagte Frau Zwetsch. »Trotzdem, warum entsorgt man eine Jeans in der Saar? Es gibt doch an jeder Ecke Kleidercontainer.«	
Aufräumarbeiten am Herzweg noch nicht beendet Aufgrund einer ungewöhnlich hartnäckigen Krankheitswelle bei den Mitarbeitern vom Gemeindebauhof verzögern sich die Arbeiten am Herzweg in Tholey. Die Gemeinde bittet Besucher weiterhin um besondere Vorsicht	**Busfahrerstreik im Saarland** *Alles ist dicht - kein Bus fährt mehr* Auch für heute sind wieder Busstreiks im ganzen Saarland angekündigt. 500 Busfahrer lassen aufgrund der gescheiterten Tarifverhandlungen die Arbeit ruhen.

TOTAL AM ENDE

Ich sehe in zwei wundervolle Augen und – so verrückt es sich auch anhört – ich kann mich darin erkennen.

Blümchen

Ich bin total am Ende. Schlimm genug, dass unser Chrissie, seit er den neuen Job in Köln angetreten hat, nur noch am Wochenende da ist. Als wäre das nicht schon Kummer genug, habe ich jetzt obendrein diese Psychotante am Hals, die der Ansicht ist, sie habe die reine Weisheit mit der Suppenkelle portionsweise in sich hineingeschaufelt.

Bei einem Doppelnamen wäre meiner Meinung nach stets Vorsicht geboten. Die Erfahrung zeigt, Frauen mit Doppelnamen sind immer Lehrerinnen oder Ober-Emanzen oder beides auf einmal. Dass Chrissie mit Vorsicht an die Geschichte herangeht, kann man allerdings nicht behaupten. Weit eindeutiger lässt sich sagen, der gutgläubige arme Junge hat sich vollends um den Finger wickeln lassen.

Erst waren es nur diese Abende ohne Unterlass vor dem PC, aber dann wollte er mit einem Mal die harte Realität. In Illingen, als die zwei den Wahnsinn in die Tat umsetzten, erkannte ich auf den ersten Blick, dass das mit Tietze-Meiermann und mir nichts wird.

»Ach, das ist Blümchen? Was für eine Überraschung«, sagte die Trine so übertrieben freundlich, dass keiner ihr das abkaufen würde. Keiner, außer dem liebestrunkenen und damit für vernünftige Entscheidungen komplett unbrauchbar gewordenen Chrissie.

Heute sind wir nach Tholey gefahren. Ein Picknick auf dem Herzweg mit Blick über das ganze Land, versprach die Oberlehrerin. Das hört sich dermaßen schnulzig an, dass sich mir nur bei dem Gedanken daran alle Haare sträuben, aber mein Befinden interessiert sowieso schon seit Wochen niemanden mehr. Die Turteltauben sind voll und ganz mit sich selbst beschäftigt, während ich wie ein Häufchen Elend an der langen Leine auf dem Weg voraustrabe. Ich bin am Ende, ehrlich! Wie eine Boa constrictor schlingt die Giftnudel Tietze-Meiermann ihre Arme um meinen Chrissie.

»Hast du eigentlich schon mal ans Heiraten gedacht?«, säuselt sie. Ich bereue, über so gute Ohren zu verfügen. Die beiden kennen sich doch erst knappe zwei Wochen, denke ich. Kaum zu fassen, wie wahnwitzig ein bisschen Verliebtheit Menschen werden lässt.

Was dann folgt, ist ein sofortiger Impuls, eine Art Reflex – ich kann nicht anders und habe leichtes Spiel. Weil die Tietze ihre Augen und Finger offenbar kaum von Chrissie lassen kann, verliert sie ohne jede Gegenwehr die Leine, die sie sich zuvor völlig tiefenentspannt locker um die Schulter gelegt hatte. Keine Ahnung von gar nichts hat die Lady. Wer mit einer reinrassigen Dobermanndame unterwegs ist, muss auf alles gefasst sein. Denn ich bin kein Pudel, sondern eine Aufpasserin, eine erstklassige Wachhündin, die sich an und für sich meist extrem geduldig zeigt. Aber meine Engelsgeduld hat jetzt und hier ein Ende. Es geht ans Eingemachte, Gefahr ist in Verzug, da kann auch ich die Zähne zeigen, denn das Wohlergehen meines Herrchens hat oberste Priorität. Na dann mal los, sage ich mir und belle einige Male, nur um sicherzugehen, dass die zwei Liebeskranken mich nicht vergessen.

»Ui, Mist«, höre ich die Tietze-Meiermann hinter mir. »Keine Sorge, die habe ich gleich wieder. Nimm du den Picknickkorb und die Decke!«

Chrissie, von Amors Pfeil getroffen und seitdem bis auf Weiteres entscheidungsunfähig, bleibt, wie ihm aufgetragen wird, brav stehen. Er macht alles, was die Braut ihm befiehlt, wie ein kleines lächerliches Schoßhündchen, schießt mir durch den Kopf, während ich fleißig weitertrabe. Fraglos nur mit halber Kraft, denn die schon nach ein paar Metern laut keuchende Sportskanone hinter mir, will ich keinesfalls zu früh verabschieden.

»Blümchen, bei Fuß!«, ruft die Ahnungslose.

Nicht mit mir, ich habe dem Schauspiel lang genug zugesehen, und jetzt ist Zeit zu handeln. Unerfreulich ist nur, dass ich mich hier oben leider nicht auskenne. Das gestaltet alles schwieriger, auch wenn es links neben mir schon seit einer ganzen Weile steil hinab geht. Für das, was ich plane, sollten die Bedingungen jedoch ideal sein.

Weiter halte ich Ausschau. Der Weg geht leicht bergauf, und am Keuchen hinter mir erkenne ich, dass meiner Verfolgerin langsam die Puste ausgeht. Allzu viel Zeit bleibt mir nicht mehr. Es könnte sein, dass der Tietze-Meiermann doch noch einfällt, dass ihr ein vermisster Hund bei ihrem Plan, Chrissie ganz für sich allein zu reservieren, gar nicht mal so schlecht in den Kram passt.

Aber diese Überlegung kann sie nicht mehr anstellen, das Glück ist mir hold. Vor mir, keine 200 Meter entfernt, leuchtet am Rand des Wegs, ein rot-weißes Absperrband auf. Da wurde bis vor Kurzem gearbeitet, doch die Baustelle ist noch nicht zu Ende gebracht, und unmittelbar daneben ist es wunderbar abschüssig.

Bingo – die Wahl ist getroffen.

Auch wenn die beiden Spaziergänger, die ich in unmittelbarer Nähe des perfekten Ortes für einen Fehltritt ausmache, stören. Das Paar macht meiner Planung einen winzigen Strich durch die Rechnung. Wer will schon Zeugen bei einer solchen Aktion, wie sie mir vorschwebt? Aber ich habe keine Wahl: jetzt oder nie!

Als ich näher komme, tritt der Mann vor mir ein wenig zur Seite, um seiner Wanderpartnerin ausgerechnet an der von mir gewählten Stelle etwas am Rand des Weges zu zeigen. Verdammt, denke ich noch, da erkenne ich, dass das Schicksal anscheinend an diesem Tag einen anderen Kurs für mich vorgesehen hat. Jetzt, da die Sicht frei ist, sehe ich eine braune Gestalt, die mit kurzen Beinen auf die beiden Wanderer losstürmt.

Das kann nicht sein, sage ich mir. Nie und nimmer, und trotzdem klopft mein Herz schneller und schneller. Als der Schönling seinen Kopf wendet, bin ich mir sicher. Ich würde ihn unter Tausenden wiedererkennen! Das ist er! Seit Wochen dachte ich, ihn für immer verloren zu haben. Ich habe nicht mehr zu hoffen gewagt, ihn jemals wiederzusehen, und jetzt das: Mit einem Mal ist er wieder da, dieser Rüde, den ich schon seit Jahren nicht vergessen kann. Ich weiß, es ist völlig verrückt, sich als reinrassiger Dobermann in einen Dackel zu verlieben, aber mit Vernunft hat Liebe wohl wenig zu tun. Ich war von ihm gefangen, vom ersten Augenblick an, und doch kam ich nie auch nur auf ein paar Meter an ihn heran. Es ist wie ein Traum, dass er in diesem Moment dort steht. In voller Größe.

Ich drossle mein Tempo, als ich herantrete. Wenn ich die Zeichen richtig deute, hat auch er mich wiedererkannt. Er hebt den Kopf, kommt ein paar Schritte auf mich zu.

»He, nein. Aufpassen!«, schreit unvermittelt der Mann mit den kurzgeschorenen Haaren und dem Karohemd neben ihm. Der Schreck steht ihm ins Gesicht geschrieben.

Links von mir höre ich ein Rauschen, fast wie ein Wasserfall. Steine rieseln, schieben sich übereinander. Es herrscht ein riesiges Chaos. Ich springe zur Seite, hinüber zum Waldrand auf der rechten Seite, wir müssen uns in Sicherheit bringen. Den Hund meines Herzens reiße ich dabei mit. Auch der Mann neben mir schaltet gerade noch rechtzeitig und stößt seine Begleiterin, die immer noch mit offenem Mund wie gelähmt dasteht, unsanft vom Abhang weg.

Das Tosen wird stärker.

»Ich brauche etwas zum Festhalten!«, schreit eine grelle Stimme hinter uns. Der Satz vermengt sich mit dem Brausen und Rauschen der Steine. Wenn mich nicht alles täuscht, war dies die Stimme von Frau Tietze-Meiermann.

Ich habe nicht die leiseste Ahnung, ob sie sich retten konnte. Womöglich schon. Der Ausgang dieser Episode ist mir mit einem Mal völlig egal. Daran verschwende ich keinen einzigen Gedanken, als ich auf dem weichen Gras liege, den Duft von Waldmeister in meiner Nase, das Zwitschern der Vögel und das Zirpen der Grillen in meinen Ohren. Ich sehe in zwei wundervoll dunkle Augen und – so verrückt es sich auch anhört – ich kann mich darin erkennen.

Dieser Moment kann nur das Ende sein, vermute ich, denn am Ende wird immer alles gut.

ENDE

DANKSAGUNG

Danke schön an Adelheid, Natalie, Beatrice und Marc, die glänzend darin sind, meine zahlreichen Fehler, Irrtümer und Entgleisungen aufzufinden.

Weitere Titel finden Sie auf den folgenden Seiten und im Internet:

WWW.GMEINER-VERLAG.DE

OLAF MÜLLER
Tote Biber schlafen nicht
Eifel-Krimi
GMEINER

DIE NEUEN *Lieblingsplätze*

ISBN 978-3-8392-2628-5

ISBN 978-3-8392-2615-5

ISBN 978-3-8392-2620-9

ISBN 978-3-8392-2635-3

ISBN 978-3-8392-2618-6

ISBN 978-3-8392-2623-0

ISBN 978-3-8392-2630-8

ISBN 978-3-8392-2631-5

ISBN 978-3-8392-2632-2

ISBN 978-3-8392-2405-2

ISBN 978-3-8392-2622-3

ISBN 978-3-8392-2545-5

ISBN 978-3-8392-2629-2

ISBN 978-3-8392-2634-6

GMEINER KULTUR

WWW.GMEINER-VERLAG.D

Mensch, Kultur, Regio